TEA
BOOKS

Naslov originala
Phoebe MacLeod
An (Un) Romantic Comedy

Za izdavača
Tea Jovanović
Nenad Mladenović

Glavni i odgovorni urednik
Tea Jovanović

Lektura / Korektura
Agencija Tekstogradnja / Agencija TEA BOOKS

Prelom
Agencija TEA BOOKS

Dizajn korica / Crteži za korice
Head Design Ltd / Shutterstock

Izdavač
TEA BOOKS d.o.o.
Por. Spasića i Mašere 94
11134 Beograd
Tel. 069 4001965
info@teabooks.rs
www.teabooks.rs

ISBN 978-86-6142-236-2

Fibi Makleod

JEDNA (NE)ROMANTIČNA KOMEDIJA

Sa engleskog prevela
Ana Čkrkić

Mojoj majci, Margaret, s kojom sam uvek mogla
da razgovaram o svemu.

1.

– U redu, Krise, mislim kako mogu da kažem da se Tini ne dopada tvoj poklon. Objasni nam ga.

Nisam mogla da krivim Tinu. Vibrator koji je stajao na stolu između Krisa i njegove žene sam pristojno mogla da opišem kao „izazovan“. „Ogroman“ bi bila još jedna odgovarajuća reč, pored „bokte mazô!“, što sam znala da je već fraza, a ne reč.

Budući da sam terapeut specijalizovan za seks i veze, puno je vibratora prošlo kroz moju kancelariju. Uglavnom imam prilično pozitivan stav prema njima; kada smatram da bi bili od pomoći, preporučim ih, ali umeju biti kontroverzni i kad mislim da mogu da pogoršaju situaciju, i te kako ih se klonim. Međutim, predmet koji je Kris danas doneo na seansu nije ličio ni na jedan vibrator koji sam ja ikada preporučila. Tokom kratke demonstracije koju je izveo, izvijao se, vibrirao i mrdao na vrlo uznemirujući način. Takođe se po njemu popalio čitav niz bleštavih svetala, što me je potpuno zbunilo. Šta bi, zaboga, uopšte osvetljavao? Ako vas ni to, ni ogromna veličina te proklete stvari ne bi odbila, zvuk sigurno bi. Teško ga je opisati, ali ako zamislite susret pobesnelog stršljena i astmatične bušilice, bili biste blizu. Pretpostavljam da bi poslužio kao savremeno sredstvo za mučenje; nimalo ne sumnjam da biste njime veoma uspešno nekome mogli da izvadite utrobu. Ali kao seks-igračka? Blagi bože, nikako.

– Mislio sam da bi to malo začinilo stvar, ako znate na šta mislim, Popi? I pomislio sam – lascivno me je pogledao – da bi to moglo da bude nešto što bi želela da koristi dok ja gledam.

Tina je izgledala zgroženo i nisam mogla da je krivim zbog toga. Bila je ovo njihova četvrta seansa i izgleda da dosad uopšte nisam uspela da doprem do Krisa, što me je frustriralo. Njihov problem nije bio naročito neobičan – razlika u libidu stvarala je poteškoće u njihovom braku – ali Kris je dosad odlučno odbijao da prizna da taj problem ima bilo kakve veze s njim. Po njemu, Tina je prosto morala da prestane da bude tako napeta i sve će biti super. Ono što nije razumeo jeste da to što je konstantno pritiska da radi egzotičnije stvari u krevetu njoj znatno otežava stvari.

Znala sam odakle to potiče; ne bih bila naročito dobra u svom poslu da nisam znala. Kris je očigledno bio okoreli konzument pornografije, iako se zakleo da to nije kada sam ga nežno propitala o tome tokom naše prve seanse. Ali kada smo razgovarali o njegovim fantazijama, bila je to bukvalno lista onoga što čini porno industriju. Bacila sam pogled na sat: ostalo je još petnaest minuta do kraja današnje seanse i onda ih neću videti dve nedelje, pa bi bilo zaista dobro kada bismo danas napravili taj pomak.

– Zašto misliš da Tina nije oduševljena vibratorom, Krise?

– Ne znam. Ovo je najnoviji model i bukvalno sve radi! Nije bio jeftin, da vam kažem.

Iskreno sam sumnjala u to. Kontrolni panel je izgledao kao da ga je sastavio neko na časovima opštetehničkog, a ni ostatak nije puno bolji.

– U redu, hajde da se vratimo korak unazad. Sećate li se kada smo razgovarali o četiri P i četiri K?

– Mhm, da.

– Ispričajte mi šta smo pomenuli.

– Pa, rekli ste da mnogi muškarci razmišljaju o seksu kao o pojmovima na slovo P. Poza, performans i proporcije penisa.

– Odlično. Sećate li se četvrtog pojma o kom smo razgovarali, koji je specifično povezan s pornografijom?

– Mhm, potčinjavanje.

– Tako je, postoji taj disbalans moći koji je prikazan u pornografiji, što bi bilo nezdravo za pravu vezu. A sada, šta je s pravim seksom – o čemu smo tu razgovarali?

– O pojmovima na slovo K.

– Možete li da se setite koji su to pojmovi?

– Izvinite, ne baš. Sećam se pristanka,[1] ali nisam siguran za ostalo.

---

[1] Engl.: *consent*. (Prim. prev.)

– Da, to je jedan od njih. Takođe imamo i komunikaciju, konekciju i kompromis. Dakle, ako pogledamo vaš poklon za Tinu, mislite li da pripada kategoriji pojmova na P ili na K?

Konačno sam pomislila da napredujemo kada se blago zacrveneo i skrenuo pogled.

– Ne znam.

– Hajde da porazgovaramo o tome. Jeste li vi i Tina razgovarali o tome da koristite vibrator?

– Mhm, jesmo nešto malo.

– Šta to znači?

– Ja ću vam reći šta to znači – prekinula ga je Tina. – To znači da mi ga je jednom pomenuo, i rekla sam mu da nema šanse i da smatram to strašno neukusnim.

– Krise? – podstakla sam ga.

– Pa, da. Jeste to rekla, ali mislio sam da će se predomisliti kad ga vidi.

– Razumem. Šta vas je navelo da uzmete ovaj umesto nekog manjeg i diskretnijeg, poput mini vibratora?

– Veće je bolje, zar ne? Ne razumem kako bi ti majušni mogli biti zadovoljavajući; jedva bi ga osetila.

– Ne bih ulazila u diskusiju o različitim tipovima vibratora i njihovim funkcijama, budući da ne smatram da bi nam to pomoglo. Hajde da se vratimo na pojmove na slova P i K. Ustanovili smo da je Tina jasno rekla da generalno nije zainteresovana za vibratore, ali vi ste smatrali da ćete joj ovim promeniti mišljenje. Jel’ to tačno odražava vaše razmišljanje?

– Da, pomislio sam ako samo jednom pokuša...

– Iako je jasno rekla da ne želi? Kako mislite da se osećala zbog toga? Jel’ to bio dobar primer komunikacije, uzajamne konekcije i kompromisa, ili ste pokušavali da koristite svoju moć kako biste je potčinili da uradi nešto što je već rekla da joj nije prijatno?

– Ne, nisam pokušavao da je potčinim. Samo sam pokušavao da je otvorim prema novim mogućnostima, to je sve.

– Samo ne razumem šta nije u redu sa onim što imamo sada. Zašto moramo da učinimo stvari uzbudljivijim? – ubacila se Tina.

– Da li biste želeli da pojasnite kako se osećate? – upitala sam je.

– Znam da on kaže da je to dosadno, ali ja volim misionarsku pozu. Probala sam neke od stvari koje je tražio, ali one su ili neugodne ili potpuno degradirajuće. Pre neku nedelju je želeo da probamo jednu pozu koja me je podsetila na uzimanje brisa za *papa* test. Kako da se osećam seksi od toga?

– Kako se osećate zbog toga? Recite Krisu.

Okrenula se prema njemu. – Zbog toga ne želim uopšte seks s tobom, Krise, zato što se brinem da ćeš početi da tražiš čudne stvari, pa te odgurujem od sebe time što ti govorim da nisam raspoložena, ili šta već.

– I vas to frustrira, pretpostavljam – rekla sam Krisu.

– Naravno. Meni je seks važan. Kada ona kaže ne, osećam se kao da me ne želi, da me ne voli.

– Nikada nije lako nositi se sa odbijanjem, pogotovo u braku. Da li razumete ono što ona govori?

– Želim da razumem, samo postoji toliko toga što nismo probali, i pitam se da li nešto propuštamo? Jedini način da saznamo je da probamo, i nikada je nisam pitao da ponovimo nešto što joj se nije svidelo.

– Znači, brinete se da je svima ostalima bolje nego vama, zato što rade stvari koje vi ne radite? Dozvolite mi da vas razuverim. Veoma malo ljudi, majušna manjina tačnije, uživa u ekstremnim postupcima u seksu. Mnoge poze koje vidite na internetu se ne koriste zato što su zadovoljavajuće za učesnike. Zapravo, većina njih je vrlo nezadovoljavajuća, ali kameri pružaju dobar pogled na ono što se dešava. Kažete da vam je misionarska poza dosadna, ali znate li koliko se životinjskih vrsta pari licem u lice?

– Ne.

– Samo mi i bonoboi, majmuni slični šimpanzama. Isto važi za seks kao rekreaciju. Za većinu životinja parenje je samo čin produženja vrste. Kakva je privilegija raditi to samo radi zabave i gledati se u oči dok to radimo! Zato je misionarska poza toliko popularna, zato što ne pruža samo fizičku povezanost već i emocionalnu. Ne kažem da ne treba da probate druge stvari, ali samo ako se oboje osećate prijatno. Tu nastupaju komunikacija i kompromis. Ako naučite da otvoreno razgovarate o ovim stvarima i objasnite Tini zašto nešto želite da probate, njoj će biti lakše da razume i možda će imati više volje za to. Jel' to ima smisla?

– Ne volim da pričam prostote. Od toga se osećam jeftino – rekla je Tina.

– Ne predlažem pričanje prostota, Tina – objasnila sam. – To je nešto što nekim ljudima odgovara, ali nikako ne svima. Govorim o otvorenoj i iskrenoj komunikaciji. Dobro, vreme je za domaći zadatak. Zabranjujem vam seks do sledećeg puta kada se vidimo, za dve nedelje.

Kris je izgledao potpuno pokislo, dok je Tina izgledala oduševljeno.

– Želim da razgovarate umesto toga. Evo šta ćete uraditi. Reći ćete jedno drugom šta volite u vezi sa seksom. Svaka rečenica mora početi ili sa: „Sviđa mi se kada ti...“, „Voleo/la bih kada bi ti...“, ili „Mislim da bi ovo moglo biti bolje ako bismo mi...“. Jel' mislite da možete to da uradite?

Tina sada nije izgledala toliko zadovoljno, ali Kris je mrvicu živnuo.

– Ono što je važno jeste da oboje to uradite; neće uspeti ako jedno od vas izvadi dugačak spisak, a drugo ne kaže ništa, u redu? Učimo da razgovaramo o seksu otvoreno i bez stida. Možda vam u početku bude neugodno, ali verujte mi i izdržite. Ako naučite da razgovarate o tome, poze i sve druge stvari neće biti važne jer ćete bolje komunicirati, naučićete da pravite kompromise tamo gde se ne slažete i, najvažnije od svega, izgradićete poverenje. Želim da ovo uradite makar tri puta pre našeg sledećeg viđenja. Prvi put treba to da uradite na potpuno neseksualnoj lokaciji, potpuno obučeni u svojoj dnevnoj sobi, na primer. U zavisnosti od toga kako vam bude išlo, svaki put možete da odete korak dalje; sledeći put možete da odete u spavaću sobu, ali da ostanete obučeni. Treći put možete biti i nagi ako vam oboma to bude odgovaralo, i možete da se dodirujete, ali ne smete da imate seks. Jel' sve jasno?

Oboje su klimnuli glavom.

– Odlično. Ima li pitanja?

– Šta da radim sa ovim? – Kris je pitao, pokazujući na vibrator.

– Nemam pojma. Bojim se da nema radnje s polovnim ovakvim stvarima.

– Ali nekorišćen je.

– Žao mi je, Krise. Mislim da je najbolje da ga bacite i pripišete to iskustvu.

– Pretpostavljam da ga vi ne biste hteli? Mislim, za profesionalne svrhe. – Zacrveneo se kada je shvatio šta je rekao.

Na trenutak sam razmotrila tu opciju. Imala sam fioku punu različitih seks igračaka u stolu, čisto kako bih ih prikazala klijentima, ali ovaj vibrator je bio toliko veliki da sam sumnjala da bi uspeo da stane u fioku, i nisam znala šta bih mogla da prikažem njime, osim kako ne treba da se koristi. Doduše, znala sam da bi moja koleginica, Rejčel, želela da ga vidi; nikada ne bih uspela adekvatno da joj ga opišem.

– Ako ste voljni da ga ostavite, pokazala bih ga koleginici. Čisto iz profesionalnih razloga. Nakon toga ćemo ga se otarasiti. Jel' to u redu?

– Meni jeste. Hvala, doco.

Tina je izašla ka recepciji, zakopčavajući kaput, pa sam iskoristila priliku da budem nasamo s Krisom.

– Samo da vam kažem još nešto, Krise, pre nego što zaboravim.

– Da?

– Batalite te sajtove sledećih nekoliko nedelja, može? Fokusirajte se na Tinu, u redu?

Silno je porumeneo, ali klimnuo je glavom. Ne volim kada moram da budem toliko direktna s klijentima, budući da to može da ih odbije i da uništi ono što je često veoma krhka povezanost, ali mislim da smo zaista napredovali, pa bi još malo pritiska moglo da pomogne. Posmatrala sam ih kako odlaze pre nego što sam se vratila u kancelariju kako bih napisala beleške i spakovala stvari. Ostavila sam vrata otvorena kako bih čula kada odu Rejčelini poslednji klijenti. Uglavnom petkom posle posla odemo na piće, ali prvo sam imala jedno iznenađenje za nju.

2.

– Ruke uvis! Ne miči se i ne okreći se!

Čim sam čula Rejčeline klijente kako odlaze, iskrala sam se do vrata njene kancelarije i čekala dok mi nije okrenula leđa. Uspela sam da se neprimetno ušunjam i sada sam joj pritiskala vibrator uz krsta.

– Sranje, Popi! Uplašila si me, kravo jedna. Šta je to, dođavola? – upitala je kada se okrenula i prvi put ga ugledala.

– Mali poklon od KrisTine – rekla sam joj. Uglavnom ne dajemo nadimke klijentima, ali njihova imena su tako savršeno išla jedno uz drugo da je bilo nemoguće ne uraditi to. – Kupio joj ga je kako bi stvari učinio uzbudljivijim i, naravno, nije bila oduševljena. Šta misliš?

– Skaredan je. Gde li ga je našao, zaboga?

– Ne znam. Nikada nisam videla nešto ovakvo. Na *iBeju*?

– Možda. Zašto je kod tebe?

– Uspela sam da ga ubedim da nije prikladan. Želeo je da ga baci, ali dao ga je meni kako bih ti ga pokazala. Vidi, ima i svetla! – Upalila sam ih kako bih joj pokazala i oči su joj se razgoračile kada je počeo da se vrti i bleska.

– Zašto bi nekome bila potrebna svetla na seks igrački?

– Ne znam. Pretpostavljam da bi moglo da pomogne ako se koristi u mraku, da bi video kuda ideš? – Isključila sam svetlo u njenoj kancelariji i zatvorila vrata kako bismo mogle da procenimo vibrator u njegovom punom, osvetljenom sjaju.

– Ne znam za tebe, Popi, ali kada bih samo videla tu stvar kako ide prema meni i pravi taj užasan zvuk, prvi instinkt bi mi bio da pobegnem – rekla je.

– Stvarno ubija želju – složila sam se, upalila svetla i isključila vibrator. – Ne iznenađuje me što se Tini nije svideo – a tebi?

13

Uzela ga je i pažljivo ga posmatrala. – Jel' vodootporan?

– Sumnjam u to. Misliš li da bi poslužio za masažu?

Ponovo ga je uključila i položila mi ga između ramena. – Valja li?

– Samo me golica. Pokušaj da ga pritisneš malo jače.

Poslušala me je, ali posle nekoliko trenutaka počeo je da pro-izvodi zvuk mlevenja, kao da se unutrašnji delovi lome na komade, a onda se čulo glasno pucanje i potpuno je prestao da se pomera.

– Eh, pokvarila si ga – rekla sam. – Ove godine nema poklona od tajnog Deda Mraza za tebe ako ćeš samo da kvariš poklone koje ti dajem. – Uzela sam ga i bacila u kantu za smeće.

– Ne možeš tu da ga ostaviš! – viknula je. – Istraumiraćeš či-stačice, pogotovo ako neočekivano proradi i počne da vibrira ili se pomera. Možda pomisle da je zmija ili nešto i pozovu Centar za zaštitu životinja. Upale bismo u nevolju.

– Šta onda da radim sa ovim?

– Ne znam. Odnesi ga kući i baci ga u svoju kantu.

– Nema šanse da stane u moju torbu, a moju kantu često napa-daju lisice. Možeš li da zamisliš kakve će priče moje komšije izmi-sliti ako vide ovo ispred moje kuće? Ima li nešto u šta možemo da ga stavimo kako čistačice ne bi znale šta je?

Pretražile smo kancelarije i posle nekog vremena smo umotale vibrator u kesu za kupovinu, koju smo zatvorile obilnom količinom selotejpa. Pobrinule smo se za to da izvadimo baterije, kako bismo sprečile da se slučajno upali. Kada smo se uverile da izgleda bezazle-no, zaključale smo ordinaciju i uputile se prema pabu.

– Raduješ li se slobodnoj nedelji? – upitala me je kada smo se smestile uz čaše vina.

– Iskreno? Ne baš – rekla sam.

– Ali tvoja mlađa sestra se udaje! To treba da bude uzbudljivo, zar ne?

– Ne.

– Zašto? Zar nemate dobar odnos?

– To podrazumeva nedelju dana s mojom majkom, a ona će izraža-vati neodobravanje. Ona misli da je ono što mi radimo prljavo, gadno i sramotno, sećaš se?

– U pravu si, zaboravila sam. – Počela je da govori pompeznim glasom. – Sramotiš nas svojom željom da pomažeš ljudima. Zašto uopšte osećaju potrebu da izlažu svoj prljavi veš u javnosti? Mnogo je bolje potisnuti sve i prosto ne razgovarati o tome.

Nasmejala sam se. – Problem je u tome, Rejč, što bi bila smešnija da je nisi potpuno skinula. Upravo je takva.

– Oh, zaboga. Ovo je dvadeset prvi vek, ne devetnaesti. Ljudi se bore da se nose sa svojim životom i da nađu smisao u njima. Da mi nismo tu da im pomognemo, ko bi bio?

– Slažem se s tobom, naravno, ali moja majka ne razmišlja tako. – Počela sam da govorim sličnim, pompeznim glasom. – O problemima ne treba razgovarati i ne treba ih rešavati. Probleme treba snažno gurnuti pod tepih i ne razgovarati o njima, pogotovo o problemima koji imaju veze sa, pa, znaš već sa čim.

– Misliš na s-e-k-s?

– Nemoj to tako otvoreno da govoriš, ti drska besramnice!

– Jadna ti. – Oči joj ispuni sažaljenje. Dobro poznajem Rejčeline roditelje i znam da su veoma ponosni na posao koji radi njihova ćerka i da cene silnu obuku koju smo morale da prođemo kako bismo došle tu gde smo sada. Oni su bukvalno sušta suprotnost mojoj porodici i, na moju sramotu, imala sam čudnu fantaziju o tome da me oni usvoje. Ali njeni roditelji se bave sličnim poslom; majka joj je psiholog, a otac psihijatar. Postoji određena količina prijateljskog takmičenja između njih, i uvek se uz osmeh setim jednog od komentara Rejčeline majke koji mi je uputila: „Džejms misli da je Bog, zato što svi psihijatri to misle. Zapravo je jedina razlika između mene i njega to što on daje lekove na recept.“

Rejčel me je i dalje zabrinuto posmatrala. – Zar nimalo to ne razume?

– Ne. U suštini, po njoj, ja sam nekakav perverznjak koga pali da sluša druge kako pričaju o svom seksualnom životu. Mislim da zaista veruje da je ono čime se ja bavim nemoralno, i prenela je taj stav na Rouz i Lili.

– Rouz je sledeća starija od tebe, zar ne?

– Da. Endru je najstariji. On je oženjen Zoi i imaju dvoje dece tinejdžera. Oni su u redu. Zoi je medicinska sestra, pa razume čime se ja bavim. Sledeća je Rouz, koja je udata za Stiva. Oni imaju dve ćerke, uzrasta osam i deset godina. Rouz i ja se nikada nismo slagale. Ja sam bila najmlađa dok nije došla Lili, pa je ona mene uvek smatrala malom princezom naših roditelja, i obe smo bile suviše tvrdoglave da bismo se promenile kada se Lili rodila.

– Podseti me koliko je Lili mlađa od tebe?

– Deset godina. Nisam sigurna da su je planirali, ali te stvari ne treba pitati, a mama svakako to nikada ne bi priznala.

– I zaglavila si s njima cele nedelje tokom koje si slobodna?

– Da. Lili i njen verenik, Den, danas dolaze kolima u Kornvol, kao i mama i tata. Svi ostali dolazimo sutra. Mislim da svaki dan između danas i venčanja ima neku temu, mada moram da priznam da nisam pažljivo pročitala imejlove. Pretpostavljam da bi bilo bolje da ih ponovo pročitam pre nego što odem, u slučaju da postoje neka pravila o oblačenju.

– A venčanje?

– Sledeće subote je, u crkvi u Njukeju u koju idu Denovi roditelji, praćeno prijemom u lokalnom hotelu. Svi ostali gosti tamo odsedaju, koliko sam razumela. Deveruše i mladoženjini pratioci stižu u sredu, a devojačko i momačko veče se održavaju u četvrtak kako bi svi imali vremena da se oporave od mamurluka, ako nekog uhvati, na vreme za venčanje. Sve je isplanirano vojnički precizno.

– Zvuči tako. Pretpostavljam da neće biti nikakvih dodataka u obliku penisa na devojačkoj večeri ili striptiz klubova za momke?

– Nikako! Ona je hrišćanka u porodici, otkad je pronašla Boga u srednjoj školi.

Rejčel se smeškala. – To si rekla kao da se Bog krio u učionici ili nešto slično. Stvarno zvuči kao dosadna obaveza. Zašto su izabrali Kornvol?

– Dobro pitanje. Crkva u koju inače idu dovoljno je velika za sve goste koje su želeli da pozovu, ali takođe je odvratna i u blizini nema odgovarajućeg mesta gde bi ljudi mogli da odsednu. Denovi roditelji žive u Njukeju i dosta su posvećeni tamošnjoj crkvi. Njegov tata je sveštено lice, a mama mu peva u horu, ako se dobro sećam. Tamo je odrastao i nekada je išao s njima u tu crkvu, pa to znači da mogu tamo da se venčaju. Digla se prašina zato što su Lili i Den želeli da dovedu svog sveštenika da ih venča, ali Denova mama je rekla da bi to bilo nepoštovanje njihovog tamošnjeg sveštenika, koji zna Dena otkad je bio mali.

– Dođavola. Baš su zakomplikovali! – uzviknula je Rejčel.

– Znam. Nemoj pogrešno da me shvatiš, želim im svu sreću u braku, ali blago im zameram zbog toga što moram da izdvojim celu nedelju svog života. Mogla bih umesto toga da ležim na plaži na Mediteranu, da me zgodni preplanuli konobar služi ukusnim koktelima.

– Nikad ne znaš, možda bude interesantnih slobodnih muškaraca kad mladoženjini pratioci dođu.

– Mislim da je to malo verovatno. Den je fin momak, ali... Pa, reći ću ovako: oni su dobar spoj.

– Na šta misliš?

– Nema ničeg uzbudljivog u vezi s njim. Vredan ljubavi, ali pomalo dosadan. Osim toga, trenutno ne tražim nikoga.

To nije bila potpuna istina. Volela bih da upoznam nekoga, zaljubim se i udam kao Lili, ali bila je to još jedna loša strana mog posla. Upoznam nekoga ko mi se sviđa i počnemo da pričamo, ali tema o poslu uvek se pokrene relativno rano. Kažem im da sam terapeut specijalizovan za seks i veze, ali oni nekako čuju: „Ja sam stručnjak za seks." Nakon toga me se ili plaše, brinući se da ću im ocenjivati učinak, ili imaju takmičarski stav. Nijedan od tih pristupa ne vodi uspešnoj vezi, zato sam prethodne četiri godine bila slobodna i ni sa kim nisam izašla već dvanaest meseci. Okrutna je ironija to što sam provodila život pomažući drugim ljudima s njihovim vezama istovremeno nesposobna da ostvarim svoju.

Rejčel je imala malo više sreće. Ona je presrećna sa Sarom, učiteljicom koju je pre pet godina upoznala preko aplikacije za zabavljanje. Od tada su zajedno i počele su da žive zajedno posle prve godišnjice. Ne bi me iznenadilo kad bi se uskoro venčale.

– Hoćeš li imati malo slobodnog vremena? Ako vreme bude lepo, moći ćeš da pobegneš na plažu uz knjigu i da se praviš da si na Mediteranu – Rejčel je nastavila da traži pozitivne strane koje bismo mogle da izvučemo iz ovoga.

– Bože, nadam se. Ako ne budem imala vremena za sebe, možda ću se utopiti na kraju!

– Molim te, nemoj to da uradiš. Potrebna si mi.

– O, Rejč. Hoću li ti nedostajati dok me ne bude bilo?

– Ne, samo ne želim da dobijem i tvoje klijente povrh svojih, to je sve.

– Kakva si ti nežna dušica! Osećam kako mi se srce topi.

Znam da ću joj nedostajati, kao što ona nedostaje meni kada je na odmoru. Upoznala sam je kada se, upravo završivši školovanje, pridružila istoj ordinaciji Nacionalne zdravstvene službe. Bila sam jednu godinu ispred nje, ali ubrzo smo se sprijateljile i pre dve godine smo odlučile da osnujemo zajedničku privatnu praksu. Neki su govorili da je to sulud potez, ali Rejčel je bila u pravu kada je rekla da je u svetu neviđeni haos, i rokovnik nam je ubrzo bio pun klijenata. Kako smo sticale reputaciju, tako se povećavala i lista čekanja, i trenutno pokušavamo da odlučimo da li da uzmemo još jednog terapeuta. Finansijski dobitak je bio očigledan, ali obe smo se brinule kako bi treća osoba uticala ṇa našu dinamiku u kancelariji. Rejčel i ja veoma dobro radimo kao partneri, i ne želimo to da rizikujemo. Povremeno razgovaramo o tome, ali na kraju tu odluku odložimo za drugi put.

Nakon oko sat vremena, svaka je otišla na svoju stranu. Večeras sam imala sreće. Stigla sam do Tonbridža, ugledala slobodno parking mesto prekoputa moje male kuće s terasom i brzo ga zauzela.

Mačka je očigledno čula moj ključ u bravi jer me je čekala u hodniku i istog trenutka je počela da mi se vrti oko članaka, glasno predući. Sagnula sam se da je podignem i predenje je bilo toliko duboko i glasno da sam mogla da osetim kako mi bruji rame od toga.

– Zdravo, ti – rekla sam dok sam joj mazila mekano krzno. – Jesam li ti nedostajala?

Počela je jače da prede i sada je zvučalo kao da cvrkuće.

– Sutra nećeš biti srećna – rekla sam joj dok sam je nosila prema kuhinji kako bih uzela njenu večeru. – Bojim se da te čeka nedelju dana u pansionu za mačke.

Nimalo nije bila uznemirena zbog tih vesti i nastavila je da se vrti oko mojih nogu i da cvrkuće dok sam joj sipala kesicu njene trenutno omiljene hrane u činiju. Rano sam naučila da ne treba da kupujem hranu za mačke na veliko; čim bih to uradila, ona bi digla nos i odbila da je jede. Nadajmo se da će joj trenutna omiljena hrana i dalje biti omiljena tokom nedelje u pansionu.

Kada sam se pobrinula za mačku, sipala sam sebi čašu vina i odšetala do dnevne sobe. Svetlo na sekretarici je treperilo, govoreći mi da imam novu poruku. Pritisla sam dugme kako bih pustila poruku i gotovo istog trenutka sam se pokajala.

– Popi, tvoja majka je. Upravo krećemo, ali moram da te podsetim da će ove nedelje biti dece u kući, i ne treba da nabasaju na nešto od tvoje opscene literature. Trebalo bi svima da nam učiniš uslugu i ostaviš je kod kuće. Vidimo se sutra, nemoj da kasniš. Ješćemo u šest jer je Lili isplanirala neke igre za probijanje leda kako bi nam pomogla da malo bolje upoznamo Denovu porodicu. Rekla im je da si ti bračni savetnik, zato se, molim te, drži te priče. Želimo da misle da smo normalna porodica.

Uzdahnula sam. Pre nekoliko godina, nedugo nakon što sam se odselila od kuće, tinejdžerka Lili je krišom ušla u moju sobu i pronašla biografsku knjigu koju mi je Rejčel preporučila i koju sam čitala. Zvala se *Dobre devojke ne... ali stvarno bi trebalo*, i radilo se o putu mlade žene prema seksualnom osnaživanju. Uzela ju je i prelistala, iz radoznalosti. Iskreno rečeno, jeste imala neke veoma eksplicitne delove, ali ništa što ne biste očekivali da tinejdžer već zna. Nažalost, umesto da ju je vratila na moj noćni stočić i ostavila je tu, odnela ju je u dnevnu sobu i pokazala mojoj majci, koja je bacila pogled na prvo poglavlje i dovukla me u kuhinju kako bi me izgrdila. Nikada mi nije dozvolila da zaboravim na taj incident, iako je to bila moja kuća i Lili nije imala pravo da mi ulazi u sobu.

Još nisam ni stigla u Kornvol, a majka me je već nervirala. Ubacila sam pitu koju sam odmrzla u rernu i otišla na sprat kako bih pročitala Liline imejlove i spakovala se za predstojeću nedelju.

3.

Zdravo svima,

Veoma sam uzbuđena zbog toga što Den i ja konačno stajemo na ludi kamen, i hvala vam što ste deo ove oboma neverovatno posebne prilike!! Molim vas pročitajte raspored ispod:

Petak – Učesnici venčanja (jeee!!!) stižu u Magan Port da pripreme kuću i podele spavaće sobe.

Subota – Dan dolaska porodice. Možete da dođete u bilo koje vreme iza podneva. Pre toga možda neće biti nikoga da vas dočeka pošto ćemo ići u nabavku i sl. Ješćemo tačno u šest popodne – molim vas, pobrinite se da dođete na vreme jer ćemo igrati igre za probijanje leda posle večere kako bismo svi mogli bolje da se upoznamo!

Nedelja – Den i ja ćemo ići u crkvu u Njukeju, i možete da nam se pridružite! Kao što znate, vera nam je veoma važna, i veoma se radujemo izgovaranju zaveta u crkvi u kojoj je Den odrastao, ali sveštenik je takođe obećao da će se pomoliti za naš blagoslov u nedelju! Uveče će kod kuće biti večera s pečenjem, koju će pripremiti Denovi roditelji (Hvala vam puno – mnogo vas volimo!).

Ponedeljak (ako vreme dozvoli) – PRVI DAN NA PLAŽI! Popravićemo malo boju kako bismo izgledali najbolje moguće za veliki dan. Ne zaboravite kremu za sunčanje – ne želimo da neko izgori!

Nisam više mogla to da podnesem. Pored prečestog korišćenja uzvičnika, bilo mi je muka od te usiljene radosti. Prešla sam pogledom preko imejla u potrazi za nagoveštajem o pravilima odevanja, proveravajući da nema neke fensi koktel žurke koju nisam uočila, ali sve je uglavnom bilo obično. U planu je bilo dosta vremena na plaži, dan za vodene sportove i dan za šoping, kako bismo kupili razne sitnice i ono što smo možda zaboravili (pretpostavljam da je ovo bio ne toliko suptilan podsetnik za poklon za venčanje). Prešla sam na sledeći imejl, koji je bio upućen samo meni.

> *Popi,*
> *Hvala ti što si pristala da budeš deveruša i što si došla na sve probe. Kod mene je tvoja haljina i poneću je u Kornvol sa sobom. Molim te, ne zaboravi na dvadeset crnih hulahopki i na cipele – veoma je važno da sve budete u tonu. Takođe, molim te, ne pričaj o svom poslu – ne želim da se Denovi roditelji uznemire.*
> *S ljubavlju,*
> *Lili*

Ni taj imejl me nije oraspoložio. Počela sam mrzovoljno da ubacujem odeću u kofer. Mačka je, pojevši svoju večeru i pridruživši mi se na spratu, mislila da je ovo izvanredna zabava, i trenutno se rvala s parom mojih čarapa. Srećom, one važne hulahopke su i dalje bile u kutiji i nisu je interesovale, u suprotnom sam bila sigurna da bi rado napravila rupe na njima. Tamnoplave satenske cipele koje ću nositi na svoju haljinu deveruše takođe su uspele netaknute da uđu u kofer. Spakovala sam par kupaćih kostima, više u nadi nego sa očekivanjima. Imala sam i izbor knjiga vezanih za posao za čitanje, ali sve su mi bile na *kindlu*, stoga ne bi trebalo nikoga da uvredim. Na trenutak sam bila u iskušenju da se odvezem nazad do kancelarije, uzmem gomilu seks igračaka i svima ih sakrijem ispod jastuka, ali shvatila sam da je to verovatno bilo detinjasto i, što bi rekla moja majka, „provokativno, bez ikakve potrebe". Ne znam šta je to u vezi s mojom porodicom; savršeno sam funkcionalna odrasla osoba, ali oni nekako uspeju da me svedu na buntovnu adolescentkinju svaki put kada ih vidim. Čak se i Lili snishodljivo ponaša prema meni i uspeva da me iznervira, uprkos tome što je mnogo mlađa od mene.

Posle nekog vremena bila sam poprilično sigurna da sam spakovala sve što mi je potrebno. Postoji nekoliko stvari, poput kozmetike i šminke, koje ću morati da sutra spakujem i dvaput proverim pre nego što krenem, ali spakovala sam sve što sam mogla večeras. Zvono na rerni se oglasilo kako bi mi dalo do znanja da je pita gotova, pa sam se spustila u prizemlje, spremila salatu koju ću jesti uz to, sipala vino i sela da jedem. Uglavnom sam uzbuđena veče uoči odlaska na odmor, ali ovog puta sam bila prosto rezignirana i pomalo tužna. Mačka, kao emocionalno inteligentno biće kakvo jeste, odlučila je da više nisam interesantna sada kada je niti hranim niti joj dajem stvari kojima bi mogla da se igra, pa se sklupčala na sofi i ubrzo zaspala.

Na TV-u nije bilo ničega što sam želela da gledam, pa sam, nakon što sam jela i počistila za sobom, počela da čitam knjige koje sam ostavila za odmor. Pored knjiga vezanih za posao, takođe sam preuzela nekoliko romana, i izabrala sam jedan od njih u nadi da će mi to popraviti raspoloženje. Priča nije bila zahtevna i bila je duhovita, što je upravo ono što mi je bilo potrebno, pa me je uspešno zabavila do odlaska na spavanje.

Sledećeg jutra sam ustala rano kako bih odvela mačku u pansion. Kao što je znao svako ko ima mačku, dovođenje te životinje u pansion je zadatak mrvicu manje opasan od pokušaja kupanja mačke ili davanja pilule. Pokušavala sam da joj dam lažan osećaj sigurnosti time što sam joj pružila puno ljubavi nakon doručka, ali znala sam da je primetila torbu za transport u uglu sobe i da je bila na oprezu. Odgledala sam bezbroj snimaka na internetu koji su demonstrirali kako ubaciti mačku u transporter, ali nijedna mačka na snimcima nije se pretvarala u nemirnu divlju životinju poput moje kada je teram da radi nešto što ne voli. Sumnjala sam na to da su tim mačkama dali sedative. Naravno, usledila je uobičajena borba i, kad sam uspela da ubacim njeno telo i sve njene udove unutra i zatvorim vrata, ona je siktala od besa, a ja sam na podlakticama imala nekoliko ogrebotina. Ignorišući njene nezadovoljne urlike, spakovala sam njen krevet u torbu, kao i nekoliko njenih omiljenih igračaka i hranu.

Put do uzgajivačnice nije bio ništa bolji. Uključila sam radio kako bih utišala urlike koji su dopirali iz prtljažnika automobila. Imala je naviku da se upiški kad god je negde vozim, pa sam pre nekog vremena kupila gumenu prostirku za mačke, koju mogu samo da obrišem kada je to potrebno. Kada smo stigle, nimalo nisam bila iznenađena kada sam ugledala uobičajenu lokvicu. Imala sam papirne i vlažne maramice kod sebe, pa ću se pobrinuti za to kada je ostavim. Uprkos prijateljskim pozdravima osoblja, i dalje je bila lošeg raspoloženja kada sam je ostavila. Jeste me grizla savest, ali taj pansion je bio veoma dobar i znam da joj je lepo tamo, zato što mi redovno šalju snimke.

Dok sam očistila nered u prtljažniku, vratila se kući i ubacila prtljag u auto već je bilo blizu jedanaest sati. Navigacija mi je govorila da će mi trebati malo manje od pet sati do Magan Porta, ali moraću nekoliko puta da napravim pauze za toalet i ručak, pa pretpostavljam da će mi ukupno biti potrebno šest sati, što mi je davalo sat vremena viška pre poslednjeg roka za dolazak. Nadajmo se da neće biti nezgoda ili drugih problema sa saobraćajem na putu. Mama i Lili mi nikada neće oprostiti ako zakasnim.

Jedan od razloga što ne provodim previše vremena sa svojom porodicom je što me to primorava da se suočim sa onim gde je sve pošlo naopako. Bila sam bliska s mamom dok sam odrastala i lepo sam se slagala sa starijim bratom, Endruom, iako smo se Rouz i ja uglavnom svađale. Kada se Lili rodila, zaista nisam bila ljubomorna na nju. Da, to je značilo da više nisam bila najmlađa i da sam morala da delim mamu s još jednom sestrom, ali i dalje je bilo dovoljno ljubavi i smeha za sve.

Gde je moj tata u celoj priči? Nema ga, ne zapravo. Tokom nedelje je uvek bio na poslu, uveče je uvek bio umoran, a vikendi su mu bili ispunjeni obavezama poput košenja travnjaka ili pranja automobila. U suštini je odgajanje dece prepustio mojoj majci, i u retkim trenucima kada mu je zahtevala da se umeša, uvek bi rekao nešto poput: „Uradi ono što ti majka kaže", i to bi bilo sve. Najbolje bih ga mogla opisati kao dobroćudnog, ali distanciranog.

Stvari su prvi put postale gore kada sam ušla u pubertet. Moje telo se odjednom menjalo na razne načine, i to me je fasciniralo. Kada su počeli da mi rade hormoni, počela sam da shvatam da sam seksualno ljudsko biće. U školi su nas učili osnovama reprodukcije, i bila sam sigurna koliko i sve ostale devojčice da nikada ne bismo dozvolile nekom dečaku da *to* uradi nama. Sve je to zvučalo potpuno užasavajuće kada sam imala jedanaest godina. Doduše, kada sam napunila četrnaest, nimalo nije zvučalo užasavajuće; zvučalo je kao da bi moglo biti zabavno. Nisam bila spremna sama to da probam, ali želela sam da znam sve o tome. Kad god sam bila za porodičnim kompjuterom i kada nije bilo nikoga, na internetu sam tražila sve informacije koje sam mogla da nađem o seksu. Vrlo brzo sam naučila da je trebalo da se klonim snimaka, ali gutala sam svaki članak koji sam mogla da pronađem. Znate onu vrstu članaka – deset načina da poboljšate orgazam, dvadeset poza koje treba da probate ovog leta, takve stvari. Ako su bili dobri, odštampala bih ih i sakrila ispod svog dušeka kreveta na sprat koji sam delila s Rouz, kako bih mogla da ih čitam kada sam sama.

Naravno, bilo je samo pitanje vremena kada će me uhvatiti. Tata je u istoriji pregleda tražio internet stranicu vodoinstalatera koju je posetio nekoliko dana ranije i pojavile su se sve stranice koje sam posetila. Rouz i ja smo gledale TV u dnevnoj sobi kada je sve počelo – imale smo najbolja sedišta za porodičnu dramu, tako se ispostavilo. Sećam se tog razgovora kao da se juče desio.

– Hejzel, možeš li da dođeš na trenutak? – počeo je, potpuno nedužnim tonom. – Na kompjuteru je nešto što ne razumem.

– Znaš da mrzim tu stvar – mama je odgovorila iz kuhinje. – Pitaj jedno od dece.

– Mhm, mislim da prvo ti treba ovo da vidiš.

– Oh, zaboga! – viknula je, umaršíravši u dnevnu sobu u svojoj kecelji. – Šta je bilo? Usred sam spremanja večere.

– Izgleda da je neko koristio kompjuter kako bi gledao – ovde je spustio glas do šapata – stvari o seksu.

Nastala je bolna tišina dok je gledala u spisak internet stranica, a onda je vrištala dok se pela uza stepenice: – Endru, silazi dole *smesta!*

– Šta je? – pitao je nekoliko trenutaka kasnije.

– Nemoj ti meni „šta je". – Mamino lice bilo je gotovo ljubičasto od besa. – Gledao si prljave stvari, zar ne?

– Nisam!

– Ne laži. Na kompjuteru je dokaz.

– To nisam bio ja! – insistirao je, pre nego što je malo bolje pogledao u ekran. – Zašto bi mene to interesovalo?

Ni dan-danas ne znam koji je link izabrao, ali očigledno je to bilo nešto što je bilo vezano isključivo za žensko zadovoljstvo, jer je mamin bes istog trenutka bio preusmeren na mene i Rouz.

– Koja od vas dve je to bila? – prosiktala je.

– Popi – Rouz je istog trenutka odgovorila. – Ima celu gomilu bezobraznih stvari ispod svog dušeka. Mogu da vam pokažem.

Brza pretraga naše spavaće sobe bila je dovoljna da me osudi, i nakon što mi je uzela sve papire, mama mi je održala dugačku bukvicu posle koje nije trebalo da sumnjam u to da je seks prljav, sraman i da treba da se dešava samo u braku.

Na njenu žalost, to je imalo kontraefekat. Moja prirodna radoznalost nije mogla da prestane da razmišlja o kontradiktornosti između onoga što sam pročitala i onoga što je ona rekla. Nije oboje moglo da bude tačno, zar ne? Postojao je samo jedan način da saznam.

Počela sam da izlazim s Findlijem kada sam imala petnaest godina. On je bio sve što sam mislila da želim u dečku – bio je lep i mišićav – i nisam mogla da dočekam da probam pravi seks s njim. Kada smo jednog dana konačno imali priliku za to u kući njegovih roditelja posle škole, tresla sam se od uzbuđenja i treme. Ali, seks je bio užasno razočaravajući. Nije bio nimalo sličan onome o čemu sam čitala i plakala sam nakon što smo završili, misleći da je mama od početka bila u pravu, i da je internet bio samo jedna velika laž. Pokušali smo ponovo, više puta, i jeste postalo malo bolje, ali nije bilo ni blizu onome što sam očekivala.

Pitala sam se da li nešto nije bilo u redu s Findlijem, pa sam se zabavljala s još nekoliko momaka nakon što smo raskinuli, ali nikada se nije pojavila iskra, a tokom toga sam stekla lošu reputaciju. Rouz me je još jednom ocinkarila mami kada je čula neke momke kako zbijaju šale o meni, i usledila je još jedna dugačka bukvica o „devojkama lakog morala", bila sam kažnjena čitavih mesec dana i odvukla me je kod doktora na pregled. Tek kada sam završila školu i počela da se zabavljam s Džekom, dvadesetpetogodišnjim momkom kog sam upoznala na poslu tokom godine kada sam pauzirala, konačno je kliknulo. On je bio prvi muškarac koji se pobrinuo za to da sazna šta se meni sviđa, i obožavala sam ga zbog toga. I dalje smatram tih nekoliko meseci tokom kojih smo bili zajedno pre nego što sam otišla na fakultet jednim od najsrećnijih perioda svog života.

Zainteresovanost za terapiju rodila se kad sam bila na fakultetu. Bila sam u bliskoj grupici devojaka na kursu psihologije, i one su otvoreno pričale o svom seksualnom životu. Ubrzo sam saznala da ni većina njih nije imala odličan seks i da misle kako je to nešto što moraju da rade kako bi udovoljile svojim momcima, a ne nešto u čemu uživaju. Naoružana godinama istraživanja i svojim iskustvom sa Džekom, posavetovala sam ih i osetila nalet zadovoljstva kada su mi rekle koliko su moji saveti promenili neke stvari.

Naravno, moji roditelji su oboje bili užasnuti kada sam im rekla da planiram da idem na obuku za savetnika i da ću se specijalizovati za seks i veze. Majka mi je zabranila da uopšte pominjem to u kući, kako ne bih pokvarila Lili svojom prljavštinom. Čim sam mogla, iselila sam se iz porodičnog doma u Padok Vudu u stan koji sam delila s cimerima, štedela novac kako bih skupila dovoljno za učešće za moju malu kuću u Tonbridžu, i nikada se nisam pokajala. Od tada su moji kontakti s porodicom bili što je moguće kraći. Viđam ih za rođendane, Božić i događaje poput venčanja i krštenja, ali ne mogu da tolerišem više od toga.

Oni su svi ostali i dalje veoma bliski, što nepravičnost cele situacije čini još gorom. Endru i Rouz redovno dolaze da posete moje roditelje sa svojim porodicama, a Lili odlazi od kuće tek sada kada se udaje. Teško mi je da ne pomislim kako je požurila s tim u dvadeset trećoj godini, ali oštro mi je rečeno da gledam svoja posla kad god sam pokušala da pokrenem tu temu. Biću iskrena, svi u mojoj porodici su se mladi oženili i udali, i ja sam bila jedini izuzetak.

Jedna stvar je bila sigurna. Ovo će biti izuzetno naporna nedelja i veći deo nje moraću da držim jezik za zubima.

4.

Bilo je pet minuta do šest kada sam stigla ispred kuće koju su moji roditelji iznajmili u Magan Portu. Prilaz je bio gotovo pun, ali uspela sam da se uglavim. Ulazna vrata su se širom otvorila dok sam uzimala kofere iz prtljažnika.

– Popi, gde si *dosad*? – obrušila se moja majka. – Upravo se spremamo da jedemo! Hajde, moraćeš kasnije da uneseš kofere.

Volela bih da joj kažem da sam *dosad* bila na putu gotovo sedam sati, da sam zapela u saobraćajnoj gužvi na gotovo sat vremena jer je saobraćajna nesreća na auto-putu blokirala sve trake, da sam *davala sve od sebe da stignem na vreme*, ali već sam shvatila da je ona odlučila da sam namerno zakasnila samo kako bih nju nervirala. Umesto toga, ništa nisam rekla i poslušno sam je sledila u kuhinju i trpezariju otvorenog plana na jednom kraju kuće.

Ako je ostatak kuće bio jednako lep koliko i ova prostorija, čekalo me je uživanje. Kuhinja je bila ogromna, s jednim od onih šporeta koji imaju milijardu ringli i pekač u uglu. Bio je tu i veliki frižider u američkom stilu, sa ugrađenim dispenzerom za vodu i led, kao i zaseban frižider za vina, za koji sam s radošću primetila da je dobro snabdeven. Moja porodica možda jeste potiskivala sve što je vezano za seks, ali umela je da uživa u piću. Beli kuhinjski elementi bili su naređani ispod granitne radne površine koja je sigurno koštala celo bogatstvo, i svakako nije manjkalo prostora ili ormarića. Trpezarija je imala stakleni krov i dvojna vrata koja su gledala na baštu. Sto je već bio potpuno zauzet; pored mojih roditelja i Lili i Dena, Rouz je bila tu sa svojim mužem Stivom i njihove dve ćerke, Olivijom i Ajvi. Zoi i Endru su sedeli prekoputa sa svojom decom tinejdžerskog uzrasta, Fredijem i Sarom, koji su sedeli pored njih. Na kraju stola sedelo je troje ljudi koje nisam poznavala, ali su, sudeći po izgledu, to morali biti Denovi roditelji i brat.

Mama me je požurivala prema stolu i shvatila sam da su me smestili između žene za koju sam pretpostavljala da je Denova majka i Fredija. Gotivim Fredija, ali on je bio poput svakog šesnaestogodišnjaka kog sam ikad upoznala, komunicirao je uglavnom gunđanjem i većinu vremena provodio zalepljen za svoj telefon, kao sada.

– Anita, ovo je Popi, moje drugo najmlađe dete – mama je rekla ženi pored mene i maltene me gurnula na stolicu. – Popi, ovo je gospođa Vilijams, Denova majka.

– Molim te, zovi me Anita – rekla je, uz topao osmeh. – Od tog „gospođa Vilijams" se osećam kao da imam sto godina. Divno je upoznati te, Popi. Jesi li lepo putovala?

Nisam imala vremena da odgovorim jer je Lili ustala i počela da tapše rukama.

– Sada kada su konačno svi tu – počela je, uz značajan pogled prema meni – želim da kažem koliko smo Den i ja uzbuđeni zbog ove nedelje. Biće nam toliko zabavno, i ja ću se na kraju te nedelje udati za ljubav svog života! Pre nego što se pomolimo, želela bih da se zahvalim mojim roditeljima, koji su ne samo iznajmili ovu sjajnu kuću za nas već su i spremili večeru za večeras. Molim vas, nazdravite mojim roditeljima!

Dobro, ovo je bilo neprijatno. Svi su imali čašu nečega, osim mene. Nisu mi sipali čak ni vodu.

– Izvoli, sipaj ovo na brzinu – Anita reče, pruživši mi flašu belog vina. Zahvalno sam joj se nasmešila i sipala sebi malo, taman na vreme da se pridružim zdravici.

Mama je odlepršala u kuhinju, praćena Lili i Rouz.

– Treba li vam pomoć? – upitala sam, brzo otpivši gutljaj vina u slučaju da kažu da.

– Pročitaj raspored – rekla je iznervirano Lili. – Rouz i ja služimo večeras, a ti pereš sudove.

Postojao je raspored?

– Jel' to bilo u imejlovima? – upitala sam. – Poprilično sam sigurna da sam ih sve pročitala.

– Ne. Ovde je. – Lili je pokazala na parče papira zalepljeno na zid u kuhinji. – Da si došla na vreme, čula bi me kako ga objašnjavam. Raspodelili smo poslove kako bi svako uradio podjednako.

Pretpostavljam da su stvari mogle biti gore; makar je mama uredna dok kuva i nastoji da počisti za sobom pa, iako je ovde bilo puno ljudi, pranje sudova ne bi trebalo da bude pretežak zadatak. Proučiću raspored nakon večere i proveriti da li je moj red za pranje sudova kada je Lilin red da sprema večeru. Kunem se da ta upotrebi svaku šerpu i tiganj u kuhinji čak i da bi samo obarila jedno jaje.

– Mislim da večeramo piletinu. Jel' ti u redu belo, ili bi radije crveno? – upitala je Anita i preusmerila sam pažnju na nju. Uspela je da dohvati i flašu crvenog vina, i nežno mi se smeškala. Makar je nekome bilo drago što sam ovde.

– Belo je savršeno, hvala – odgovorila sam i sipala mi je punu čašu. Tanjiri su počeli da pristižu iz kuhinje i Anitu su prvu uslužili. Pileća kaserola je mirisala izvanredno. Uglavnom ne jedem ovako rano, ali shvatila sam da sam zapravo veoma gladna. Očigledno su mi zamerali zbog toga što sam zakasnila, zato što sam poslednja dobila svoj tanjir, iako mama inače poštuje pravilo da žene treba uslužiti pre muškaraca. Primetila sam da je Sara, Zoina i Endruova četrnaestogodišnja ćerka, dobila drugačiji tanjir od ostalih i upitno sam podigla obrve prema Zoi.

– Ona je vegetarijanac od pre dva meseca, kada su u školi gledali film o farmama – objasnila je.

– Bilo je užasno – dodala je Sara. – Ne razumem kako neko može da jede meso nakon što vidi kako one jadne životinje idu u klanicu.

– Sigurna sam da se ne pate – mama joj je rekla kada je sela na svoje mesto. – Prvo ih omame, tako da je to potpuno bezbolno.

– Ne ako je u pitanju *halal* – ubacio se tata, čime je zaslužio iznerviran pogled moje majke. – Zar nije protivno pravilima muslimanske religije da omame životinje pre nego što ih zakolju?

– Mislim da mogu da ih omame, ali životinje ne smeju da umru od omamljivanja – rekla je Zoi.

– Hvala, Bile i Zoi. Sigurna sam da se svi osećamo mnogo bolje posle tih malih korisnih informacija – kratko je odgovorila. – Ko će onda da se pomoli, Lili?

Den je ustao i potrudila sam da se delujem prikladno svečano dok se on zahvaljivao Bogu na hrani, predstojećoj nedelji i otprilike svemu ostalom čega je mogao da se seti. Periferalnim vidom sam uočila da je mama počela da se trza; neće biti zadovoljna ako se hrana koju se toliko potrudila da pripremi ohladi zbog Denovog odugovlačenja. Kada je konačno završio, svi smo rekli „amin" i počeli da jedemo.

– Zdravo, Fredi. Kako si? – upitala sam svog bratanca nakon nekoliko zalogaja.

– Pa, u redu – odgovorio je, ne podigavši pogled. Njegova spretnost me je zaista impresionirala; držao je telefon u jednoj ruci, palcem kucajući poruku, a drugom je ubacivao hranu u usta.

– Fredi! Lepo odgovori na Popino pitanje i spusti telefon. Koliko puta sam ti rekla da ne nosiš tu stvar na večeru? – Zoi ga je grdila. Krajičkom oka sam videla kako Sara spušta telefon i stavlja ga na sto pre nego što njena majka vidi da je i ona radila istu stvar.

– Čekaj da završim sa slanjem ove poruke – odgovorio je i palcem nastavio da pleše po ekranu.

– Tako mi je žao – rekla mi je Zoi. – On je zavisan od te stvari, časna reč. Morali smo da ustanovimo pravilo da se telefoni ostavljaju na punjačima u kuhinji kada krenu na spavanje, u suprotnom sam sigurna da bi oboje cele noći ćaskali sa svojim prijateljima. Sâm bog zna o čemu oni razgovaraju.

– Ne brini – uverila sam je. – Svi smo mi nekad bili u njegovim godinama, i sigurna sam da smo bili podjednako teški.

Moj brat Endru je u tom trenutku odlučio da se pridruži razgovoru. – Mi tada nismo imali pametne telefone, zar ne? Morali smo da čekamo svoj red za korišćenje *Mesindžera* za porodičnim kompjuterom. Sećaš li se toga, Popi? Koliko ste se ti i Rouz svađale oko toga čiji je red bio i koliko dugo ste ga koristile. Isto tako je bilo i s telefonom. Nikada neću znati kako je iko uspeo uveče da nas dobije na telefon. Jedna od vas je uvek bila na telefonu, pričajući satima.

– Oh, a ti ga nikada nisi koristio? – suprotstavila se Rouz, iznenađujuće agresivno. – Ja se sećam da su mama i tata morali neko vreme da nam daju fiksno vreme jer si ti stalno visio slatkorečivo blebećući sa Zoi kad se vratiš s fakulteta.

Podigla sam pogled prema Rouz i primetila da joj je pogled pomalo staklast, a obrazi rumeni. Očigledno je popila nekoliko čaša vina pre večere, što ju je uvek činilo spremnom za svađu. Njen muž, Stiv, takođe je to primetio i prekrio je njenu ruku svojom, stegnuvši je. Nastala je pomalo neprijatna atmosfera nakon njenog ispada i bila sam svesna Fredija, koji je to iskoristio kao priliku da uzme telefon i nastavi razgovor.

– Divna ti je ova kaserola, Hejzel. Moraš da mi daš recept – rekla je Anita mojoj majci, u očiglednom pokušaju da smanji napetost koja je odjednom zavladala prostorijom. Uspelo joj je, ali samo do te mere da je Rouz prestala ljutito da gleda u mog brata i nastavila da jede. Razgovor je polako nastavio da teče.

– Jel' i vi odsedate ovde? – upitala sam Anitu između zalogaja. Znala sam da žive blizu, ali ova kuća je bila dovoljno velika da primi polovinu Kornvola.

– Ne – odgovorila je. – Nismo daleko, pa, iako ćemo puno vremena provoditi ovde, mislili smo da će biti lakše otići kući svako veče. Den takođe odseda kod nas, pa će nam to dati malo vremena pre venčanja da ga provedemo kao porodica.

– Oh, mislila sam da će on biti ovde sa Lili.

– Ne. Odlučili su se za odvojene krevete dok se zvanično ne vežu. Znam da to nije savremeni način, ali divim se snazi njihovih karaktera. Zar ne misliš da je to divno?

– Mislim, ali velika je to promena odjednom, zar ne? Ako je par prethodno živeo zajedno, upoznaju mane jedno drugog. Den i Lili nemaju pojma šta ih čeka.

– Jel' to lično ili profesionalno mišljenje? – upitala je. – Tvoja majka mi je rekla da si bračni savetnik.

– Pomalo je od oba, pretpostavljam. Brak je veliki korak, a kombinacija braka i zajedničkog života prvi put zaista dodaje na pritisku.

– Ali takođe se može reći da to njihov put prema otkrivanju čini još uzbudljivijim, jer i dalje imaju toliko toga da nauče jedno o drugom. To takođe čini i kupovanje poklona za venčanje uzbudljivijim, jer nemaju već gotov dom u kome imaju sve što im je potrebno. Ćerka moje prijateljice Dženis se udala pre nekoliko meseci, i sve što su želeli su bili vaučeri za odlazak na obalu za medeni mesec. Zar to nije dosadno?

Morala sam da priznam da to što je rekla ima smisla. Većina mojih prijatelja koji su se u skorije vreme venčali već su živeli zajedno, što je kupovinu dobrog poklona činilo iznenađujuće teškom.

– Imaš li ti nekoga posebnog u životu? – nastavila je Anita. – Dečka, ili možda devojku?

– Trenutno nemam dečka – rekla sam, smešeći se zbog njene političke korektnosti. – Moj posao čini zabavljanje pomalo teškim. – Bila sam svesna da me je moja majka čula preko stola i da pažljivo sluša.

– Stvarno? Zašto? – Anita je delovala iskreno iznenađeno, i shvatila sam da moram biti veoma pažljiva sa sledećim rečima. Dala sam sebi trenutak da uobličim odgovor. Nisam želela da lažem, ali nisam želela ni da izazovem bes svoje porodice.

– Veliki deo mog posla uključuje razgovaranje s parovima o, hm, *fizičkoj strani* njihove veze – počela sam. – Kako bih to mogla da radim, moram da znam o čemu pričam. Izgleda da muškarce to saznanje plaši. – Mislim da sam uspela da izbegnem metak, jer je mama ponovo spustila pogled na svoj tanjir.

– Zaista? Mislila sam da je bračno savetovanje više fokusirano na rešavanje konflikta i slušanje perspektive partnera. Rešavanje problema u vezi sa fizičkom stranom, kako si rekla, deluje mi više kao nešto što spada u seksualnu terapiju. Jesi li ti to, seksualni terapeut?

Anitine reči su nekako izašle tokom jednog prekida u bujici priče, i nisam morala čak ni da dignem pogled kako bih znala da Lili i moja majka ljutito gledaju u mene. Šta je trebalo da kažem? Anita je izgledala zaista zainteresovano dok je čekala moj odgovor, pa sam odlučila da skratim sebi muke.

– To je upravo ono što jesam – rekla sam.

– Pa to je fascinantno – nastavila je ona entuzijastično, nesvesna talasa nezadovoljstva koji su dolazili sa druge strane stola. – Mogla bih da se zakunem da si mi rekla da je Popi bračni savetnik, Hejzel?

Moja majka je pocrvenela, ali pre nego što je imala priliku da odgovori, ubacila se Ajvi, Rouzina osmogodišnja ćerka.

– Šta je seksualni terapeut? – pitala je.

– Neko ko pomaže ljudima kada ne može da im se digne – odgovorio je Fredi uz lukav osmeh.

– Fredi! – viknula je moja majka. – Ne pred decom.

– Kada šta ne može da im se digne? – nastavila je Ajvi, nesmotreno.

– Piša, ludice – pridružila se njena starija sestra, Olivija. – Muškarac mora da učini svoju pišu tvrdom kako bi svojoj ženi dao bebu. To je makar ono što mi je rekao Čarli Potl. To je tačno, zar ne, mamice?

Rouz je otpila još jedan veliki gutljaj, a potom odgovorila. – Taj Čarli Potl je jedan bezobrazan dečak, Olivija. Ne želim da se družiš s njim, jesi li razumela?

– Dakle, tetka Popi pomaže ljudima s njihovim pišama? – dodala je Ajvi, očito zblanuta.

– Prestani – zarežala je Rouz na nju.

– Šta nije u redu s poslom tetke Popi? – upitala je Sara. – Potražila sam na internetu o tome kada su mama i tata rekli meni i Frediju da se time bavi. Zapravo deluje baš kul.

– Možemo li, molim vas, da prestanemo da pričamo o ovome? – preklinjala je Lili. – Ima još puno hrane, idite da uzmete još ako želite.

Rouz, Lili i mama su me sada streljale pogledom. Tata se pak pomno usredsredio na svoj tanjir, kao da su se odgovori na sva životna pitanja nalazili u njemu. Denovi roditelji su samo izgledali zbunjeno. Uprkos svim mojim naporima i obziru, sve je ovo očigledno bila moja krivica.

Pa, to nije loše prošlo.

5.

– Mislila sam da smo se složile da nećeš pričati o svom poslu – siktala je moja majka. Večera je završena i pospremale smo pre početka Liline igre za razbijanje leda. Svi mlađi od dvadeset godina bili su pošteđeni igre, pa su Olivija i Ajvi otišle negde da gledaju *Dizni kanal*, a Fredi i Sara su takođe nestali.

– Šta je trebalo da kažem? – odgovorila sam, tihim glasom kako me neko ne bi čuo.

– Trebalo je da se držiš scenarija i kažeš im da si bračni savetnik, a ne da objaviš celoj prostoriji da si, pa, znaš već. Hvala nebesima što deluje da Aniti i Ričardu to ne smeta, ali moglo je da im bude veoma neprijatno. Zašto moraš da budeš tako bezobzirna?

– Ako se sećaš, Anita je prva pomenula seksualnu terapiju, ne ja.

– Nije u tome stvar. Ti si je navela na to tom silnom pričom o fizičkom u vezama. Trebalo je da budeš diskretnija.

– Bila sam taktična koliko sam mogla! Nisam želela da je lažem ako me direktno pita. Žao mi je što ti je neprijatno zbog mog posla, ali zapravo nema ničeg sramnog u vezi s njim.

– Naravno da ima! Pogledaj šta se desilo sa Ajvi i Olivijom! Sada će jadna Rouz morati da vodi veoma neprijatne razgovore s njima. To se nikada ne bi desilo da imaš normalan posao, da si računovođa ili nešto slično. Moraš da joj se izviniš. Bolje bi bilo da se izviniš i Lili. Sigurna sam da je veoma uznemirena zbog toga što si upropastila našu prvu zajedničku večeru. Ovo je Lilina nedelja, i bolje bi ti bilo da to zapamtiš, umesto što stalno privlačiš pažnju na sebe.

Osećala sam kako u meni raste bes, i skoncentrisala sam se da ostanem pribrana. Kad bih rekla majci ono što stvarno mislim, to bi preraslo u ogromnu svađu koja bi zaista uznemirila Lili. Srećom, situaciju je razvodnjila Anita, koja je baš u tom trenutku ušla u kuhinju.

– Bila je to stvarno divna večera, Hejzel. Hvala ti puno – rekla je.

– Ma, nije to ništa – odgovorila je mama, blago porumenevši. Pokušavala je da bude skromna, ali znam da je zapravo uživala u pohvalama. Za samo nekoliko sekundi je iz razjarenosti i besa prešla u oduševljenje. Kad bih samo ja to mogla; i dalje sam kipela od ogorčenosti. Mamila me je ideja da odem u hodnik, zgrabim svoje torbe i krenem kući. Znam da to nije praktično i da sam verovatno prešla granicu za vožnju pod dejstvom alkohola, ali izgleda da moja porodica ima tu jedinstvenu sposobnost da me iznervira tako da hoću da iskočim iz sopstvene kože. Bila sam toliko zauzeta ključanjem od besa da sam umalo propustila sledeći deo razgovora. Registrovala sam to tek kada sam čula svoje ime.

– ... Popi. Mora da si ponosna na nju – rekla je Anita. Sranje, šta li sam propustila? Ako je zaista podsticala moju majku da se složi s njom, bojala sam se da je čeka razočaranje. Otpila sam gutljaj vina i primorala se da nastavim s pranjem sudova, kako mama ne bi primetila da sam prisluškivala.

– Ponosna sam na sve njih. Ne možeš protiv toga, zar ne? To je deo majčinstva. Mora da je i tebi tako s Denom i Stjuartom – odgovorila je mama.

Neverovatna je. Udahnula sam duboko kako bih se smirila, ali mi je zbog toga, nažalost, vino skrenulo gde ne treba. Posledice su odmah nastupile. Kada je napad kašlja počeo, isprskala sam pločice iza sudopere vinom koje još nisam progutala i pridržala se za radnu površinu, istovremeno kašljući i boreći se za dah. Trenutak nije mogao biti gori, i bila sam svesna sumnjičavog pogledala svoje majke.

– Zaboga, jesi li dobro? – upitala me je Anita, brzo mi prišavši kako bi me potapšala po leđima. Nisam sigurna zašto ljudi to rade; iz mog iskustva, nikada ne pomaže. Doduše, bila sam joj zahvalna. Makar je nešto radila, za razliku od moje majke, koja je stajala i posmatrala me s prezrivim izrazom lica, ubeđena da sam ovo namerno uradila kako bih ispunila plan privlačenja pažnje. Posle nekog vremena napad kašlja je počeo da se smiruje i posegla sam za parčetom ubrusa kako bih obrisala suze.

– Izvinjavam se zbog ovoga – graknula sam. – Loše sam progutala vino.

– Mrzim kada se to desi – složila se Anita. – Sipaj sebi još malo vina, a ja ću završiti ovo ovde.

– Sigurna sam da je Popi sposobna da završi pranje sudova – rekla je moja majka odlučno. – Ne želimo da kvarimo Lilin raspored, zar ne?

To me je podsetilo. Kada su mama i Anita otišle, ostavivši me samu, iskoristila sam priliku da bacim pogled na čuveni raspored. Pretpostavljam da smo odgovorni za sopstveni doručak i ručak, budući da na rasporedu nije pisalo ništa o njima. Denovi roditelji kuvaju sutra uveče, što sam već znala, a Endru i Zoi peru sudove. Ja ponovo perem sudove u utorak posle Rouzinog i Stivovog kuvanja, a kuvam u sredu. Izgleda da Lili uopšte neće kuvati, što je zgodno za nju, ali ona i Den peru sudove posle mene u sredu. Na trenutak sam bila u iskušenju da skuvam nešto preteško što bi zahtevalo upotrebu svih šerpi i tiganja, ali shvatila sam da bih time samo otežala sebi. Doduše, nema šanse da ću spremati nešto posebno za Saru, pa ću samo skuvati nešto vegetarijansko za sve.

Nakon što sam sve oprala, osušila i vratila na svoje mesto, sipala sam još vina i otišla u potragu za ostalima. Torbe su mi i dalje bile u hodniku, ali budući da mi niko još nije rekao gde ću spavati, zasad će morati tu i da ostanu. Odlučila sam da iskoristim ovu priliku da pogledam ostatak prizemlja dok sam još bila tu. Ovo mesto je zaista bilo ogromno; u sobi za gledanje TV-a na zidu se nalazio ogroman plazma televizor, zajedno sa udobnim sofama za ležanje. Tu prostoriju su trenutno zauzimale Sara, Olivija i Ajvi. Takođe je postojala igraonica s velikim stolom za snuker u jednom uglu i stolom za stoni tenis u drugom. Možda ću pokušati da nagovorim Endrua na nekoliko partija stonog tenisa dok smo ovde; stalno smo ga igrali u karavan parku u koji su nas mama i tata vodili svakog leta dok smo odrastali, i u svakoj partiji smo se žestoko takmičili.

Poslednja soba je bila dnevna soba, gde su se svi okupili. Ona je bila gotovo ista kao kuhinja i trpezarija po tome što je bila ogromna i imala dvostruka vrata koja su izlazila na baštu. U njoj je postojala mešavina kožnih sofa i fotelja, koje su većinom bile zauzete. Ugurala sam se na sredinu jedne od sofa, između Endrua i Zoi.

– Jesi li video igraonicu? – upitala sam Endrua.

Nasmešio se. – Možda i jesam.

– Jesi li raspoložen za borbu dok smo ovde?

– Apsolutno!

Zoi je dramatično uzdahnula. – Jel' to znači da ću ove nedelje biti udovica ping-ponga?

– Razveseli se – rekla sam. – Makar ne igra golf.

– Pretpostavljam da treba da budem zahvalna na malim stvarima. Osim toga, kako si ti, Pops?

Još jednom nisam imala priliku da odgovorim jer je Lili ponovo ustala i zapljeskala rukama kako bi svima privukla pažnju.

– Dobro. Vreme je za igru razbijanja leda. Den i ja smo vas podelili u parove, koje ću otkriti za trenutak. Kada počnemo, vi i osoba s kojom ste u paru imate deset minuta da saznate što više stvari možete jedno o drugom. Kada prođe deset minuta, predstavićete grupi osobu s kojom ste u paru. Ima li pitanja?

Super. Nikada nisam bila ljubitelj igara za razbijanje leda, a ovo je zvučalo potpuno iscrpljujuće. Možda ću imati sreće i dobiti Anitu; deluje kao da je lako razgovarati s njom. Doduše, pretpostavljam da je malo verovatno da će se to desiti.

– Možemo li da pravimo beleške? – upitao je moj otac. – Pamćenje mi nije kakvo je bilo.

– Ako želite. Ima li još pitanja pre nego što vas uparimo? Ne? Dobro, hajde da počnemo!

Bilo kakva nada koju sam gajila da ću biti uparena sa Anitom nestala je kad je moja mama dobila Denovog oca, a moj otac Denovu mamu. Endru je dobio Rouzinog muža, Stiva, a Zoi je dobila Rouz. Ja sam dobila Denovog mlađeg brata, Stjuarta.

– Sačekaj sekund, Lili – oglasila se Rouz, i nisam mogla da ne primetim da govori nerazgovetno. – To znači da si sebe uparila sa sopstvenim verenikom! To nije pošteno.

– Nevestina privilegija – odgovorila je Lili, samozadovoljno.

– Sarađuj malo, Rouz – opomenula ju je majka. – Lili je uložila puno truda u ovo. A mogla bi i da usporiš malo s tim vinom.

– Čudno je što ti to kažeš – odgovorila je Rouz nepopustljivo. – Koliko znam, odrasla sam osoba i savršeno sam sposobna da odlučujem o tome koliko ću popiti.

Sada su mi se već uključile antene. Rouz nije bila raspoložena za svađu samo zbog nekoliko čaša vina. Definitivno ju je nešto mučilo. Možda je bila ljubomorna zbog toga što je Lili u centru pažnje, ali to nije bilo ništa novo. Koje god bile okolnosti njenog začeća, moji roditelji su tetošili Lili otkad se rodila. Ne kažem da smo mi ostali bili zanemareni, ali Lili je uvek dobijala poseban tretman.

– Dobro, vreme je da se podelite u parove – rekla je Lili, i svi smo počeli da se krećemo po prostoriji. Pridružila sam se Stjuartu na jednoj od sofa baš kada je Lili najavila da je počelo naših deset minuta.

– Dakle, seksualni terapeut, a? To je kul. Zbog čega si želela time da se baviš? – Stjuart je počeo.

Ispričala sam mu kraću verziju, da sam pomogla prijateljicama na fakultetu i da sam tada shvatila da želim time da se bavim. Ispričala sam mu o obuci, prvo za psihoterapeuta, a onda o dodatne dve godine posle kojih sam dobila diplomu za psihoseksualnu terapiju. Bilo mi je jasno da me ne sluša, što mi je potvrdio njegov odgovor.

– Ti sigurno znaš, ono, *sve* o seksu, a? Sve poze, sve. Ti si kao *Vikipedija* za seks! Kako to da si ovde sama? Neko kao ti sigurno može da ima bilo kog muškarca kog izabere.

Nisam mogla da se ne nasmejem. – Kamo lepe sreće! – rekla sam.

– I te kako bih spavao s tobom – odgovorio je.

Nisam bila sigurna da li da se nasmejem ili da ga ošamarim. Odlučila sam da mu pružim još jednu priliku: ovo je verovatno bio samo mladalački manjak obzira, a ne ozbiljna ponuda.

– Malo si mlad za mene.

– Mlado je dobro. Razmisli o tome; momku tvojih godina trebalo bi dan ili dva da se oporavi, a ja bih bio spreman za još jednu rundu nakon otprilike pola sata.

– Period oporavka posle odnosa, što je ono o čemu mislim da pričaš, različit je za svakoga i, ako smem da dodam, seks na svakih pola sata zvuči bolno iz ženske perspektive.

– Ja bih te toliko napalio da nema šanse da bi te bolelo.

Odlučila sam da je ovo otišlo predaleko. – Pa, hvala, ljubazni gospodine. Moram da dodam da, osim razlike u godinama, uglavnom očekujem malo više romantike pre takve ponude. Čak me nisi ni izveo na večeru, a kamoli mi kupio cveće. A sada, reci mi nešto neseksualno o sebi.

Saznala sam da je i dalje na fakultetu, studira ekonomiju. Nadao se da će izdvojiti godinu dana za putovanje svetom kad ga završi, a pre nego što pronađe posao negde u nekoj firmi za istraživanje i kupi svoj prvi aston martin pre tridesetog rođendana. Nisam mogla da mu zamerim što je verovao u sebe, ali pretpostavljam da će se tokom godina razočarati. Upravo mi je pričao o tome kako je morao da ostavi bivšu devojku jer je postala preteška i preozbiljna, a on nije želeo da se obavezuje, kad je Lili ponovo zapljeskala kako bi nam pokazala da nam je vreme isteklo i da treba da predstavimo ono što smo naučili.

Tata je počeo prvi, najpre namestivši naočare i pročistivši grlo. Rekao nam je da je Anita bila domaćica dok su Den i Stjuart odrastali, ali da sada volontira u dobrotvornoj radnji u Njukeju i da se pridružila Univerzitetu Trećeg doba, u kom zaista uživa.

Većina prezentacija je bila sličnog stila, mada je bilo teško razaznati neke delove Rouzinog sažetka o Zoi, budući da je mrmljala i zaplitala jezikom. Mamina iznerviranost je bila opipljiva, ali meni je bilo očigledno da je, pored toga što je pijana, Rouz iz nekog razloga bila potpuno očajna. Nije ovo bila ljubomora u pitanju; nešto mnogo gore je. Rekla sam sebi da treba da je odvučem nasamo u nekom trenutku u toku nedelje i pokušam da saznam šta se dešava.

Posle nekog vremena, došao je red na mene i Stjuarta. Ja sam prva počela, podelivši s grupom ono što sam saznala, a potom sam predala reč Stjuartu.

– Mhm, da, ovo je Popi – počeo je. – Ima gomilu kvalifikacija kojih se ne sećam, ali u suštini je hodajuća enciklopedija o seksu. Međutim, ako želite da saznate šta ona zna, prvo morate da joj kupite cveće ili večeru.

Osećala sam da se mama nakostrešila, ali Rouz se oglasila pre nego što je bilo ko imao priliku da nešto kaže.

– Ovo je veliki preokret – kiselo je rekla, verovatno glasnije nego što je želela. – Nisi bila toliko izbirljiva u školi, zar ne, Hidžej? Reci mi, jel' bilo momaka iz naše generacije s kojima nisi spavala?

Mama je odgovorila istog trenutka. – *Dosta* je bilo, Rouz – rekla je, tako odsečno da je Rouz nekoliko puta trepnula, kao da ju je ošamarila.

Nisam čula svoj nadimak iz škole petnaest godina, ali i dalje me je i te kako boleo. Mamin brz odgovor i činjenica da nije delovala šokirano zbog Rouzinog pitanja govorili su mi da je o Hidžej debaklu znala mnogo više nego što sam mislila. Osećala sam kako mi vrelina navire u obraze dok sam zurila u Rouz u neverici. Kad pomislim da sam zaista planirala da joj pomognem! Što se mene tiče, može da se nosi.

6.

Probudila me je sunčeva svetlost koja mi je ulazila u sobu. Veče se brzo završilo nakon Rouzine opaske meni. Pokušala sam da prikrijem koliko me je to uznemirilo, ali mislim da nisam bila uspešna u tome, budući da je Denova porodica u otprilike nekoliko minuta uz izvinjenja otišla, a Rouz je ljutito otišla na spavanje nakon besne svađe s mamom u vezi s tim koliko je popila. Stiv je pošao za njom, izvinivši se pre nego što je otišao, a posle toga je postalo neprijatno. Mama i tata su otišli u krevet oko deset, ostavivši Endrua, Zoi, Lili i mene da pijuckamo svoje vino. Lili je pokušala da popravi situaciju usiljenom veselošću, brbljajući o tome kako misli da smo se baš svideli Denovim roditeljima, ali niko se na to nije primio, pa je posle nekog vremena odustala.

Makar se setila da mi pokaže gde ću spavati i nisam bila nimalo nezadovoljna svojom sobom. Bila je velika, kao i ostatak kuće, i imala je bračni krevet s hladnom posteljinom od koje poželite da oduševljeno uzdahnete kada skliznete ispod jorgana. Takođe je imala prelep pogled prema plaži i moru, što sam smatrala najboljim delom. Kada sam sinoć otišla u krevet, otvorila sam prozor ali nisam navukla zavese, kako bih ležala u krevetu i dozvolila zvuku i pogledu na more da ublaže bol koji je nastupio zbog podsećanja na prošlost.

Znam da sam donekle sama bila kriva; ipak, škole su okrutna mesta, a to nije period mog života kojim se naročito ponosim, i svakako nisam takva osoba sada. Mislila sam da sam sve to ostavila iza sebe, ali Rouz je to ljubazno dovukla sa sobom i sinoć mi ga nabila na nos. Stvar je u tome što nije bilo samo nekoliko momaka s kojima sam spavala; iskrenije bi se moglo reći da ih je bilo „podosta". Nadimak Hidžej, skraćenica za Hlamidija Džejn, smislio je idiot po imenu Oliver Stoun, koji me je javno optužio da sam mu prenela polno prenosivu bolest. Mia, njegova podjednako kretenska tadašnja devojka, bila je ubeđena da je on njoj preneo hlamidiju jer niko od njih nije nimalo obraćao pažnju na našim (priznajem da su bili dosadni) časovima seksualnog obrazovanja, i stoga nisu shvatali da je mnogo verovatnije da su svrab i peckanje bili simptomi gljivične infekcije. Dodajte tome predstojeću predstavu dramske sekcije, *Kalamiti Džejn*, i eto nadimka. Nije čak ni bilo istina, ali nakon što su dobili potvrdu da je svrab bio od gljivične infekcije i da nije imao veze sa mnom, niko nije zaboravio na tu optužbu i preko noći sam postala izgnanik. Čak i ljudi koje sam smatrala bliskim prijateljima više nisu želeli da imaju veze sa mnom. Tada sam rekla mami i Rouz šta se dešava. To je bila prava ironija u svemu ovome: uvek sam verovala da je mama mislila kako je intervenisala pre nego što sam stekla to ime. Sada sam znala da je Rouz očigledno nije poštedela ružnih detalja, i osećala sam kako mi vrele suze peku oči. Bila sam u iskušenju da odem do apoteke kada se otvori i kupim flašu *dip hita*. Dobra doza toga u njenim gaćama svakako bi joj dala nešto drugo o čemu bi razmišljala umesto moje prošlosti. Ta pomisao mi je izmamila osmeh. Znala sam da neću to uraditi, ali bilo je zabavno zamišljati.

Ne znam koliko sam dugo sinoć tako ležala razmišljajući o prošlosti, zureći kroz prozor i slušajući zvuk talasa na plaži, ali delovalo je kao da su prošli sati pre nego što sam zaspala. Bacila sam pogled na sat na noćnom stočiću, koji mi je govorio da je bilo pola sedam ujutru. Za divno čudo, zaista sam se osećala osveženo nakon spavanja koje je sigurno bilo kratko. Krevet je bio toliko udoban da sam nakratko razmišljala o tome da navučem zavese i vratim se da spavam, ali napolju je bilo prelepo jutro i morala sam na neko vreme da izađem iz ove kuće i odvojim se od porodice, pa sam odlučila da se obučem i prošetam plažom.

Kuća je bila potpuno tiha dok sam se spuštala niza stepenište; svi ostali su očigledno spavali. Ključ od ulaznih vrata visio je s kvačice u hodniku, ali to je predstavljalo problem. Ako uzmem ključ i zaključam vrata za sobom, time ću zaključati celu porodicu u kući. Ako ne zaključam vrata, sačekaće me moguće prebacivanje što sam ih ostavila izložene provalnicima. Na kraju sam izašla kroz sklopiva vrata u kuhinji, i zaključala ih. Vazduh je bio prijatno svež u ovo doba jutra, iako je sunce već bilo visoko na vedrom nebu, pa će vrućina sigurno uskoro početi da se nakuplja. Došetala sam do kraja staze i pratila kratak put do skretanja za plažu. Čim sam stigla, sela sam, skinula čarape i cipele i uživala u osećaju hladnog peska pod stopalima. Skoncentrisala sam se na disanje dok sam hodala prema moru, uvlačeći prste u pesak sa svakim korakom.

Bila sam ovde manje od dvadeset četiri sata i porodica je već uspela da me iznervira. Kako li ću, zaboga, preživeti ostatak nedelje s njima? Pokušavala sam sebi da odvratim pažnju gledanjem u more. Ovako rano ujutru plaža je bila gotovo prazna, mada je nekoliko surfera već bilo u vodi. Mom neiskusnom oku talasi nisu delovali preterano veliki, ali očigledno su bili dovoljno veliki i vredni ulaska u vodu. Neko vreme sam ih posmatrala kako plivaju ka dubini, čekaju talas i onda surfuju nazad do obale. *Možda bi trebalo da odem na časove surfovanja dok sam ovde*, pomislila sam. To bi bio odličan način da se odvojim od svoje toksične porodice i fokusirala bih se na nešto drugo osim njih. Rekla sam sebi da ću proveriti postoje li ovde škole surfovanja.

Dok sam se približavala vodi, pogled mi je privukao muškarac koji je stajao malo dalje od mene niz plažu. S njim je bio veliki crni pas, i muškarac mu je bacao nešto što je ličilo na tenisku lopticu u vodu kako bi mu je doneo. Bila je to očigledno neka vrsta dresure koliko i igra, jer pas nije odmah reagovao kada mu je lopta bačena. Strpljivo je sedeo pored njega dok mu ovaj ne da komandu, a potom bi jurnuo u vodu, samouvereno plivao i izlazio iz vode s lopticom, što je bio znak za nov početak igre.

Poslednji tragovi dolazećeg talasa prešli su mi preko stopala, zbog čije ledene hladnoće sam iznenađeno uzdahnula. Kada je stigao sledeći talas, bila sam spremna i ubrzo sam podvrnula nogavice pantalona kako bih uživala u osećaju vode oko stopala i članaka dok sam praćakala njima po plićaku.

– Prelepo jutro, zar ne? – Jedan od surfera je iznosio svoju dasku iz mora. Nije zvučao kao lokalac, ali nisam prepoznavala odakle je taj naglasak. Očigledno je bio ovde već neko vreme, jer mu je lice bilo preplanulo, a plava kosa izbledela od sunca. Imao je jedno od onih lica kojima je bilo nemoguće odrediti godine. Mogao je biti u kasnim dvadesetim, ali je isto tako mogao biti i u srednjim tride-setim. Ako se moglo suditi prema silueti njegovog crnog ronilačkog odela, bio je u dobroj formi.

– Da, veoma – odgovorila sam. Oči su mu bile izvanredne nijan-se plave boje. Bile su svetle, ali boja je bila intenzivna. Na trenutak sam se zapitala da li nosi sočiva, ali ubrzo sam shvatila da sigurno nije to, jer bi mu ih more ispralo.

– Kasnije će biti vruće – nastavio je dok je otkopčavao ronilačko odelo s vrha otkrivajući glatke, izvajane grudi. Morala sam da dam sve od sebe da ne zurim u njih. Zaista je bio prelep fizički primerak čoveka i deo mog mozga koji je razmišljao o „avanturi na odmoru" na trenutak se upalio kada je primetio odsustvo burme na njegovoj levoj ruci. Srećom, razumni deo mozga brzo mi ga je ugasio. Koliko god bio privlačan, verovatno je odsedao u kombiju za kampovanje ili u nekoj kolibi, a dani kada sam imala seks na neudobnim mesti-ma bili su daleko iza mene. Izgledao je kao upravo onaj tip osobe koji bi iskoristio slobodne žene tokom letnje sezone. Mogla sam ja-sno to da vidim pred očima: izjave ljubavi i obećanja da će ostati u kontaktu i videti kuda „ovo" vodi, samo kako bi jadnu, očaranu de-vojku zaboravio i zamenio sledećom onog trenutka kad ona krene kući. Međutim, shvatila sam da bi mogao da mi pomogne s mojim pitanjem o školi surfovanja, pa sam podigla pogled s njegovih grudi i ponovo ga pogledala u lice.

– Jesi li dugo ovde? – pitala sam.

– Nekoliko nedelja. Ti?

– Juče sam došla. Da li možda znaš ima li ovde negde nekih škola surfovanja?

– Ima jedna, ali mislim da nema mesta. Koliko dugo ostaješ?

– Samo nedelju dana.

– Šteta. Onda mislim da nećeš upasti tamo. Većina ljudi rezervi-še mesto pre nego što dođe.

– Oh, pa da. Hvala. – Krenula sam, ali posle nekoliko koraka sam shvatila da on hoda pored mene.

– Mogu da te naučim, ako želiš – ponudio je. – Popriлично sam siguran da kod kuće imam ronilačko odelo koje bi ti pristajalo, a imam i dasku za početnike.

– Ma nemoj? A šta bi želeo zauzvrat? – pitala sam ga uz osmeh. Znala sam tačno kuda je ovo vodilo.

– Ništa – odgovorio je. – Možeš da me častiš pićem ako želiš. Uzgred, zovem se Sem.

– Popi – odgovorila sam. – To je lepa ponuda, ali mislim da moram da odbijem.

– Zašto? Dobar sam učitelj, časna reč.

– Sigurna sam da jesi, ali mislim da oboje znamo šta želiš da dobiješ iz ovoga, a ja nisam zainteresovana za avanturu.

– Ko je pominjao avanture? – Dobro je glumio zbunjenost, ali nije me zavarao. Stala sam i okrenula se prema njemu.

– Slušaj, Seme. Hajde da prestanemo s pretvaranjem, u redu? Znam kakav si ti tip.

– Stvarno? Kakav sam tip?

– Ovde si da se opustiš, popneš se na svoju dasku za surfovanje, možda popušiš malo trave i imaš mnogo seksa bez obaveza, verovatno sa ženama kojima ponudiš da ih naučiš da surfuju. To je u redu, nimalo te ne osuđujem. Ali to nije za mene. Zato, hvala ti na ponudi, ali ne.

Uprkos tome što sam ga tako direktno odbila, nasmešio se, i nisam mogla da ne primetim koliko su mu zubi bili beli i ravni.

– Dobro – odgovorio je. – Čisto da znaš, bila je to iskrena ponuda, bez ijednog od tih posebnih zahteva koje si ti opisala. Ali, videćemo se svakako?

Nisam mogla da prestanem da se kikoćem dok je odlazio. Očigledno je postojalo nešto u vazduhu što me je činilo neodoljivom ili od čega su svi muškarci bili u teranju. Najpre je tu bila Stjuartova krajnje neprivlačna nepristojna ponuda, a sada ovo. Neko vreme sam nastavila da šetam duž obale, uživajući u osećaju vode i peska na stopalima dok su talasi dolazili i povlačili se. Već sam osećala kako vrućina jača, i bacila sam pogled na sat, koji mi je govorio da još nije osam sati. Sem je makar u vezi s jednom stvari bio u pravu: biće vreo dan.

Kada sam se vratila na glavni put, jedan pogled na stopala prekrivena peskom ubedio me je da obuvanje cipela nije opcija. Sećam se da nas je mama terala da obuvamo cipele pre odlaska do porodičnog karavana kada smo bili mali i podjednako dobro sam se sećala bola koji smo osećali dok smo hodali, koji je podsećao na šmirglanje. Pesak je uvek završio svuda. Iako bismo okačili peškire kako bi se osušili, mama bi ih nekoliko puta energično protresla pre nego što ih unese, a mi bismo nekoliko puta udarili jednu cipelu o drugu kako bismo izbacili sav pesak iz njih, ali svejedno bi ga bilo u karavanu. Nikada neću znati kako se rupa za odvod u tuš kabini nije zapušila od količine peska koja je otišla niz nju. Kad bismo stigli kući, peska bi bilo čak i u prtljažniku. Srećom, mama nije bila tu, pa sam koračala niz put bosih nogu. Beton je već bio topao na mestima na koja je padalo sunce i bio je to divan kontrast s hladnoćom mora odranije.

Dok sam stigla do kuće, stopala su mi se uglavnom osušila i većina peska je spala. Odlučila sam da na brzinu istražim baštu pre odlaska na tuširanje. Toliko su me ubrzali sinoć kad sam stigla da nisam imala priliku da razgledam. Poput kuće, bašta je bila velika, ali bazen je taj koji me je iznenadio. Nisam sigurna zašto; kad malo razmislim, očigledno je da bi ovakva kuća imala bazen, iako je to potpuno besmisleno, budući da je more veoma blizu. Nisam mogla da ne primetim da je bazen bio iste nijanse plave boje poput Semovih očiju, ali za razliku od njega, bazen je bio privlačan i deo mene je poželeo da uroni u njega. Oko njega se nalazio prostor za sunčanje sa stolicama, suncobranima i ležaljkama. Ko god je dizajnirao ovu baštu očigledno je dobro razmislio o ovom delu jer, iako se jasno video iz kuće, sa dve strane su se nalazili zidovi, koji zaklanjaju pogled prolaznicima. Bacila sam se na jednu od ležaljki i obrisala ostatak peska sa stopala, a potom sam zatvorila oči, okrenula lice prema suncu i uživala u toploti koju sam osećala na licu. Ako vreme ostane ovakvo cele nedelje i uspem da imam vremena za sebe, bilo na plaži ili sedeći upravo ovde, mislim da bi ovaj odmor mogao biti podnošljiv.

Nakon što mi se raspoloženje popravilo, osećala sam se dovoljno hrabro da se vratim unutra i nosim se sa svojom porodicom. Međutim, dok sam prilazila vratima kako bih ušla u kuhinju, videla sam da više nisam jedina osoba koja je ustala. Jedna osoba je sedela za trpezarijskim stolom.

Bila je to Rouz i nije izgledala nimalo srećno.

7.

– Gde si ti bila tako rano ujutru u nedelju? – pitala je Rouz, a ja sam zatvorila i zaključala vrata za sobom.

– Nije da te se to tiče, ali šetala sam plažom. Zašto pitaš? – odgovorila sam. Bila sam odlučna u tome da joj neću dozvoliti da me ponovo uznemiri, ali njen ton je bio opasna mešavina neraspoloženog i agresivnog, stoga je bilo nemoguće predvideti u kom će se smeru uputiti. Ako počne da se svađa, samo ću otići nazad u svoju sobu. Ionako je trebalo da se istuširam, pa bih to mogla da iskoristim kao izgovor. Nakon sinoćne večeri, ne želim u njenom društvu da provodim više vremena nego što zaista moram.

– Nema potrebe da se duriš, samo sam pitala. Svi ostali i dalje spavaju – rekla je. – Bože, osećam se užasno. Koliko sam popila sinoć?

– Uništila si se. Očekujem da će mama ponovo želeti da razgovara s tobom.

Gotovo sam mogla da čujem kako joj mozak procesuira ono što sam upravo rekla. Prošlo je nekoliko sekundi pre nego što je odgovorila.

– Kako to misliš „ponovo da razgovara"?

– Zar se ne sećaš? Poprilično ste se posvađale pre nego što si otišla u krevet.

Zastenjala je. – Sranje, stvarno? Jesu li Denovi roditelji bili tu? Toliko želi da ostavi dobar utisak, zbog Lili. Biće besna na mene ako smo se svađale pred njima.

Zaista se nije sećala koliko se odvratno ponašala? To mi je bilo previše, i nije bilo šanse da joj dozvolim da se izvuče.

– Ne, otišli su nakon što si bacila bombu o Hidžej debaklu i pred svima me optužila da sam drolja – rekla sam ljutito. Toliko o tome da joj neću dozvoliti da me uznemiri. – Hvala ti na tome – nastavila sam, a glas mi je podrhtavao od besa. – Nisam sigurna šta sam uradila da bih zaslužila to, ali svakako si mi širom otvorila tu ranu i sipala tonu soli po njoj. Nadam se da je vredelo, ali sigurna sam da ćeš razumeti da bih trenutno radije bila bilo gde drugde nego u tvom društvu. – Šokiran izraz na njenom licu nimalo me nije potresao. Šteta što ne dobiješ karticu „izađi iz zatvora" samo zato što si bila previše uštavljena da bi se sećala šta si rekla.

– Popi, čekaj! – dobacila je idući prema hodniku, ali nisam se okrenula. Neka razmisli o onome što je uradila.

Moja soba mi je delovala kao utočište kad sam zatvorila vrata za sobom, i stala kraj prozora kako bih duboko udahnula morski vazduh bogat ozonom. Tresla sam se i suze su mi se nečujno slivale niz obraze. Sada je bilo još nekoliko ljudi na plaži i mogla sam da se fokusiram na njih, trudeći se da povratim osećaj mira i blagostanja koji sam osećala pre razgovora s Rouz. Tešila me je misao da sam uspela da joj se suprotstavim na zreo način, koji dolikuje odrasloj osobi, iako se trenutno nisam osećala naročito zrelo ni odraslo. Sećam se koliko su teške bile naše svađe kada smo bile male. Ništa nije bilo zabranjeno: vukle smo se za kosu, udarale se, grebale, čak povremeno i grizle. Osećala sam isti bes prema njoj kao i tokom tih svađa, ali sada nisam mogla katartično da ga izbacim iz sebe.

Kada se drhtanje smirilo dovoljno da se osetim stabilno na nogama, skinula sam odeću i ušla u tuš kabinu. Nikada nisam više cenila privatno kupatilo nego u ovom trenutku: osim obroka, ovde bih mogla biti potpuno samostalna i ne bih morala da provodim vreme ni sa kim od njih. Van moje sobe bio je balkon sa stolicom i stolom, pa bih uvek mogla tu da sednem i da čitam. Radije bih bila na bazenu ili na plaži, ali tešilo me je to što sam imala prostor u kom mogu da budem sama ako poželim.

Stajala sam pod tušem duže nego obično, dozvolivši vodi da mi ispere suze, a potom sam se umotala u predvidivo veliki i mek beli peškir i izašla na balkon s knjigom. Taman sam se smestila u stolicu kad je neko počeo iz sve snage da lupa na vrata moje sobe. Vratila sam se u sobu uz uzdah. Nisam bila spremna za još jednu svađu s Rouz; samo ću joj reći da ode.

– Ko je? – viknula sam preko vrata.

– Jesi li budna? – odgovorio je glas moje majke. – Moraš da se spremiš. Krećemo u crkvu za pola sata.

– Molim?

– Crkva, Popi. Pisalo je u Lilinom imejlu. Zar ga nisi pročitala? Sveštenik će da se pomoli za njih i svi idemo.

Otvorila sam vrata i zatekla je potpuno sređenu i spremnu za polazak.

– Pisalo je da je odlazak u crkvu po želji – rekla sam, s notom mrzovolje u glasu, od koje mi je bilo neprijatno.

– Tehnički jeste, ali šta ćeš drugo raditi? Posle onoga sinoć moramo da se pokažemo pred Denovim roditeljima, a lepo ponašanje u crkvi je korak u dobrom pravcu. To će, osim toga, oraspoložiti Lili. Odlazak u crkvu je najmanje što možeš da uradiš kako bi joj se iskupila nakon onog malog spektakla koji ste ti i Rouz izvele.

– Sigurno ne kriviš mene za to? Napala me je bez razloga. Bilo je ničim izazvano! – Užasnuta, shvatila sam da je ovo isti razgovor koji sam vodila s majkom nakon svake svađe s Rouz. Sada i zvanično: ponovo sam bila tinejdžerka.

– Jel' jeste? Ako si toliko nedužna, zašto je Stjuart rekao da bi uskočila u krevet s njim za nekoliko ruža kupljenih na benzinskoj pumpi?

– Nisam to rekla! Ponudio mi je seks, a ja sam pokušala da ga nežno odbijem ne pridajući važnost celoj stvari. Zar zaista misliš da bih otišla u krevet s njim? Jedva da ga poznajem i, zaboga, trinaest godina je mlađi od mene!

– Bako, zašto tetka Popi mora da ide u krevet sa Stjuartom? Zar on nema krevet u svojoj kući? – Mama i ja smo bile toliko udubljene u raspravu da nismo ni primetile da nam prilazi mala Ivi.

– Pravo kažeš, Ivi – rekla sam pre nego što je mama imala priliku da odgovori. – Vidiš, mama? Nema razloga da idem u krevet sa Stjuartom, zato što on ima dovoljno dobar krevet kod kuće. Sada idem da se obučem i razmisliću o tome da li želim da idem u crkvu. U redu?

Zatvorila sam vrata i naslonila se na njih. Još jednom sam bila u iskušenju da spakujem torbe i odem. Još sam razmišljala o tome šta da uradim kada sam čula još jedno kucanje na vratima. Sigurno je još neko želeo da se svađa sa mnom.

– *Šta je?* – prasnula sam kada sam otvorila vrata. Stvarno nisam imala više strpljenja.

– Izvini, Popi? Jel' ovo loš trenutak? – Zoi je pitala. – Tražim fen za kosu jer sam zaboravila da spakujem svoj.

– Oh, da. Da, naravno da možeš da pozajmiš moj. Uđi.

Brzo sam zatvorila vrata kada je ušla, izvadila fen za kosu iz kofera i pružila joj ga.

– Vrati ga kada završiš, važi? – rekla sam.

– Nema problema. Osušiću je ovde, ako ti ne smeta. Jesi li dobro? Deluješ malo nervozno jutros, ako smem da primetim.

– Nije to ništa neuobičajeno. Sinoć me je Rouz prva napala, a onda je mama jutros nastavila. Iskreno, Zoi, stvarno ne znam šta radim ovde. Niko ne želi da budem ovde. Upravo sam se pitala da li bi svima bilo lakše kada bih otišla kući i ostavila vas na miru.

– Oh, Popi. Znaš da to nije istina – rekla je grleći me. – Rouz je sinoć prešla granicu, i to ću joj i reći. Što se tiče tvoje mame, ona je malo napeta jer očajnički želi da se svidimo Denovoj porodici. Znaš kakva je.

– Znam, ali deluje kao da ništa nisam uspela da uradim kako treba otkad sam došla. Optužila me je da sam se nabacivala Stjuartu, jer sam ja očigledno neka vrsta nimfomanke koja se baca na svakog muškarca, a sada zahteva da idem u crkvu, verovatno da bih se iskupila zbog svog droljastog ponašanja. Kao da je apsolutno rešena da od mene napravi lošu osobu, šta god da uradim. Iscrpljuje me to, ali ne znam zašto moram to da trpim. Zaboga, imam trideset tri godine! Odrasla sam osoba, imam svoju kuću i sve, ali ona nekako uspe ponovo da me pretvori u dete.

– Mislim da je malo nesigurna. Bila je ista s mojim roditeljima kad su se prvi put sreli. Zapravo, to je bilo još neprijatnije jer sam ja bila trudna, a ona i tvoj tata su mislili da treba da se izvine zbog Endruovog ponašanja, kao da to nije imalo nikakve veze sa mnom.

I dalje sam se sećala toga. Zoi i Endru su tek završili fakultete i počeli da rade kada je ona shvatila da je trudna s Fredijem. Bio je to jedini put da je mama zaista bila besna na Endrua. Bila je ubeđena da su premladi za dete, iako je ona imala godina koliko i Zoi kada je rodila Endrua. Takođe je bila užasnuta što će Zoi okolo pokazivati dokaz da su se ona i Endru upustili u seks kad njena trudnoća postane vidljiva, i pokušala je da ih ubedi da Zoi abortira, ali je ona čvrsto odlučila da želi tu bebu, a Endru ju je podržao. Zoini roditelji su im ponudili da žive u njihovoj kući, ali spojili su ušteđevinu i umesto toga uspeli da iznajme majušnu kuću u Padok Vudu. Najsmešnije je bilo to što se mamin stav potpuno promenio istog trenutka kada se Fredi rodio. Bila je toliko ponosna na svog prvog unuka da bi čovek pomislio da je bila u toj prostoriji i podsticala ih na njegovo začeće.

– Jesi li ljuta na nju? – upitala sam je. – Bila je poprilično gruba prema vama, koliko se sećam.

– Ne. Samo je želela ono što je mislila da je tada bilo najbolje za nas, i bili smo premladi. Bilo je teško i nismo imali pojma da li smo bili dovoljno zreli da budemo roditelji, ali nikada se nisam pokajala što sam rodila Fredija, nijednog trenutka. Pored toga, to što smo mladi dobili decu znači da ćemo i dalje biti relativno mladi kada ona odu od kuće i vrate nam naš život. Uz malo sreće, otići će dok mi napunimo pedeset i možemo početi da odlazimo u one hotele samo za odrasle osobe koje stalno reklamiraju na TV-u.

– Ne misliš to stvarno – odgovorila sam uz širok osmeh. – Bićeš skrhana kada odu. Sedećeš tu, zureći u Endrua, koji će dotad verovatno biti debeo i ćelav, pitajući se kako ćeš, zaboga, izdržati da živiš sama s njim, bez Fredija i Sare koji bi ti održavali zdrav razum.

– Misliš? – nasmejala se. – Nisam sigurna. Mogu da čistim kuću dok ne postane besprekorna, ali Fredi je kao uragan. Bukvalno je potrebno da provede u prostoriji samo jedan minut da bi izgledala kao da je bomba eksplodirala u njoj. A Sara? Ona kao da ima dvadeset četiri godine, a ima četrnaest. Iskreno, ima odgovor za sve. Ako ikada budeš imala par na terapiji koji misli da će im roditeljstvo rešiti sve probleme, mogu da pozajme moju decu kako bi videli koliko greše.

– Hvala, zapamtiću to. Pa, šta je sa crkvom? Jel' idete ti i Endru?

– Da. I Fredi i Sara idu, mada su dosta kukali i durili se. Ja baš i nisam za to, ali to puno znači tvojoj mami i znam da će Lili biti veoma drago ako svi budemo tu. To je mala žrtva koja će nam kupiti poene, za slučaj da nam zatrebaju kasnije. Nemoj da kažeš mami, ali obećali smo deci sladoled kasnije kao mito.

– Mogu li ja da dobijem sladoled ako odem?

– Naravno! Zapravo, ima mesta u našem autu ako želiš da se uguraš s nama. Nećeš morati da tražiš mesto za parking i posle ćemo svi moći da se iskrademo na sladoled. Šta misliš?

– To bi bilo sjajno, ako stvarno nije problem.

– Naravno da nije problem! Možeš da sediš u sredini između Fredija i Sare i da ih sprečiš da se svađaju.

Skupila sam oči. – Jel' ti to manipulišeš ovom situacijom u svoju korist?

Gledala me je u oči dok je odgovarala. – Možda mrvicu. Zapravo se više ne svađaju tako često u autu. Doduše, ne očekuj puno razgovora. Biće zalepljeni za telefone tokom celog puta. Moraću da im ih oduzmem pre nego što počne molitva, inače će sveštenikovu propoved pratiti kuckanje na telefonu.

Zoi me je zaista oraspoložila i upravo sam se pripremala da joj to kažem kada nam je pažnju privukao zvuk komešanja na spratu ispod nas. Čula sam svoju majku kako viče i Rouz kako joj uzvraća. Nakon nekoliko trenutaka, neka vrata su se jako zalupila i neko je ljutito hodao uza stepenice, zalupivši druga vrata za sobom. Zoi se okrenula prema meni i nasmešila se.

– Izgleda da nisi jedina koja ima teško jutro – rekla je, a potom uključila fen za kosu.

8.

– Zašto sladoled iz supermarketa nikada nije dobar kao i slado-
led iz prave sladoledžinice? – upitala sam, nakon što sam zastenjala
od užitka posle prvog zalogaja. Uzela sam kuglu vanile i kuglu bele
čokolade i oboje je bilo božanstveno. Zoi nas je praktično isterala
iz crkve na kraju mise pre nego što je neko stigao da nam se obrati
ili nas pita da ostanemo na kafi, i sada smo sedeli u sladoledžinici
uživajući u svojim poslasticama.

– Postoji razlika između đelata, što je ono što sada jedemo, i sla-
doleda koji kupiš u supermarketu – odgovorio je Endru. – U đelato
stave manje vazduha tokom procesa mućenja i ima manje masti, što
pojačava ukus i daje mu svilenkastiju teksturu. Sladoled mora da se
drži na nižoj temperaturi da bi ostao čvrst.

– Kako to da si odjednom takav stručnjak za sladolede? – zadir-
kivala ga je Zoi.

– Prošle godine je to bilo jedno od pitanja na Božićnom kvizu
na tvom poslu, sećaš se? Postoji li razlika između sladoleda i đelata,
ili je đelato samo italijanska reč za sladoled? Zaintrigiralo me je pa
sam potražio na internetu.

Zoi se okrenula prema meni. – Poznajem tvog brata duže od
pola svog života, i ponekad i dalje ne znam kako mu mozak funk-
cioniše.

– Samo volim da razumem stvari, to je sve. Nema ničeg sumnji-
vog u tome – odgovorio joj je Endru.

– Znam. To je deo tvog šarma – rekla je i nežno mu potapšala ruku.

Misa u crkvi zapravo nije bila toliko loša. Kao što je bilo pre-
dviđeno, Lili je bila oduševljena što je većina nas došla. Rouz, Stiv
i njihove dve ćerke jedini nisu došli: Rouz je otvoreno odbila da

dođe, a Stiv je rekao da bi to verovatno bilo previše za devojčice i da bi se sve vreme vrpoljile i koprcale, pa su zato ostali kod kuće. Morala sam da obuzdam smeh na početku kada se hor sastajao. Kažem „sastajao", ali više se gegao. Anita je sigurno bila najmlađi član hora, mlađa je od ostalih bar dvadeset godina. Jedan od njih je bio toliko mator da sam se zaista zabrinula da je umro tokom propovedi. Srećom, ispostavilo se da je samo zaspao, budući da ga je čovek kraj njega na kraju gurnuo i probudio ga. Nisam znala nijednu himnu, i mada su nam dali knjige s rečima propovedi, uporno su išli napred-nazad po stranicama, pa sam na kraju odustala i samo ustajala i sedala kada i svi drugi. Budući da je većina kongregacije verovatno odavno prešla godine za penzionisanje, iznenadila sam se kada sam videla da sveštenik ima verovatno manje od četrdeset godina. Svakako je bio energičan, hitao je uz i niz oltar i postavljao pitanja ljudima tokom propovedi. Osećala sam se veoma ranjivo jer sam bila na samom kraju crkvene klupe, ali sigurno je shvatio da se nisam baš unela i ostavio me je na miru. Doduše, bio je veoma pažljiv prema Denu i Lili, i molitve koje je izgovorio za njih bile su iskrene. Takođe je vrlo lepo izgledao, što je pomagalo.

– Mislim da smo izvršili našu dužnost za danas – nastavila je Zoi nakon još nekoliko zalogaja đelata. – Kakvi su vam planovi za popodne?

– Mislim da ću otići na plažu i iskoristiti ovo prelepo vreme – odgovorila sam.

– Biće gužve – upozorila me je.

– Znam, ali to mi se sviđa. Daje malo atmosferu žurke, a uvek mogu da uđem u more ako mi bude prevruće.

– Ne zaboravi da i sutra imamo zvaničan dan na plaži – Endru je rekao.

– To nije problem. Mislim da bih bila srećna da provedem celu nedelju na plaži. Želite li da pođete sa mnom?

– Ja hoću – odgovorila je Sara istog trenutka.

– Izgleda da onda idemo na plažu popodne – nasmešila se Zoi. – Mislim da ima stolica na sklapanje i suncobrana u plakaru pored bazena. Možemo da ih odnesemo na plažu da bismo imali na čemu da sedimo. Pesak ima naviku da ti se uvuče u donji deo bikinija ako sediš na zemlji, a to mi se ne sviđa. Postoje neki delovi ženske anatomije koje ne treba mešati s peskom.

– Bože, mama, blamiraš me! – pobunila se Sara.

– Ko, ja? – nasmejala se Zoi. – Da ispričam tetki Popi o onome kada ti je pesak ušao u zadnjicu kada si bila mala i nisi prestala da plačeš dok sve nismo isprali?

Sara je izgledala kao da želi da se zemlja otvori i proguta je, zbog čega se Zoi samo još više smejala.

– Nekad te mrzim – promrmljala je Sara.

– Aaa, ne mrziš me – odgovorila je Zoi, obavivši ruku oko nje. – Samo te zadirkujem.

– Šta je s tobom, Fredi? Ima li nekih blamantnih priča sa plaže? – upitala sam, pokušavajući da skrenem pažnju s porumenele Sare.

Nisam dobila odgovor. Fredi je očigledno mislio da je završio sa svojim doprinosom razgovoru, budući da je skoncentrisano jeo najveći sladoled koji sam ikada videla i gledao nešto na telefonu.

– Mislim da nam treba partija stonog tenisa kad se vratimo s plaže, šta ti misliš, Popi? –promrmljao je Endru, kujući zaveru.

– Verovatno bismo stigli da odradimo nekoliko partija pre večere – šapnula sam.

– Samo da znate, čujem vas. Sedim ovde – grdila nas je Zoi u šali. – Dozvoliću jednu partiju. Uglavnom počnete previše da se takmičite kada igrate više od jedne, a onda vas nikad ne bih odvukla odavde.

– Takmičimo? Mi? – Endru je podigao ruke uvis, trudeći da izgleda nedužno, ali oboje smo znali da je potpuno u pravu.

– Gde ste vi pobegli? – upitala nas je mama kada smo se vratili kući. – Okrenula sam se posle mise i nestali ste!

– Izvini, Hejzel – odgovorila je Zoi. – Ostali bismo i ćaskali, ali osetili smo da je naša doza dobre volje Fredija i Sare potrošena, pa smo mislili da bi bilo najbolje da odemo.

– Makar ste došli, za razliku od nekih – frknula je. – Rouz se i dalje duri u sobi, a Stiv i devojčice su na bazenu.

Znam da ću zazvučati kao užasna osoba, ali zaista sam uživala u tome što je jednom Rouz u nevolji s mamom umesto mene. Znam da to neće potrajati, ali lepa je promena.

– Mislili smo da odemo na plažu popodne. Hoćete li i ti i tata da dođete? – upitala sam je, želeći da povećam svoju prednost time što ću učiniti da se osećaju uključenim.

Nekoliko trenutaka je razmišljala o tome. – Možda je prevruće za nas – odgovorila je. – Idite vi mladi. Vaš otac i ja ćemo ostati ovde u hladovini. Osim toga, neko mora da bude tu da bi otvorio Denovim roditeljima.

– Dobro, ako si sigurna.

– Jesam, ali hvala na pozivu.

Na kraju su svi osim Rouz, mame i tate odlučili da odu na plažu. Pronašli smo stolice i suncobrane koje je Zoi pomenula i spakovali u torbu piće, užinu za decu, peškire i kreme za sunčanje pre nego što smo krenuli. Zoi je dobro procenila: na plaži je bila poprilično velika gužva, ali uspeli smo da nađemo mesto i smestimo se. Lili i Den su se prostrli u hladovini ispod jednog od suncobrana dok smo Zoi i ja pomagale Stivu da namaže kremom za sunčanje Oliviju i ekstremno nemirnu Ivi. Nisam mogla da ne podignem obrve kada sam krajičkom oka videla Saru kako skida majicu i šorts, otkrivajući najoskudniji bikini koji sam ikada videla.

– Znam – promrmljala je Zoi. Očigledno je videla izraz na mom licu. – Doživela je nervni slom zbog narušavanja privatnosti kada sam joj pre nekoliko nedelja ušla u sobu bez kucanja. Ali ovo je iz nekog razloga drugačije. Pa ti vidi.

Srećom, Sara nije primećivala količinu muške pažnju koju je privlačila dok su ona i Fredi trčali u vodu, a potom zaronili i cičali zbog hladnoće. Neki muškarci koji su se izvijali kako bi je i dalje gledali verovatno su bili stariji od mene i poželela sam da odem i kažem im da treba da ih je sramota što zura u četrnaestogodišnjakinju. Sara i Fredi su bili praćeni Stivom, Olivijom i Ivi, u blago sporijem tempu. Imali su lopate i kantice, što je značilo da će uskoro napraviti zamak od peska.

Nakon što sam se namazala kremom za sunčanje, uz malu Zoinu pomoć, jer mi je ona ljubazno namazala leđa, spustila sam naslon stolice najviše što sam mogla i počela da čitam. Pročitala sam pola romana, i to je bio upravo onaj tonik koji mi je danas potreban. Osećala sam se mrvicu dobroćudnije nego sinoć i jutros, pa sam u glavi svoju porodicu ražalovala iz „toksične" u „tešku". Međutim, definitivno mi je bilo mnogo lakše nego glavnoj junakinji knjige koju sam čitala, čiji je život toliko haotičan da sam bila zadivljena što uopšte uspeva da funkcioniše. Nakon nekoliko poglavlja, pojavili su se Fredi i Sara, tela sjajnih od kapljica vode. Izbila je blaga prepirka kad su pokušali roditelje da isprskaju vodom, potpuno ignorišući pretnje gadnom osvetom, i nisam mogla da se ne nasmešim. Sigurna sam da je to scena koju su roditelji i deca igrali na svakoj plaži na svetu; praktično ritual. Sećam se da je mami i tati bilo naročito teško zato što je njih mučilo četvoro nas.

– Sećaš li se onoga kad si prosuo celu kantu vode na mamu dok je spavala na suncu? – pitala sam Endrua.

– Nikada to neću zaboraviti! – nasmejao se. – Potpuno je poludela, zar ne?

– Iskreno, malo je preterala.

– Da, verovatno si u pravu.

Fredi i Sara su se bacili na svoje peškire poput iscrpljene štenadi i ponovo uzeli telefone, ali bilo je očigledno da slušaju naš razgovor.

– I ne pomišljajte na to – upozorila ih je Zoi.

– Ko, mi? – odgovorio je Fredi, pokušavajući da zvuči nedužno. – Saro, šta kažeš da odemo da pomognemo Ivi i Oliviji s njihovim peščanim zamkom? Deluje kao da im treba pomoć u donošenju vode za jarak.

– Ozbiljna sam – rekla je Zoi.

– Da, da. Hajde, Saro.

– Gotovi smo, znaš to? – Endru joj je rekao kada su Fredi i Sara krenuli prema mestu gde su Stiv, Olivija i Ivi i dalje radili na svom veoma impresivnom peščanom zamku.

– Mhm. Možda bi trebalo da ih preduhitrim odlaskom u vodu pre nego što me uhvate. Trebalo bi i ti da pođeš, inače će samo tebe napasti.

– I ja ću poći, ako vam ne smeta – rekla sam.

Sve troje smo se uputili prema vodi. Sada je pesak bio vreo pod nogama, ali svežina vode je bila olakšanje posle inicijalnog šoka. Polako sam ulazila; stvarno je bilo hladno i uporno sam uzdisala dok mi se voda polako podizala uz telo. Kada sam ušla do grudi, više nisam mogla da izdržim i uskočila sam u vodu. Kada sam se okrenula na leđa, videla sam da su Zoi i Endru i dalje bili u plićaku, i da polako ulaze dublje.

– To, tetka Popi! – ohrabrivala me je Sara, a ja sam se prebacila na grudi i zaplivala dalje od obale. Uvek sam volela da plivam i telo mi se prebacilo na auto-pilot dok sam sekla talase. Sada kada je inicijalni šok prošao, more je bilo osvežavajuće i davalo mi je više energije. U vodi je bilo i nekoliko surfera, tako da sam stalno proveravala da ne odlutam iz dela predviđenog za plivače. Poslednje što mi je trebalo je da me udari daska. Posle nekog vremena sam se zaustavila i održavala se u vodi. Bila sam blizu kraja plivačkog dela i imala sam dobar pogled na surfere. Ovde je bilo ljudi svakakvih sposobnosti, ali pogled mi je privukao muškarac koji je surfao na talasu čineći da to izgleda podjednako lako kao hodanje ulicom. Trebalo mi je nekoliko trenutaka da shvatim da je to bio ljigavi Sem od jutros. Nedaleko od njega bio je još jedan surfer. Ona je takođe imala plavu kosu i očigledno je znala kako da upravlja daskom. Kada su stigli do obale, skočili su sa daski i bacili kosku jedno drugom, a zatim se okrenuli kako bi ponovo uplivali u more. Moram da priznam; bio je brz. Samo sam se nadala da ta jadna devojka zna u šta se upušta. Delovala je mnogo mlađe od njega, ali nije kao da je njemu to smetalo.

Počela sam da drhtim, pa sam se vratila do obale laganim prsnim plivanjem. Ivi i Olivija su završile svoj peščani zamak i na smenu su trčale do mora kako bi napunile kofice vodom za jarak. Stiv ih je držao na oku dok im je skupljao školjke za ukrašavanje zamka. Endru, Zoi, Fredi i Sara su se prskali u plićaku.

– To je pravi peščani zamak, devojke. Svaka čast! – rekla sam Ivi i Oliviji, nakon što sam se neko vreme divila njihovom delu.

– Hvala – odgovorila je ponosno Olivija. – Tata kaže da će ga slikati telefonom kako bi pokazao mami. Mama se ne oseća baš najbolje, pa se nadam da će je to oraspoložiti.

– Sigurna sam da hoće – uverila sam je.

Htela sam da se vratim svojoj stolici i knjizi kada su Sem i njegova pratilja izašli iz mora, čvrsto držeći svoje daske za surfovanje. Definitivno je bila mnogo mlađa od njega, i odjednom sam se, iz nekog razloga, osetila zaštitnički nastrojeno prema njoj. Možda je bila naivna i nije znala šta on smera. Odlučila sam da ih presretnem, što verovatno nije bilo pametno.

– Zdravo, Seme – rekla sam kada sam im se približila. Zastao je i na trenutak me posmatrao pre nego što me je prepoznao.

– Popi, jel' tako? – odgovorio je, a mlada devojka je stajala pored njega, znatiželjno me posmatrajući.

– Tako je. Ona od jutros. Nabacivao si mi se, sećaš se? Mada, vidim da si već nastavio dalje. Hoćeš li me upoznati sa svojom novom prijateljicom?

Očekivala sam da će izgledati kao da mu je neprijatno, ili iznervirano, ali umesto toga je prasnuo u smeh.

– Rado! – rekao je. – Džesi, ovo je Popi. Upoznao sam je na plaži jutros. Pitala me je za časove surfovanja i ponudio sam se da je naučim, ali mislim da je ona to shvatila kao flertovanje. Popi, ovo je moja ćerka, Džesi.

9.

Ćerka? Bila sam zgrožena i osećala sam kako mi obrazi gore od stida. Sada kad sam je ponovo pogledala, sličnost između Sema i Džesi bila je očigledna. Pored plave kose, imala je iste te prodorno plave oči.

– Tako mi je žao – promucala sam. – Videla sam vas zajedno i pretpostavila...

– Opušteno – uverila me je. – Dakle, tata je ponudio da te nauči da surfuješ?

– Znaš kakva je škola surfovanja; moraš da zakažeš mesecima unapred tokom leta. Pa, kada me je Popi pitala, ponudio sam se – rekao joj je Sem, a potom se okrenuo prema meni. – Moram priznati, bio sam malo iznenađen tvojom reakcijom.

– Ako želiš da naučiš, definitivno treba da dozvoliš tati da te uči – podsticala me je Džesi. – Stvarno je dobar instruktor. Znam to jer je mene naučio.

– Mislim da ne mogu, nakon svih svojih užasnih pretpostavki! – Nasmejala sam se od nervoze. – Zaista mi je žao, Seme.

– Nema veze, stvarno. Bio sam iznenađen, ali razumem zašto si pomislila da ti se nabacujem. Ako će ti biti lakše, ne nudim često potpunim strancima da ih naučim da surfuju, dani kada sam pušio travu su davno prošli, a Džesi bi imala mnogo toga da kaže kada bih se makar mrvicu loše poneo prema nekoj ženi, slobodan ili ne.

– Ti si verovatno prva žena, pored mene i mame, s kojom je razgovarao godinama unazad – objasnila je Džesi. – Tata, moraš da poradiš na ćaskanju.

Odjednom sam se ponovo osetila neugodno nakon što je Džesi pomenula svoju majku. Možda sam pogrešno shvatila odsustvo burme jutros. Bila sam u iskušenju da prihvatim Semovu ponudu, ako išta, kako bih se iskupila za ružno ponašanje odranije, ali nisam želela da prouzrokujem svađe u braku. Neke žene su veoma posesivne prema svojim muževima, i ako je Džesina mama jedna od njih, neće joj se svideti što Sem provodi vreme sa mnom, čak i ako sve vreme budemo u javnosti.

– Šta bi tvoja mama mislila o tome da me tvoj tata podučava?

– Oh, ona nije ovde – odgovorila je Džesi. – Ona i tata su se odavno razveli, kad sam bila mala, i sada je srećno udata za nekoga drugog. Mislim da neće imati mišljenje o tome, osim što će joj biti drago da je upoznao novu prijateljicu.

– Nisam siguran šta je gore – ubacio se Sem. – To što je Popi procenila da sam seksualni predator, ili tvoj opis mene kao tužnog i usamljenog starca kome su potrebni prijatelji!

– Tata je špijun, zato ne može da se upušta u ozbiljne veze, za slučaj da osoba u koju se zaljubi radi za strane centre moći – rekla je Džesi zaverenički.

– Pripazi na ponašanje, Džesi. Rekla je to samo zato što misli da je ono čime se zapravo bavim toliko dosadno da mora da je lažna priča.

Bila sam zaintrigirana. – Čime se onda stvarno baviš?

– Bavim se naukom o podacima. – Sem je očigledno primetio moj zbunjen izraz lica. – Radim na modelima podataka koje ubacujemo u algoritme mašinskog učenja, a onda tumačim rezultate.

– Vidiš? Rekla sam ti. Očigledno je špijun – rekla je Džesi, a ja nisam mogla da se ne nasmešim. Nije mogla imati više od sedamnaest-osamnaest godina, ali imala je samopouzdanje nekoga mnogo starijeg. Način na koji su se nežno šalili jedno s drugim ukazivao je na to da su očigledno bili neverovatno bliski, i osetila sam nalet zavisti. Volela bih da imam takav odnos sa svojim roditeljima.

– Dakle, želiš li da te naučim? Ponuda i dalje važi ako je prihvataš – kazao je Sem.

– Znaš šta? Rado – odgovorila sam.

– Odlično. Radim tokom dana, pa ćemo morati to da radimo ili rano ujutru ili kada završim. Šta ti odgovara?

– Verovatno bi bilo bolje ujutru. Ovde sam s porodicom, pa bi verovatno trebalo da provodim večeri s njima.

Sada je na Sema bio red da izgleda nesigurno i bio mi je potreban trenutak da shvatim u čemu je bio problem.

– Kada kažem porodica, mislim na roditelje, brata i sestre, ne na muža i decu.

Lice mu se razbistrilo. – Ah, dobro. Dakle, sutra u pola sedam?

– Ako si stvarno siguran.

– Da, uopšte nije problem. Ionako bih bio ovde.

– Odlično, vidimo se ujutru. Hoćeš li i ti doći, Džesi?

– Ne verujem! – odgovorila je. – Ne volim da ustajem u cik zore kad sam na odmoru. Ovde sam samo nekoliko dana, zato nameravam da iskoristim leškarenje do maksimuma.

Sada kada sam shvatila da je bezopasan, radovala sam se tome da provedem više vremena sa Semom. Ako je bio upola dobar učitelj kao što je Džesi rekla da jeste, biće zabavno. Dok sam išla nazad do svoje stolice, nakratko sam zamišljala kako me hvata svojim snažnim rukama dok padam i kako me drži dok sam gledam u njegove plave, plave oči.

– Ko su tvoji novi prijatelji? – Srećom, Zoi je prekinula moj tok misli pre nego što je prešao u fantaziju. – Primetila sam da je i te kako zgodan. Šteta zbog devojke.

– Zove se Sem – rekla sam. – Jutros sam ga upoznala na plaži i ponudio je da me nauči da surfujem. Mislila sam da mi se nabacuje, pa sam bila veoma neprijatna prema njemu, ali ispostavilo se da je vrlo dobar momak. „Devojka" mu je zapravo ćerka.

– Šališ se! – Zoi je ponovo pogledala prema Semu i Zoi, koji su otkopčavali svoja ronilačka odela. – Ne može imati više od, šta, trideset godina? I rekla bih da ona izgleda starije od Fredija, dakle, mora da je imao dvanaest godina kada se ona rodila. A mi smo mislili da smo mi mladi. Pobogu.

Pratila sam njen pogled i shvatila da je u pravu. Ili je neverovatno dobro krio svoje stvarne godine, ili je tu postojala neka priča. Semov torzo bez ronilačkog odela me je sada još više zaneo nego jutros, i naterala sam se da skrenem pogled.

– To je samo surfovanje, Popi – promrmljala sam sebi u bradu.

Dok smo se vratili kući, Denovi roditelji su već stigli sa Stjuar-tom. Svi su sedeli oko bazena, a srce je počelo ubrzano da mi kuca kada sam videla da je Rouz s njima. Provela sam tako lepo popod-ne da zaista nisam želela ponovo da se svađam. Doduše, ne mogu da je izbegavam ceo ostatak nedelje, pa će jedna od nas morati da napravi prvi korak. Još nisam bila spremna da joj oprostim, a ona je namerno gledala u sve osim u mene, stoga je delovalo kao da će borba potrajati još neko vreme. Dobro, ćaskaću sa svima ostalima dok ona ne odraste i ne prizna šta je uradila.

– Kako je bilo na plaži? – upitao je Denov otac. – Sve vas je uhva-tilo sunce.

– Bila je gužva, ali uspeli smo da nađemo mesto – odgovorila je Lili, dok smo svi mi ostali počeli da vraćamo stolice i suncobrane u plakar.

– Napravili smo zamak od peska – rekla mu je Ivi ponosno. – I Fredi i Sara su nam pomogli da naspemo vodu u jarak.

– Tata ga je slikao – dodala je Olivija. – Pokaži mami šta smo napravili, tata.

Stiv je petljao po telefonu pa ga pružio Rouz.

– Veoma lepo, devojke – rekla im je nakon što je proučila slike. – Dobro obavljeno. – Nisam mogla da ne primetim njen ravnodušan ton, ali, srećom, Olivija i Ivi ga nisu bile svesne i počele su veselo da prepričavaju majci razne detalje o zamku od peska. Po njenom praznom pogledu sam znala da nije čula ni reč od onog što su rekle.

– Osećaš li se bolje, mama? – upitala je Ivi kada su završile.

– Da, hvala, dušo. Mamu je samo malo mučio stomak.

– Jel' sada tako nazivamo mamurluk? – Fredi je promrmljao, dovoljno glasno da svi čuju. Rouz mu je uputila ljutit pogled, a Zoi je položila ruku na njegovu u znak upozorenja.

– Tako je lepo veče, mislili smo da napravimo roštilj – objavio je Denov otac. – Anita i ja smo kupili burgere, kobasice i ćevape u supermarketu. Imamo kifle za hotdog, zemičke za burgere, razne sosove i salate. Kako vam to zvuči?

Ijao. Roštilji su univerzalno katastrofalni, iz mog iskustva. Uglavnom se desi da se muškarci skupe oko roštilja, piju pivo, podstiču vatru i daju „korisne" savete onom ko je nominalno glavni, a u realnosti niko od njih nema pojma ništa da skuva i sva hrana na kraju bude ili pregorela ili živa u sredini.

– To zvuči divno, Ričarde – rekla je moja majka oduševljeno. Nadam se da nije primetio njen preterano veseo ton, upravo onaj koji je koristila kad bi neko od nas došao iz osnovne škole s nekim od najnovijih remek-dela s likovnog.

– Ne želim da budem naporna, ali jeste li možda uzeli nešto vegeterijansko za Saru? – upitala je Zoi.

Ričard se rastužio. – Tako mi je žao. Potpuno smo zaboravili. Otići ću do prodavnice pored plaže i videti da li su i dalje otvoreni i imaju li nešto.

– Ne brinite. Mislim da imamo neke vegeterijanske kobasice u frižideru – odgovorila je Zoi. – Recite mi kada dođe vreme i doneću vam ih.

– Hvala. Hoćemo li da jedemo oko sedam? – upitao je Ričard. U sebi sam se pripremila na to da ću jesti bliže devet sati, nakon što se sažalimo na muškarce i unesemo hranu kako bismo je ispekle u rerni. Moraću da pazim na to koliko ću popiti, jer mogu da upadnem u ozbiljnu nevolju ako predugo budem pila na prazan stomak. Ne mogu sebi da priuštim mamurluk poput Rouzinog ako želim da budem raspoložena i spremna za prvi čas surfovanja sutra, a svakako ne želim reprizu sinoćne večeri, u kojoj bih ovog puta ja bila pijana sramota. Mislim da mama ne bi podnela još jedno brukanje pred Denovim roditeljima. Bacila sam pogled na sat i shvatila da imam još sat i po vremena pre nego što Ričard misli da će večera biti spremna.

– Mislim da ću da odem da se istuširam. Da sperem kremu za sunčanje i pesak sa sebe. Vidimo se malo kasnije.

– To je odlična ideja – odgovorila je Zoi. – I mi ćemo to da uradimo. Fredi, Saro, spustite telefone i idite da se istuširate, molim.

– Recite mi kada završite – rekao je Stiv. – Devojčice bi verovatno takođe mogle da se okupaju, pa ćemo mi posle vas.

Kada sam ušla u sobu, zatvorila sam vrata i duboko udahnula. Imala sam punih sat i po vremena mira i tišine pred sobom, a pomisao na to da istog trenutka legnem na krevet i uživam u luksuzu dremke bila je primamljiva. Doduše, i dalje sam osećala pesak između nožnih prstiju, i poslednja stvar koja mi treba bio je pesak u krevetu, pa sam skinula odeću i uputila se u kupatilo. Nisam bila sigurna kako će se vodovodni sistem kuće nositi s tim što tolikom broju ljudi treba topla voda u isto vreme, ali ispostavilo se da nisam imala razloga za brigu. Kod kuće moram da se pobrinem za to da ne radi mašina za veš i da se klozetska šolja ne puni vodom pre nego što stanem pod tuš, u suprotnom se naizmenično opečem ili smrznem dok se pritisak menja. Ovde su postojali samo jedna konstantna temperatura i pritisak, i nisam žurila, uživajući u osećaju vode na svom temenu i koži.

Kada sam završila, osušila sam se, obmotala jedan peškir oko mokre kose i drugi oko tela, i ponovo se uputila na terasu sa svojom knjigom. Nadala sam se da ću, za razliku od današnjeg jutra, zapravo imati malo mira za čitanje. Sada je počela da prolazi vrućina, iako je i dalje bilo prilično toplo. Plaža je takođe počela da se prazni, ljudi su kretali kući kako bi večerali. Ponovo sam pomislila na Sema i osmotrila kuće koje sam mogla da vidim, pitajući se da li su on i Džesi u jednoj od njih. On veoma dobro izgleda, ali strogo sam rekla sebi da mi stvarno nije potrebno emocionalna komplikacija romanse tokom odmora. Već sam prošla kroz to, i veoma je lepo dok traje, ali bolno je kada se završi.

Nakon nekoliko poglavlja, ustala sam i ušla unutra da se obučem. Upravo sam se spremala da siđem dole da nađem Endrua za naš meč stonog tenisa, kada mi je neko pokucao na vrata. Čim sam ih otvorila, shvatila sam da ću verovatno morati da pomerim stoni tenis za neki drugi dan.

– Uđi – rekla sam Rouz dok je prelazila preko praga.

Zatvorila sam vrata za njom i na trenutak je vladala neugodna tišina. Čekala sam da ona progovori: nisam nameravala da joj ovo olakšam.

– Popi, mnogo mi je žao zbog onoga što sam sinoć rekla – počela je. – Zaista se nisam sećala toga jutra, pa nisam mogla da shvatim zašto si bila toliko ljuta na mene. Iskreno, malo si me nervirala, ali Zoi mi je sve rekla, i zgrožena sam svojim ponašanjem.

– Bilo je to zaista okrutno, Rouz. Znaš koliko mi je tada bilo teško, i mnogo sam radila na tome da nastavim dalje i ostavim to u prošlosti. Kada si rekla ono što si rekla, bilo je kao da sam ponovo tamo, gde mi se svi smeju i prave sprdnju od mene. Zašto si to uradila? Jesam li te naljutila nečim?

– Bože, ne! Slušaj, stvarno mi je žao. Trenutno nisam najbolje, previše sam popila, a ti znaš dobro koliko i ja da nisam fina kad sam pijana, pa pretpostavljam da sam se iskalila na tebi. Nisi zaslužila to i, ako će ti biti lakše, osećam se stvarno loše zbog toga.

– Nikad nisi dobro podnosila piće – rekla sam. – Sećaš li se onoga kad si došla kući s Tanijine žurke potpuno odvaljena?

– Jel' to bio onaj put kada sam rekla mami da želim žurku kao Tanijinu, optužila je da je zla kučka kada je rekla ne, a onda povratila po tepihu?

– To je bio taj put.

– Nedeljama sam bila kažnjena posle toga. – Nasmešila se. – Verovatno bih i sada bila kažnjena da mama misli kako bi joj to prošlo. Stvarno mi je žao, Popi.

Toliko se kajala da više nisam mogla da se ljutim na nju. Možda jesmo većinu života provele kao pas i mačka, ali kada objavimo primirje iz nekog razloga uvek verujemo da će ovog puta potrajati. Delovalo je kao da je i danas.

– Opraštam ti – rekla sam. – Nemoj nikada više to da ponoviš, važi? – Posegla sam za njom i privukla je u zagrljaj.

Dok smo stajale tu, ruku obavijenih jedna oko druge, postala sam svesna da drhti. Vrlo nežno sam se odmakla od nje i iznenadila se kada sam videla da joj suze liju niz obraze. Ponovo sam je zagrlila i držala dok je ispuštala to iz sebe. Osećala sam se pomalo neprijatno – bilo je ovo najviše fizičkog kontakta što sam imala s njom tokom godina – ali očigledno joj je to bilo potrebno, budući da se i dalje držala za mene. Posle nekog vremena, jecaji su počeli da se smiruju i popustila je stisak na meni.

– Želiš li da mi kažeš šta se dešava? – pitala sam je.

– U pitanju je Stiv – prosto je rekla. – Vara me.

10.

– Zaboga, Rouz. Nije ni čudo što si ovakva. Kako si saznala?
– Oh, na uobičajene načine. Prvi znak je bio to što je počeo kasno da se vraća kući. Pretpostavljala sam da radi, ali morala sam nešto da ga pitam pa sam ga jedno veče pozvala na kancelariju, ali nije se javio. Kada se vratio kući, pitala sam ga gde je bio i slagao je rekavši da je bio na poslu.
– Jesi li mu se suprotstavila?
– Ne. U početku sam mislila da postoji neko nevino objašnjenje. Ali to je nastavilo da se dešava. Takođe se neverovatno udaljio u poslednje vreme, kao da mu nešto odvlači pažnju. I devojčice su to primetile. Kao da se udaljio od naše porodice. Pretpostavljam da je to zato što sve vreme razmišlja o *njoj*.
– Jesi li sigurna da to nije samo kriza srednjih godina?
– Ima trideset devet godina! To nisu srednje godine, zar ne?
– Ne, ali muškarci umeju čudno da se ponašaju zbog toga. Čim počnu da osećaju kako stare, uspaniče se.
– Ali to ne objašnjava zašto toliko često kasno dolazi kući, zar ne? Osim toga... – ućutala se, očigledno postiđena zbog onoga što je želela da otkrije.
– Hajde, izbaci sve iz sebe.
– Pa, stvari nikada nisu bile naročito strastvene u spavaćoj sobi – poverila se – ali u poslednje vreme je potpuno izgubio interesovanje. Pitala sam se da li je to moja krivica, da li je trebalo više da se trudim, pa sam pokušala. Čak sam kupila neke od onih čipkastih gaćica koje izazivaju svrab, ali samo je rekao da je umoran i legao da spava.
– Jel' imao poteškoća u postizanju ili održavanju erekcije? Ponekad, ako je muškarac depresivan...

– Ne treba mi da mi budeš seksualni terapeut, u redu? – prekinula me je. – Ovde se ne radi o tome. Nije depresivan, nešto smera.

– Dobro. Šta je s njegovim telefonom?

– Šta s njim?

– Vrlo često muškarci kad varaju odjednom postanu veoma posesivni u vezi sa svojim telefonima. Možda prvi put stave lozinku ili ih nikada nigde ne ostavljaju, jer u njima ima poruka koje bi ih odale i slično. Jel' ti to zvuči poznato?

– Ne. Zapravo je poprilično opušten s telefonom. Videla si kako mi ga je prosto dao onda.

– Jel' mu to jedini telefon? Nema još jedan za posao, na primer?

– On se bavi finansijama u firmi za baštovanstvo, nije neki uspešni direktor! – Na trenutak je razmislila, i videla sam joj na licu kako joj se u glavi rađa ideja pre nego što je rekla. – Pretpostavljam da bi mogao imati drugi telefon, kako ih ono zovu?

– Pripejd telefon.

– Da, jedan od tih. Ako ima, onda ga odlično krije. Možda ga drži na poslu.

– U redu, pre nego što postaneš Gospođica Marpl, seti se da je ovo trenutno samo nagađanje. Jesi li ga pitala bilo šta u vezi s tim kako je?

– Naravno da nisam! Već sam ti to rekla. Šta bih mu rekla? Verovatno bi sve porekao i rekao mi da umišljam. Ali to me uništava, Popi. Ne mogu da spavam noću, jer uporno pokušavam da zamislim ko je ona i kako izgleda. Jel' neko s posla? Šta *ona* ima što ja nemam? Moram da razmišljam i o devojčicama. Šta ako se suočim s njim, on prizna i onda me ostavi zbog nje? Nisam sposobna da budem samohrana majka.

– Ne možeš da nastaviš ovako, Rouz. Zvuči kao da ti ovo već utiče na mentalno zdravlje.

– Znam. Gore mi je ovde, jer vidim Lili i Dena tako zaljubljene, a eto mene, naizmenično želim da uradim šta god treba kako bih zaustavila Stiva da me ne ostavi i da mu razbijem glavu.

– Na jedan ili drugi način – rekla sam odlučno – saznaćemo šta se dešava, i to ove nedelje. Prema onome što si opisala, priznajem da se ponaša pomalo čudno, ali i dalje postoji otvorena mogućnost da je ovo samo kriza srednjih godina i ništa više.

– Čak i da jeste kriza srednjih godina, to ne znači da me ne vara. Možda se viđa s nekom živahnom dvadesetogodišnjakinjom koja ga podseća na mladost, umesto dosadne, stare mene.

– Nisi ni stara ni dosadna, a ni to ne znači da te vara. Nedužan dok se ne dokaže da je kriv, sećaš se?

– Lako je tebi da kažeš. Nisi ti ta koju neko vara.

– I dalje mislim da bi moglo postojati drugo objašnjenje. Možeš li da smisliš bilo šta što možeš da uradiš ove nedelje, osim da se suočiš s njim, što bi moglo pomoći da saznaš? Ne možeš da provedeš celu nedelju mučeći se. To nije dobro za tebe i, kao što smo videli sinoć, nije dobro ni za nas ostale.

– Rekla sam da mi je žao, ne nabijaj mi to na nos. Razmisliću o tome, ali ne deluje baš verovatno, zar ne? Teško da će se išunjati kako bi se našao s njom ovde, osim ako i ona nije došla i odseda u blizini...

– Čuješ li sebe? Počinješ da zvučiš kao ludača. Verovatno bi joj slao poruke i iskradao se da je pozove, ako ona postoji.

– U pravu si. Možda je pripejd telefon negde ovde. Samo moram da ga nađem.

– To jeste nešto što možeš da uradiš, ali možda da pokušaš da ne sumnjaš u njega, ne znači da je obavezno kriv.

Uzdahnula je. – Hvala ti što si me saslušala, Popi, i stvarno mi je žao što sam se iskalila na tebi sinoć. Stvarno se osećam malo bolje sada kad sam nekome rekla.

– Dobro je. A sada, zašto ne odemo dole da vidimo šta se dešava s tim roštiljem? Imam niska očekivanja.

– Oh, da, i ja – odgovorila je i glas joj je zazvučao malo veselije, zbog čega mi je bilo drago. – Stiv je i ranije insistirao na roštiljanju, da zove komšije da dođu, a ja sam uvek morala meso da unesem unutra i dopečem u rerni. Nimalo ne razumem privlačnost toga.

– Mislim da je to neka fora s pećinskim ljudima. Paljenje vatre i sve to. Čini da se osećaju muževno, kao da je to neka veličanstvena zver koju su ulovili i koju peku iznad plamena, a ne nekoliko bezukusnih kobasica.

* * *

Kada smo sišle u prizemlje, iznenadila sam se kada sam videla da niko ne pravi roštilj i da je poklopac spušten. Očigledno je bio uključen jer sam videla dim koji je izlazio ispod poklopca, ali niko mu nije posvećivao nimalo pažnje. Budući da je sada bilo dvadeset minuta do sedam, mislim da sam tačno pretpostavila da će večera podosta kasniti.

– Stoni tenis? – upitala sam Endrua.

– Apsolutno! Hajde – odgovorio je.

– Bolje da i ja pođem, da vas nadgledam – dodala je Zoi.

Dok smo mi počeli prvu partiju, okupila se mala grupa gledalaca. Zoi je sebe imenovala za sudiju, ali Lili, Den, Sara, Fredi i Stjuart su takođe došli da nas gledaju. Do kraja trećeg seta, Endru je vodio dva prema jedan, i već je bilo nekoliko prepirki u vezi s pravilima. Endru je nepokolebljivo tvrdio da servis mora da ide u suprotni kvadrant, kao u tenisu, i pokušao je da prisvoji poen kada jedan od mojih servisa nije bio takav. Fredi je istog trenutka potražio odgovor na internetu, i poen je otišao meni, zato što ne samo da sam bila u pravu već Endru nije uzvratio jer je mislio da je bio faul.

Do kraja četvrtog seta ponovo smo bili izjednačeni. Lili, Den i Stjuart su otišli, ali Fredi i Sara su navijali za svog oca. Upravo sam se pripremala da serviram za odlučujući set kada smo čuli moju majku kako nas zove na večeru.

– Mora da se šališ! – viknula sam Endruu.

– Možemo kasnije da odigramo odlučujući poen – rekao je.

– Nema šanse! Samo pokušavaš da iskoristiš ovo jer znaš da ću popiti nekoliko čaša vina kako bih lakše progutala ugljenisanu hranu.

– I ja ću piti – rekao je.

– Ne. Ovo je isuviše ozbiljno. Ako izgubim posle večere, uvek ću se pitati da li se to desilo zbog alkohola. Moraćemo ovo da odigramo sutra.

– Vas dvoje stvarno treba da se opustite – reče Zoi. – To je samo igra.

– A ti si znala u šta se upuštaš kada si ponudila da budeš sudija! – odgovorio je Endru.

Zoi je uzdahnula. – U pravu si. Hajde idemo da jedemo.

Na moje iznenađenje, hrana je zapravo bila dobra. Burgeri su i dalje bili prepoznatljivi, umesto ugljenisani diskovi na kakve sam navikla, a kobasice su imale braon trag na sebi. I salate su dobro izgledale. Bilo je krompir salate, malo kupus salate i obavezne zelene salate.

– Poslužite se! – rekao je glasno Denov otac.

– Stani, Ričarde. Još se nismo pomolili – podsetila ga je Anita.

– Oh da! Izvinite. Hvala ti, Gospode, na ovoj hrani, i ne daj da se neko otruje. Amin – rekao je.

– Ovo je odlično! – kazala sam mu nakon što sam probala nekoliko zalogaja burgera, navalila na kobasicu i diskretno jezikom ispitala sredinu kako bih videla da li je vrela. – Koja je tvoja tajna, Ričarde?

– Nema tajne – nasmešio se. – Drži poklopac zatvoren i ostavi tu prokletu stvar na miru. Ako je poklopac podignut, dobijaš samo direktnu vrelinu iz uglja i ništa se ne ispeče dovoljno, naročito ako se uporno vrtiš oko hrane i obrćeš je. Ako zatvoriš poklopac, sličnije je rerni pa se sve ispeče kako treba. Pored toga, zadržiš dim unutra, što joj daje bolji ukus.

– Ričard obožava da kuva – objasnila mi je Anita. – Kaže da mu je to kao terapija. Kada je tek počeo, imali smo nekoliko teških razgovora oko ostavljanja kuhinje kao da je bomba pala u njoj, ali je sada mnogo bolji.

– Srećnice – uzvratila je moja majka. – Jednom sam dozvolila Bilu da kuva, kad sam bila bolesna. Bila je to samo supa iz tetrapaka, teško da je za to potrebno kulinarsko umeće. Uspeo je toliko da sprži dno šerpice da nije samo supa bila nejestiva već sam morala da bacim tu šerpu!

– Živa istina – rekao je dobroćudno moj tata. – Omeo me je članak u novinama i potpuno sam zaboravio na supu dok nisam osetio kako gori.

– Den je izvanredan kuvar – pohvalila se Lili. – Koje je bilo ono jelo koje si mi napravio prošle nedelje? Ono s lososom.

– *Salmon en croute* – odgovorio je Den. – Servirao sam ga s krompirom na francuski način i sosom od spanaća.

– To zaista zvuči impresivno – rekla je Anita uz osmeh. – Jel' iz *Vejtrouz* supermarketa?

– Ćuti, mama. Možda i jeste – odgovorio je, porumenevši.

– Svejedno je bilo ukusno – tešila ga je Lili.

Dok smo jeli, nisam mogla da ne posmatram Stiva tražeći znake nervoze, ali nisam ih primećivala. Iskreno, nisam ga poznavala baš najbolje, ali delovao je kao sasvim običan, dobar momak. Uvek je bio povučen u porodičnim situacijama poput ove, ali brižan prema svojoj deci i uvek se starao o tome da Rouzina čaša nije prazna. Srećom, ona je večeras pila mnogo sporije, pa sam se nadala da neće biti reprize sinoćne epizode. Mama ju je i dalje posmatrala poput sokola, pućeći usne s neodobravanjem svaki put kad bi Rouz prihvatila još vina.

Čim smo završili s glavnim jelom, Ričard i Anita su doneli poslastice. Definitivno će biti teško nastupiti posle njih, budući da su tu bili sveža voćna salata i puding s jagodama i šlagom, kao i sladoled za one koji nisu voleli nijedan od ta dva deserta. Nadam se da se ova nedelja neće pretvoriti u takmičenje ko će bolje kuvati jer ću u suprotnom biti pod velikim pritiskom kad na mene dođe red u sredu. Uprkos količini poslastica, sve smo ih pojeli i nasmešila sam se kada sam videla Ivi i Oliviju kako napadaju činiju jagoda sa šlagom prstima, odlučne u tome da ne ostave ni jedan jedini komad.

Počeo je da pada mrak kada su Zoi i Endru počeli da odnose tanjire i čaše u kuhinju na pranje. Veći deo ostalih ušao je unutra, ali ja sam odlučila da ostanem napolju malo duže i uživam u večernjem vazduhu. Rouz je rekla Stivu da će odvesti devojčice na spavanje: pretpostavljam da će iskoristiti tu priliku da mu pregleda stvari i pokuša da nađe pripejd telefon za koji je ubeđena da ga poseduje. Volela bih da nisam to pomenula, ali pokušaću da joj pomognem da sazna šta god se dešava. Moram priznati da mi je, nakon što sam ga posmatrala večeras, bilo teško da poverujem da je Stiv tip osobe koja bi bila neverna. Baš sam grdila samu sebe zbog neprofesionalnosti, jer sam veoma dobro znala da ne postoji „tip" koji vara, kad sam shvatila da nisam sama.

– Došao sam po piće – rekao je Stjuart, pokazavši na flaše koje su i dalje stajale pored roštilja. – Želiš li još?

Bacila sam pogled na svoju čašu i pomalo se iznenadila kada sam videla da je prazna. – Da, to bi bilo divno, hvala, Stjuarte.

Kada se vratio s punom čašom, umesto da je ušao unutra kako bi se pridružio ostalima, bacio se na ležaljku pored mene.

– Izvini ako sam napravio problem između tebe i tvoje sestre sinoć – rekao je. – Samo sam pokušavao da budem duhovit.

– Ne brini – rekla sam. – Malo je popila, a uvek postane agresivna kad pije.

– Doduše, malo sam razmišljao, i bojim se da moraš da spavaš sa mnom – nasmešio se.

Ne ovo opet. – Kako si to zaključio? – pitala sam.

– Lako – odgovorio je. – Ja sam kum, a ti si jedina deveruša ovde koja nije maloletna ili već zauzeta.

– Dobar pokušaj, ali neću spavati s tobom samo radi popunjavanja nekog smešnog klišea.

– Pošteno. Vredelo je pokušati. Ali mnogo propuštaš. Moja bivša devojka je svaki put doživela orgazam. Šta kažeš na to?

Znala sam da treba da prekinem ovaj razgovor, ali bila sam zaintrigirana.

– Stvarno? To je veliki uspeh. Koja je tvoja tajna, pored neverovatno brzog oporavka?

– Mnogo poza. Žene vole raznolikost. Treba završiti u psećoj pozi, koja je moja omiljena. Jesi li sigurna da nisi u iskušenju? Za malo Stjuartove magije?

– Poprilično sam sigurna – nasmešila sam se. – Dakle, da razjasnim ovo. Tvoja formula se zasniva na penetraciji, uz redovne promene poza, jel' tako?

– Da.

Očajnički sam želela da se nasmejem, ali naterala sam se da zadržim ozbiljan izraz lica. – Imam loše vesti za tebe, Stjuarte. Mislim da se možda pretvarala.

– Ne bih rekao – ratoborno je rekao. – Zbog čega to misliš?

– Zbog osnovne mehanike – odgovorila sam. – Imaš li olovku?

– Mislim da sam video hemijsku u kuhinji.

– U redu. Ovo je vagina – rekla sam mu nekoliko trenutaka kasnije kada je doneo hemijsku i kad sam nacrtala običnu skicu na jednoj od preostalih salveti. – Ovde je ulaz, gde ulazi tvoj penis, a ovo ovde gore je klitoris, koji je glavni centar ženskog zadovoljstva.

– Znam kako funkcioniše ženska anatomija – rekao je, ali primetila sam da mu u glasu više nije bilo arogancije.

– Dobro. Dakle, kako bi žena mogla da doživi orgazam, možemo se složiti da mora doći do stimulacije klitorisa? Uključeno je dosta faktora, ali to je verovatno jedan od najvažnijih.

– Šta želiš da kažeš?

– Želim da kažem da većina penetrativnih poza ne radi ništa klitorisu, jer se sve dešava ovde – pokazivala sam olovkom na ulaz – a ne ovde. – Obojila sam klitoris kako bih ga naglasila. – Pseća poza je jedna od najgorih, jer nema nimalo stimulacije klitorisa. Štaviše, to što je stalno okrećeš poput pljeskavice kako bi promenio pozu na svakih nekoliko minuta prekida joj tempo i sprečava rast zadovoljstva. Za tebe je to možda zabavno i pomaže ti da duže izdržiš, ali sumnjam da pomaže tvojoj partnerki. Zamisli da guraš auto uzbrdo. Ako staneš i pustiš ga na nekoliko sekundi, šta će se desiti?

– Počeće da klizi unazad. – Sada je izgledao potpuno poraženo i počinjala sam da ga sažaljevam.

– To se desi pri menjanju poza. To je seksualni ekvivalent dozvoljavanja autu da klizi niz brdo. Razumeš li?

– O čemu vas dvoje šapućete ovde? – Mama je sumnjičavo pitala dok je izlazila iz kuhinje. Videće me ako sada pokušam da sakrijem salvetu, pa sam je ostavila tamo gde je bila i pripremila se za neizbežnu eksploziju kada ugleda crtež.

– Ništa, samo ćaskamo – rekao je Stjuart. Pokušavao je da zvuči nedužno, ali njegovi rumeni obrazi su ukazivali na nešto drugo.

Podigla je salvetu i na trenutak je proučavala.

– Šta je ovo? – pitala je, okrećući salvetu i gledajući u crtež iz različitih uglova. – Pomalo liči na avokado, ali stavila si košticu prenisko i previše je šiljata.

– Upravo je to – rekla sam, uhvativši se za pojas za spasavanje. – Bravo. Stjuart uopšte nije mogao da pogodi.

– Nisam iznenađena – rekla je, spustivši salvetu na sto. – Crtež ti je užasan. Daj mi olovku.

Užasnuto i zaintrigirano sam je posmatrala kako crta mnogo jasniji avokado pored mog dijagrama vagine.

– Evo – objavila je. – Slikanje nikada nije bilo tvoj talenat, zar ne, Popi? Svakako, koliko god bila zabavna vaša igra crtanja, došla sam samo da ti kažem da se tvoji roditelji spremaju da krenu, Stjuarte.

Kada se vratila unutra, pogledala sam u Stjuarta i oboje smo prasnuli u smeh.

11.

– Dobro, prvo što moramo da uradimo jeste da te naviknemo na ravnotežu daske – rekao je Sem.

– Kako to da je moja daska toliko veća od tvoje? – upitala sam. Dok je njegova izgledala kompaktno i lako za rukovanje, daska koju je dao meni bila je ogromna.

– Verovala ili ne, to je daska za početnike – objasnio je. – Jeste veća, ali to je čini stabilnijom i lakše je plutati na njoj.

Nisam imala drugu opciju osim da mu verujem, ali bila sam poprilično sigurna da je ova daska bila od *Titanika* i već sam počela da se pitam da li će se ispostaviti da je učenje surfovanja bila loša ideja. Dok sam se spremala jutros, shvatila sam da apsolutno nemam pojma šta ljudi nose ispod mokrog odela za surfovanje i da se nisam setila da pitam Sema. Malo sam istraživala na internetu i otkrila da imam opciju ili da ne nosim ništa (hm, ne hvala), ili da obučem jednodelni kupaći kostim, za šta sam se odlučila. Srećom, delovalo je kao da je Sem odobravao tu odluku, ali onda je sâmo oblačenje ronilačkog odela ispalo veliki izazov. Pozajmila sam Džesin, pošto smo bile otprilike ista veličina, i veoma dobro mi je pristajao, ali zahtevalo je mnogo vrpoljenja i natezanja da se uvučem u njega, i pretpostavljam da ću, kad budem morala da pokušam da ga skinem, saznati kako se gmizavci osećaju kada skidaju košuljicu.

– Dobro, prvo moramo da zakačimo nožni kanap za tebe. Ako padneš, a hoćeš, to sprečava dasku da otpluta. – Uzeo je komad kanapa koji je bio prikačen za dasku i zalepio traku s čičkom oko mog članka. – Kako je?

– U redu, mislim.

– Dobro. Već sam ispolirao dasku za tebe, pa samo moram da ti izdeklamujem nekoliko protokola o bezbednosti pre nego što uđemo u vodu.

– Ispolirao si je? Zar neće zbog toga biti klizava?

– Suprotno od toga. Tako će tvojim stopalima biti lakše da se održavaju – iako ne mislim da ćeš danas stati na noge. Počećemo tako što ćemo te naučiti da veslaš na dasci, a onda ću ti pokazati kako da uhvatiš talas dok ležiš na njoj. Da li ti je to jasno?

– Ne znam još, ali nadam se da hoće.

Sem se nasmejao. – Kada budem završio s tobom, sve će ti savršeno imati smisla, ne brini.

Pokazao mi je kako da zaštitim glavu ako padnem, kako ne bih udarila o dasku i onesvestila se, a onda smo se uputili prema vodi.

– Mhm, Seme? – rekla sam mu kad smo počeli da ulazimo. – Mislim da ovo odelo ne radi. Osećam kako ulazi hladna voda.

– I treba tako da bude – nasmešio se. – Ne brini. Nakratko će ti biti hladno, a onda će odelo zadržati tanak sloj vode uz tvoje telo i opet će ti biti toplo.

– Stvarno? Mislila sam da je poenta u tome da sprečava vodu da uđe.

– Onda to ne bi bilo mokro odelo već suvo.[2]

– Oh.

Kada smo ušli dovoljno duboko, Sem mi je pomogao da legnem na dasku i pokazao mi kako bi bilo kad bih legla previše napred ili prenisko. Neko vreme smo to vežbali, dok nisam postala sigurna da svaki put mogu da se popnem na dasku na pravi način.

– Dobro, hajde da vidimo možemo li da ti uhvatimo talas – rekao je nakon što smo nekoliko puta išli uz i niz plažu dok sam se ja podizala na dasku i plivala na njoj. Vodio me je dublje dok mi voda nije došla do struka.

– Ovde bi trebalo da bude u redu.

– Ali plaža je bukvalno manje od metar udaljena od nas! – rekla sam. – Čim uhvatim talas, biće gotovo.

– Veruj mi, ovde želiš da počneš. Vidiš kako se talasi razdvajaju? Tako ih je lakše uhvatiti.

Objasnio mi je kako da uhvatim talas usmerivši dasku prema plaži i plivajući dok ne stigne iza mene. Sat vremena kasnije, bila sam iscrpljena, ali uspela sam nekoliko da ih uhvatim i plivala sam

---

[2] Postoje „mokra" i „suva" odela za vodu. (Prim. prev.)

preko njih na dasci. Ono što je bilo sigurno jeste da je surfovanje mnogo teže nego što izgleda, ali Sem je bio veoma strpljiv i osećala sam se kao da napredujem.

– Mislim da je ovo dovoljno za danas, zar ne? – rekao je nakon što sam uspešno uhvatila treći talas i otplivala do plaže. – Bila si odlična. Jel' ti se svidelo?

– Mislim da jeste. Nisam mislila da će biti ovoliko teško uhvatiti talas – odgovorila sam. – Očekujem da će me boleti ruke od sveg ovog plivanja.

– Možda hoće, ali ne dugo. – Šetali smo uz plažu s daskama u rukama i Sem je otkopčavao svoje ronilačko odelo, što mi je još jednom privuklo pažnju. – Jesi li za doručak pre nego što odem na posao? Mislim da si ga zaslužila.

Pripremala sam se da nađem neki izgovor i krenem kući, ali ogladnela sam od fizičkog napora i osećanja uspeha, a ideja o doručku sa Semom zvučala je mnogo privlačnije od odlaska kući.

– Može, što da ne? Mislim da je kafić otvoren. Samo moram da skinem ovo i obučem odeću. – Otkopčala sam svoje odelo i trudila se da ga skinem dok me je Sem posmatrao uz osmeh.

– Postoji tehnika. Pokazaću ti.

Pomogao mi je da skinem odelo s ramena i izvučem ruke, a onda mi ga je spustio niz struk i butine. Iako je pazio na to da dodiruje samo odelo, bilo je neverovatno intimno i bila sam svesna ubrzanog kucanja svog srca i želje da mu ruke skliznu kako bih ih osetila na svojoj koži. Održala sam sebi bukvicu u mislima, ali ni to mi nije pomoglo. Moje telo, toliko godina lišeno muške pažnje, pretilo je da se pobuni protiv racionalnih stvari koje mu je govorio moj um.

– Eto – rekao je kada je skinuo odelo ispod mojih kolena. – Trebalo bi sada da uspeš da ga skineš. Pobrini se da ispraviš stopala, tako ćeš ga lakše skinuti. – Pogledao me je u oči i nešto u meni se rastopilo. *Zaboga, Popi, smiri hormone.*

– Dakle, kafić? – upitala sam kada sam se osušila i obukla šorts i majicu. Vlažnost kostima već mi je okvasila odeću, ali nisam ništa mogla da uradim povodom toga dok se ne vratim kući i ne presvučem. Makar sam bila obučena, a oblik vlažnog obrisa jasno je ukazivao da je nastao od kupaćeg kostima, a ne od nezgode s bešikom.

– Mogli bismo, ali mislio sam na nešto zdravije. Jesi li za to da se vratimo kod mene? Džesi je verovatno sad već ustala, pa nećemo biti sami.

Znala sam da je pokušavao da me opusti, ali deo mene bio je pomalo razočaran. Sada kad sam znala kako da skinem odelo za surfovanje, ne bi mi smetalo da mu pomognem s njegovim. Šta to nije u redu sa mnom? Sat i po vremena u moru i već sam gajila gotovo pornografske misli o muškarcu kojeg nisam ni poznavala. Mora da je to bila neka vrsta alergijske reakcije na slanu vodu, rekla sam sebi. Krajičkom oka sam ga pogledala dok smo šetali putem; zaista jeste bio veoma privlačan i ideja o avanturi na odmoru postajala je sve privlačnija, iako sam znala da bih je sledeće nedelje skupo platila emocionalnim bolom.

Semova kuća nije bila ni blizu velika kao naša, ali u njoj su živeli samo on i Džesi, pa nije ni morala da bude. Ali bila je lepa, manje raskošna od naše i više je ličila na dom. Džesi je očigledno tek ustala, jer je malo reći da joj je kosa bila „razbarušena“, i sedela je na sofi u dnevnoj sobi u kratkoj pidžami, savijenih nogu privučenih prema sebi, pijuckajući kafu.

– Dobro jutro, tata. Kako je – oh! – viknula je kada me je videla kako idem iza njenog oca. Na trenutak sam se zapitala da li će biti uznemirena zbog toga što sam narušavala njenu privatnost, ali na licu joj se pojavio širok osmeh.

– Pozvao sam Popi da doručkuje s nama pre nego što počnem da radim. Ne smeta ti, zar ne? – Sem ju je pitao.

– Smeta? Naravno da ne!

– Odlično. Idem samo da skoknem pod tuš i onda ću početi da spremam doručak. Možeš li da poslužiš Popi čajem ili kafom, ili bilo čime što želi da pije, molim te?

Srećom, iako se tek probudila, Džesi je bila izvanredno društvo i uspevala je da ne dozvoli da mi misli odlutaju u zamišljanje onoga što se dešava s druge strane zida. Rekla mi je da je upravo završila srednju školu i da počinje studije psihologije na Univerzitetu Duram na jesen. Pitala me je o mojoj porodici i objasnila sam joj da smo ovde zbog Lilinog venčanja ulepšavajući naše porodične odnose, a onda se Sem ponovo pojavio, sveže istuširan, blago mirišući na losio posle brijanja, obučen u belu majicu i farmerke. Nisam mogla da ne gledam kako mu mišići ruku igraju dok počinje da sprema doručak.

– Jel' ovo tvoja kuća? – pitala sam ga dok je sekao hleb kako bi ga stavio u toster, seckao avokado i grejao vodu za poširana jaja.

– Ne! – nasmejao se. – Živim u Svindonu, otprilike osamsto metara od mesta gde sam odrastao. Jedna od najboljih stvari u vezi s mojim poslom je to što bukvalno mogu da ga radim bilo gde dok god imam pristojnu internet konekciju. Stoga iznajmljujem ovu kuću na mesec dana svakog leta i surfujem pre i posle posla. Džesi uglavnom dođe na nedelju ili dve, pa tada uzmem odmor, i sve to poprilično dobro funkcioniše.

– Jesi li ikada bio u iskušenju da se preseliš ovde zastalno?

– Razmišljao sam o tome, ali nisam siguran da bih želeo ovde da živim. Sviđa mi se kada sam ovde na mesec dana, ali verovatno je mnogo manje zabavno usred zime. Pored toga, dosad sam bio vezan za Svindon, jer tamo žive Džesi i njena mama, i nisam želeo da budem daleko od nje. Sada kada je odrasla i ide na univerzitet, možda počnem da se raspitujem. Ne vidim se u Svindonu na duge staze. Ne bi mi smetalo da budem bliže moru, ali ne toliko daleko kao što je ovo ovde. Možda Dorset ili nešto tako. Svakako, doručak će biti spreman za nekoliko minuta pa, ako ti je potreban toalet, sada bi bio dobar trenutak da odeš. – Poslednju rečenicu uputio je Džesi.

– Tata se iznervira jer često odlučim da moram da piškim baš kada on kaže da je jelo gotovo, pa je ovo najnovija stvar koju radi – nasmešila se Džesi.

– Zapravo, i ja bih mogla da odem do toaleta – priznala sam.

– Popi može da ide u moje kupatilo. – Sem je rekao Džesi. – Možeš li da joj pokažeš gde je, a ja ću da završim jaja?

Džesi me je odvela u Semovu sobu i pokazala mi vrata njegovog kupatila. Nisam mogla da ne bacim pogled na krevet dok sam hodala i um mi je istog trenutka bio pun slika o onome što bismo Sem i ja mogli da radimo na njemu. Kupatilo je mirisalo na gel za tuširanje i Semov pikantan, drvenasti losion posle brijanja, što nije pomagalo mojim razjarenim hormonima.

– Moraš da se sabereš i da prestaneš sa ovim, Popi – oštro sam re-kla svom odrazu u ogledalu dok sam prala ruke nakon korišćenja to-aleta. – Uči te da surfuješ i druželjubiv je. Ništa više od toga, u redu?

Uverena u to da sam se sabrala, vratila sam se u dnevnu sobu i sela za sto.

– Opa. Ovo je neverovatno ukusno, Seme – rekla sam kad sam uzela prvi zalogaj tosta, avokada i jaja. Savršeno je isposhirao jaja, čvrsto belance je otkrivalo kremasto, tečno žumance.

– Uvek je bio izvanredan kuvar – rekla mi je Džesi. – Verovatno koristi hranu kako bi omekšao špijune neprijatelje. Ko zna koliko je tajni izvukao iz ljudi prosto se koristeći dobro napravljenim ho-landez sosom, a? Iskreno, lakše bih priznala svoje tajne kad bih bila vezana i kad bi me tata primoravao da jedem nešto ukusno nego kad bi mi upirao lampu u oči, kao što vidimo na televiziji.

Sem je prevrnuo očima, a potom se okrenuo prema meni.

– Vidiš li sa čime moram da se nosim? – nasmešio se. – Drago mi je što ti se sviđa kako kuvam, Džesi, ali ovo je samo doručak. Posle ovoga idem da radim svoj sasvim običan posao i niko nikoga neće vezati, primorati ga da jede i ispitivati ga kako bi izvukao in-formacije, u redu?

Šteta. Meni je to zvučalo baš zabavno.

12.

– Opet se iskradaš iz kuće u cik zore! – Rouz je rekla dok sam ulazila u kuhinju kroz dvoslojna vrata. – Ako ovako nastaviš, izaći ćeš na loš glas. – Očigledno je shvatila da ta njena primedba nije baš na mestu, s obzirom na čitav Hidžej debakl odranije, i izgledala je pomalo postiđeno. Odlučila sam da zanemarim to: ovog puta nije mislila ništa zlonamerno, rekla sam sebi.

– Nije cik zore i ne šunjam se! – raspoloženo sam rekla. – Išla sam na čas surfovanja.

– Ako ti tako kažeš – odgovorila je, smeškajući se i preusmerivši pažnju na svoje pahuljice.

– Dobro jutro, Popi – rekla je Zoi kada je ušetala u kuhinju s drugog kraja. – Kako je bilo na surfovanju? Jesi li upala u more i jel' morao da te spasava onaj zgodni plavi frajer? – Uputila se prema frižideru, pevušeći „Summer Nights" iz *Briljantina*, doduše, izmenila je tekst tako da je pevala: „Spasao sam joj život. Umalo se utopila/ On se pravio važan, surfujući naokolo."

– Znaš šta, čujem te – rekla sam. – I ta pesma ne ide tako.

– Sada ide – nasmešila se. – Možda ću te ostatak nedelje zvati Sendi, po liku Olivije Njuton-Džon iz tog filma.

– O čemu vas dve pričate? – Sada nam se mama pridružila i, kao i obično, ubacila se u razgovor.

– Ni o čemu, Hejzel – odgovorila je Zoi, široko se smeškajući dok me je cinkarila. – Samo o tome da je Popi počela rano ujutru da ide na „časove surfovanja" kod jednog *veoma* privlačnog muškarca. – Čak je i prstima pokazivala znakove navoda i počela sam pogledom da tražim stvari kojima bih mogla da je gađam.

– Jesi li? – Mama me je skeptično pogledala. – Nadam se da je to strogo profesionalan dogovor. – Naglasila je reč *profesionalan* i podigla obrvu dok je govorila, kako bi mi dala do znanja da me upozorava. – Znaš kakvi su muškarci. Ne bih volela da te neko iskorišćava.

– U redu je, mama. Imam trideset tri godine. Mislim da umem da se brinem o sebi. Svakako, ovde je sa svojom ćerkom, pa nismo sami, u redu?

– Hm. – Nimalo nije delovala kao da mi veruje, ali očigledno je odlučila da za sada zaboravi na tu temu.

– Ko se raduje prelepom danu na plaaaaaži? – veselo je rekla Lili ulazeći u kuhinju u kratkoj pidžami, koja me je podsetila na Džesinu. Čudno je što je Džesi zapravo samo pet godina mlađa od Lili; ne poznajem je ni blizu dobro kao svoju sestru, ali na neki način deluje zrelije od nje. Lili povremeno ume da bude iznenađujuće detinjasta, verovatno zato što je mama i dalje bezočno tetoši, iako bi trebalo da bude potpuno sposobna i samostalna odrasla osoba. Brak će je osvestiti na mnogo načina. Posmatrala sam je kad je prišla frižideru, otvorila ga i zurila u njega, verovatno u nadi da će joj predložiti nešto za doručak što bi njoj odgovaralo.

– Mislim da ćemo tvoj otac i ja opet ostati ovde, draga – mama joj je rekla i primetila sam da njen ton nije bio nimalo prekoran kao kad razgovara sa mnom. – Danas će opet biti vruće, a tvoj otac od toga dobije užasan osip.

– Ne uvlači mene u ovo! – viknuo je tata. Uspeo je da uđe u prostoriji a da ga niko nije primetio, što je tipično za mog oca. – Ne mogu da se setim ničeg lepšeg od toga da pravim peščane zamkove s mojim cvetnim devojkama.

Tu frazu dugo nisam čula. Kada smo bile mlađe, tata nas je uvek zvao svojim „cvetnim devojkama“ zbog toga što smo dobile ime po cveću. Endru je mislio da je to bilo urnebesno i rugao nam se bez milosti. Smatrale smo ga samo ljubomornim jer nije bio deo kluba i podjednakom merom smo mu uzvraćale.

– Mislim da smo sada prestare za to, tata – obavestila ga je Rouz. – Doduše, sigurna sam da bi se to svidelo Oliviji i Ivi, ako si raspoložen za to.

– Nemoj meni da se žališ kad ti bude vruće i postaneš nervozan jer će te sve svrbeti od glave do pete – upozorila ga je moja majka, i primetila sam da ponovo pući usne u znak negodovanja.

– Ako mi postane vruće, ući ću u vodu kako bih se rashladio. Hajde, Hejzel. Poneću suncobrane da bismo imali hladovinu. Trebalo bi da ove nedelje provodimo vreme zajedno kao porodica, zar ne? Nećemo to postići ako budemo sedeli ovde dok su ostali tamo.

– Dobro – frknula je. – I mi ćemo otići na plažu. Ali bez izmotavanja, jel' jasno? To važi i za vašu decu, Zoi i Rouz. Ne želim da me prskate, da kapljete po meni ili da budem prekrivena peskom, jeste li razumeli?

Zoi i Rouz su razmenile pogled i izvile obrve. – Dobro – rekle su u isto vreme.

– Dobro. Sada kad smo to rešili, šta želite za doručak? – nastavila je mama, gurnuvši Lili u stranu i počevši da čeprka po frižideru. – Imamo slaninu, jaja, jogurt...

– Ja neću, hvala, mama – rekla sam. – Već sam doručkovala.

– Krajičkom oka sam videla da je Zoi razgoračila oči toliko da je izgledalo kao da će joj ispasti iz glave, pa sam pobegla pre nego što je stigla nešto da kaže.

Kada sam stigla u bezbednost svoje sobe, skinula sam svoj mokar šorts, majicu i kupaći kostim i uputila se prema tušu. Dok sam se kupala, razmišljala sam o jutrašnjim događajima. Da, surfovanje je bilo zabavno i osećala sam da napredujem. Sem je dobar učitelj; Džesi je bila potpuno u pravu u vezi s tim. Ali mislim da sam još više uživala u doručku, u sedenju i ćaskanju s njim i Džesi. Najzad, morala sam da se suočim sa istinom: Sem me nenormalno privlači, i to je problem. Sećanje na to kako mi je svlačio surfersko odelo s kukova izazvalo mi je komešanje u stomaku kakvo godinama nisam osetila, i shvatila sam da zamišljam osećaj dodira njegovih ruku na svom telu i njegovih usana na svojim. U isto vreme, moj racionalni mozak (ono što je od njega ostalo) govorio mi je da ne treba da se zavaravam idejom da mogu ovo da nazovem avanturom za vreme odmora i ostavim je iza sebe kada odem kući. Iz nekog razloga, odjednom sam se setila jedne svoje profesorke psihologije koja je govorila o idu, egu i super-egu kada smo učili o Frojdu. Rekla nam je da se id, koji predstavlja osnovne porive, ponaša kao gorila u podrumu kuće; super-ego, koji predstavlja našu moralnu svest, zahtevna je tetka u potkrovlju; a ego (realističan deo koji posreduje između ova dva) iscrpljeni je bankarski službenik koji trči uza i niza stepenice između njih, nastojeći da oboje budu mirni. Moje trenutne fantazije definitivno je kontrolisao id, i bojala sam se da će zahtevna tetka (koja je iz nekog razloga uvek imala lik moje majke kad je zamišljam) možda izgubiti borbu. To je poput onih crtanih filmova u kojima glavnom liku na jednom ramenu sedi anđeo, a na drugom đavo, i savetuju ga potpuno suprotno.

Na kraju je super-ego pobedio, time što je ukazao na to da ništa ne može da se desi jer je tu Džesi. Prosto ću morati da uživam u Semu izdaleka. Tako je verovatno najbolje. Mada, zar nije Džesi rekla da uskoro ide kući? Moraću nekako da se postaram za to da me ovo smešno loženje prođe pre nego što ona ode, u suprotnom će gorila iz podruma poludeti i pobeći.

Upravo sam obukla nov šorts i majicu, kao i bikini ispod toga, spremna za plažu, kada je neko jako pokucao na vrata.

– Izađi. Znam da si unutra – rekao je Endru strogo.

– Šta je s tobom? – upitala sam nakon što sam otvorila vrata.

– Ne pravi se nedužna – zarežao je. – Obavezala si se, i došao sam da se pobrinem da ne odustaneš.

Zbunjeno sam zurila u njega. Bukvalno nisam imala pojma o čemu govori. Mora da je shvatio da ga nisam razumela pošto mu se lice pomalo opustilo.

– Stoni tenis, idiote – rekao je. – Moramo da odigramo odlučujući set.

– Jesi li ozbiljan? Tek sam se vratila sa časa surfovanja i već osećam kako me bole ramena. Zar ne možemo to da obavimo kasnije?

– Nikako! Obećala si da ćemo danas odigrati odlučujući set. Nisam ja kriv što si ti izašla i namerno se hendikepirala, zar ne? Zapravo, činim ti uslugu, jer će ti kasnije verovatno biti još gore.

Uzdahnula sam. – Dobro. Daj mi nekoliko minuta da osušim kosu i operem zube pa ću doći.

Kada sam sišla dole, Endru i Fredi su već bili za stolom za stoni tenis, udarali lopticu između sebe.

– To nije pošteno! – požalila sam se. – Zagrevaš se.

– Koješta! – odgovorio je. – Možda sam baš iskoristio najbolje poteze na Frediju.

– Neću se mešati u ovo – rekao je Fredi i spustio reket na sto. – Vas dvoje ste ozbiljno ludi, jel' znate?

Naravno, set je otišao u Endruovu korist i uživao je u pobedi, užasno pevajući „We Are The Champions" i falširajući pritom. Fredi Merkjuri se sigurno prevrće u grobu, jadničak.

– Pobediću te sledeći put – rekla sam.

– Ne verujem – likovao je. – Izgubila si instinkt, to je tvoj problem. Sve to sedenje u sobi za seanse i saosećanje s ljudima te je smekšalo.

Endru je i dalje bio pun sebe sat vremena kasnije, kad smo svi konačno bili spremni i krenuli na plažu. Den je porukom javio da će se tamo naći s nama, zajedno sa svojim roditeljima i Stjuartom.

– Molim te, prestani – rekla mu je Zoi dok se šepurio ulicom, i dalje pevajući pesmu grupe *Kvin*. – Niko ne voli onoga ko likuje. Popi makar dostojanstveno podnosi poraz.

– Da, pa i treba – smeškao se. – Dovoljno je vežbala to!

– Dosta, Endru – dobacila je moja majka, iznenadivši nas oboje. – Imaš trideset devet godina, ne trinaest.

– To nije fer – požalio se. – Popi bi se podjednako hvalila da je pobedila.

– I ja bih je isto ovako grdila – odgovorila je moja majka. – Ako vas dvoje ne možete na lep način da igrate tu prokletu igru, neću vam uopšte više dozvoliti da je igrate.

Sada je na mene bio red da se smeškam.

– I ti takođe možeš da prestaneš – rekla mi je. – Prestanite da izazivate jedno drugo.

Srećom, mami su brzo pažnju odvukle druge stvari kada smo stigli na plažu i namestili stolice i suncobrane. Mog sirotog oca je namazala toliko debelim slojem kreme za sunčanje da je izgledao kao namazan mašću kad ga je pustila da stane na sunce, a sličnu količinu je nanela i sebi po licu, nogama i rukama pre nego što je sela u hlad suncobrana s časopisom. Nadam se da su poneli dovoljno flašica toga sa sobom, jer će ih ovim tempom vrlo brzo potrošiti. Mi ostali smo namazali malo manje kreme, a potom su se grupe porodica razdvojile, kao i juče. Lili i Den su spustili naslone stolica kako bi upijali sunčevu svetlost, Zoi i Endru su otišli u vodu za Fredijem i Sarom, a Stiv je otišao da pomogne Oliviji i Ivi da naprave još jedan peščani zamak. Nakon nekoliko minuta, Den je objavio da i on želi da bude deo toga i pridružio im se u pesku.

– Kako se osećaš jutros? – upitala sam Rouz nakon što sam proverila da se mama udubila u časopis i da ne prisluškuje.

– I dalje užasno – odgovorila je. – Otkad si to pomenula, ubeđena sam da ima pripejd telefon negde, ali kad god pokušam da ga potražim, on se pojavi. Potrebno mi je oko sat vremena da budem sama, kako bih mu pregledala džepove i veš i kako bih se uverila da boca gela za brijanje nema skrivenu pregradu, takve stvari.

– Možda nema pripejd telefon. Nedužan dok se ne dokaže krivica, sećaš se? – Zaista sam se kajala što sam rekla Rouz bilo šta u vezi s tom mogućnošću; nezdravo se uhvatila za to.

– Da, pomislila sam na to. To ne funkcioniše u braku. U braku ne postoji dim bez plamena. Kriv je dok se ne dokaže da je nevin.

– Kako da dokaže da je nevin? Ako si ubeđena da je dovoljno pametan da u boci gela za brijanje sakrije telefon, kako ćeš ikada misliti da si pretražila svako moguće mesto za skrivanje? Pogledaj ga, Rouz. Srećno se igra sa svojom decom i deluje kao da ga ne muči apsolutno ništa, a kamoli ogromna tajna koju krije od tebe.

– Nešto se dešava, Popi. Znam to, i ne mogu da se smirim dok ne otkrijem šta.

– Pa šta ćeš da uradiš?

– Mislim da će me od sunca zaboleti glava. Mislim da ću uskoro morati da se vratim u kuću. Ponudiće se i on da se vrati, ali reći ću mu da mora da ostane ovde i pazi na devojčice. Kada se vratim, pretražiću mu svu odeću, svaki džep svake torbe, čak ću pregledati i auto. Pronaći ću taj prokleti telefon, a onda ću imati dokaz s kojim ću se suočiti s njim.

– A ako ga ne nađeš?

– Naći ću ga.

13.

Nakon otprilike sat vremena zurenja u prazno na istoj stranici knjige, Rouz je rekla da je boli glava i da se vraća nazad u kuću. Kao što je bilo očekivano, Stiv se ponudio da pođe s njom, ali rekla mu je da samo mora neko vreme da leži u hladovini. Moram priznati, dobra je glumica.

Den, njegovi roditelji i Stjuart stigli su kasno prepodne i pažnju mi je privuklo to što je Stjuart nosio avijatičarske naočare za sunce, koje su imale stakla velike refleksije.

– Dobre su ti te naočare za merkanje – rekla sam kad je namestio stolicu pored mene.

– Ne znam na šta misliš! – odgovorio je, pomalo postiđeno.

– Sigurna sam da ne znaš – podbadala sam ga. – Uopšte ih nisi izabrao kako bi odmeravao žene na plaži a da one to ne vide, zar ne?

– Zaista misliš da sam toliki kliše?

– Hajde da vidimo. Dosad si mi se nabacivao svako veče otkad sam ovde, uključujući i ono kad si rekao da moram da spavam s tobom jer si ti kum, a ja deveruša. Da, rekla bih da si popriličan kliše.

– Kako god. Idem malo da plivam. Hoćeš li sa mnom, ili bi radije ostala ovde i nacrtala mi još jedan avokado? – šapnuo je kako ga moja majka ne bi čula.

– Zasad mi je ovde lepo, hvala, gospodine „dožive orgazam svaki put, i spreman ponovo za deset minuta" – odgovorila sam podjednako tiho. – Uživaj.

Posmatrala sam ga dok je išao do vode. Za razliku od Fredija i Sare, koji su užurbano hodali pravo ka vodi, njegova putanja je bila krivudavija i uključivala je prolazak pored gotovo svake žene koja se sunčala u blizini. Nimalo nije bio suptilan. Kada je ušao u more, vratila sam pogled na knjigu, povremeno ga dižući kako bih videla šta rade ostali članovi moje porodice. Lili i Den su ušli u vodu kako bi se rashladili i malo ljubili, ako se moglo suditi prema blizini njihovih glava. Sara i Fredi su se vratili s plivanja i ispružili se na suncu kako bi se osušili. Stiv, Olivija i Ivi su se brčkali u plićaku. Svi ostali su čitali ili tiho ćaskali.

Ubrzo nakon podneva, mama je objavila da će se vratiti do kuće da svima napravi sendviče. Oštro me je pogledala dok je to govorila, i stoga mi je bilo jasno da očekuje od mene da se ponudim da pomognem. Anita i Zoi su se takođe ponudile, pa sam obukla šorts i pošla za njima. Ako išta, to će mi dati priliku da proverim kako Rouz napreduje.

Temperatura u kući bila je sušta suprotnost vrućini napolju i svima nam je trebalo malo da nam se oči naviknu na mračan hodnik. Dok smo hodale prema kuhinji i mama i Anita veselo razgovarale o venčanju, ugledala sam Rouz, koja je sedela za stolom.

– Oh, zdravo, draga – rekla joj je mama. – Kako si?

– Malo bolje, hvala – odgovorila je Rouz. – Mislim da su me sunce i vrućina iznenadili. Popila sam lek protiv bolova, pa se nadam da ću moći da se vratim na plažu posle ručka.

– Mislim da bi to bila dobra ideja. One devojčice muče Stiva – rekla joj je mama, a potom se okrenula prema frižideru i izvadila pakete šunke, koture sira i razne druge sitnice.

– Jesi li pronašla nešto? – šapnula sam Rouz kad sam bila sigurna da su ostali dovoljno daleko od nas.

– Ništa. Pregledala sam svu njegovu odeću, kofere, cipele, čak i prljav veš. Pogledala sam svako mesto kojeg sam se setila. Ničega nije bilo ni u autu. Ne mogu da shvatim gde ga krije.

– Verovatno ne postoji. Možda postoji drugi razlog za njegovo ponašanje.

– Volela bih da ti verujem, ali ne mogu. Sigurna sam da me vara. Ne postoji nijedno drugo objašnjenje koje se uklapa.

– Dobro, onda mi reci postoji li nešto što želiš da uradim. – Stegla sam joj rame i otišla da odradim svoj deo u kuhinji. Što sam više posmatrala Stiva, to sam manje verovala da je Rouz u pravu, ali to je njihov brak i možda ona vidi stvari koje ja ne vidim. Mama i Anita su rasporedile sve sastojke i ubrzo smo napravile gomilu sendviča sa šunkom, sirom i kiselim krastavčićima, setivši se da napravimo i jedan bez šunke za Saru. Mama je izvadila razna gazirana pića i bezalkoholna piva, kao i veliki izbor voća, i sve smo to spakovale u mini-frižider i krenule nazad kako bismo se pridružile ostalima.

Posle ručka sam ponovo uzela knjigu i okrenula se na stomak kako bi mi sunce ugrejalo ramena. Počela su da osećaju posledice jutrošnje fizičke aktivnosti i pomalo su me bolela, pa sam se nadala da će toplota pomoći.

– Želim da se vratim u more – žalila se Ivi, negde desno od mene.

– Ne još, Ivi – rekla je Rouz. – Moraš da sačekaš dvadeset minuta posle jela, u suprotnom ćeš možda imati grčeve.

Nisam mogla da se ne nasmešim. Vodili smo iste te razgovore kada smo bili mali. Ni do danas nisam našla dokaz da plivanje odmah nakon jela izaziva grčeve, ali taj mit je i dalje postojao.

– Ali dosadno mi je – bila je uporna Ivi.

– Čitaj knjigu. Ne bi ti škodilo malo čitanja.

– Čitanje je dosadno – pridružila se Olivija.

– Dođite da sednete sa mnom na trenutak, devojke – rekla sam, ponovo se okrenuvši na leđa i podigavši se u sedeći položaj. – Hajde da igramo igru.

Ivi se istog trenutka pojavila pored mene, ali Olivija se nije žurila, oprezno me gledajući kao da je to mogla biti zamka. Čim su joj okrenule leđa, Rouz mi je šapnula „hvala“ i predložila Stivu da se prošetaju plažom. Pretpostavljam da će ga suptilno ispitati ne bi li uspela da mu izmami neke odgovore.

– Koju igru igramo? – Ivi je uzbuđeno pitala.

– Nadam se da nije za malu decu ili glupa – dodala je Olivija, očigledno želeći da naglasi da je dve godine starija od svoje sestre.

– Ono što treba da uradite – rekla sam im – jeste da pogledate po plaži i pronađete porodicu. Bez pokazivanja, morate da kažete koju porodicu ste izabrali. Možete, na primer, da koristite kazaljke na satu. Dvanaest sati je pravo ispred, šest sati je iza i tako dalje, razumele?

– Da – rekle su u isti glas.

– Dakle, kad nađete porodicu, morate da ispričate priču o njima. Ko su, odakle su došli i da li im je lepo ili nije. Ako hoćete, možete da koristite različite glasove za različite ljude u porodici. Da počnem ja prva da biste videle kako to izgleda?

Obe su klimnule glavom. Ivi je već pretraživala plažu pogledom u potrazi za svojom porodicom, ali Olivija još nije bila zainteresovana.

– Dobro – rekla sam nakon što sam nekoliko sekundi razgledala – deset sati, ispod crveno-belog suncobrana na štrafte. Muškarac, žena i dvoje starije dece. Vidite ih?

Ivi je trebalo malo da shvati gde je to deset sati. – Misliš li na njih? – pitala je.

– Nema pokazivanja, Ivi! – Olivija je prosiktala.

– Da, to su oni. Majka je zapravo princeza jednog začaranog kraljevstva, i kad se rodila svi su se divili koliko je bila lepa.

– Meni ne izgleda toliko lepo – primetila je Olivija. – Izgleda pomalo zlo i mrzovoljno.

– Postoji razlog za to – rekla sam. – Dozvoli mi da završim. Kao što sam rekla, svi su mislili da je ona najlepša princeza ikada rođena i njeni roditelji, kralj i kraljica, hvalili su se da je ona najlepša devojka koja je ikada postojala.

– O-o – Olivija mi se ponovo ubacila u reč. – To se nikada ne završi dobro.

– Tako je, Olivija. Kraljičina sestra je bila ljubomorna jer je i ona imala ćerku, a niko nikada nije komentarisao koliko je ona lepa.

– Jel' bila lepa? – Ivi je pitala.

– Ne. Bojim se da nije. Dakle, kraljičina sestra je, budući ljubomorna, bacila kletvu na dete. Za princezin deseti rođendan kralj i kraljica su priredili veliku zabavu, ali kada je bilo vreme da zabava počne, niko nije mogao da je nađe.

– Gde je bila? – pitala je Ivi, potpuno udubljena u priču.

– Čarolija ju je odnela iz kraljevstva, oduzela joj čarobne moći i pretvorila je u sasvim običnu desetogodišnjakinju, koju u našem svetu podiže jedan potpuno običan par, po imenu Brajan i Mardžori.

– To ne zvuči toliko loše – Olivija se protivila. – Mogla je da bude začarana da spava sto godina kao Uspavana Lepotica, ili pretvorena u žabu ili tako nešto.

– Evo u čemu je stvar – odgovorila sam. – Većinu vremena se ona ne seća da je bila prelepa princeza, ali jednom godišnje, na svoj rođendan, sanja da se setila, i vidi roditelje kako je traže po zamku. I zato izgleda tako mrzovoljno. Juče joj je bio rođendan.

– Šta je s njenim mužem? – pitala je Ivi, zureći u porodicu. – Jel' on princ koji se prerušava?

– Ne, on je običan čovek koji se zove Dejvid i radi u banci.

– Šta se desilo s kraljem i kraljicom?

– Oh, umrli su slomljenog srca i kraljičina sestra je preuzela kraljevstvo. Ali svi su je mrzeli i izbio je veliki rat u kome su svi pobijeni.

– To je užasan kraj! – viknula je Olivija. – Treba nam srećan kraj, a ne onaj u kome svi umiru.

– Onda ti probaj, ako misliš da umeš bolje od mene – izazvala sam je.

Posle nekoliko neuspelih pokušaja, potpuno su se uživele, smišljajući nečuvene predloge i ideje. U jednom trenutku Olivija je smislila veoma složenu priču o piratima, koja je uključivala nekoliko surfera i skriveno blago, koje je čuvao penzionerski par koji je dremkao ispod suncobrana, i ta priča nas je sve nasmejala.

– Deluje kao da se zabavljate – zapazila je Rouz kad su se ona i Stiv vratili iz šetnje. Rouz je pokušavala da zvuči raspoloženo, ali nije joj uspevalo, a Stiv je delovao zbunjeno, pa pretpostavljam da ništa nije saznala. – Htela sam da vam kažem da sada možete da se vratite u vodu, osim ako biste radije ostale ovde s tetkom Popi!

– Ne! – rekle su u isto vreme.

– Želimo da plivamo – rekla je Ivi. – Tetka Popi može s nama.

Rouz se nasmejala. – Mislim da si sama sebi iskopala grob, Popi – rekla je, a potom se ponovo okrenula prema devojčicama.

– Mama će poći s vama. Tetka Popi bi verovatno mogla da se odmori.

– U redu je. Ionako bi mi prijalo da se malo ohladim – rekla sam joj, pa smo se sve četiri uputile prema vodi. Olivija i Ivi su pričale

Rouz o našoj igri, ali znala sam da ih ona ne sluša. Nije bilo teško primetiti dinamiku između dve devojčice; Olivija je definitivno dominantno dete, a Ivi je bila u velikoj meri u njenoj senci. Bilo je zabavno provoditi vreme s njima, iako se jesam osećala malo iscеđeno.

Moj plan da se odvojim od njih i odem da plivam ubrzo je propao, budući da se ispostavilo da sam postala njihova nova omiljena osoba, pa sam se pomirila s brčkanjem u plićaku s njima, u nadi da ću kasnije moći sama da odem da se isplivam. Ovo mi je makar pružilo priliku da posmatram surfere i proučavam njihove tehnike sada kad sam znala malo više o tome. Nije mi trebalo dugo vremena da uočim Džesi i posmatrala sam je s divljenjem jer je činila da surfovanje izgleda lako. Posle nekog vremena i ona je mene spazila i mahnula mi, a zatim je uhvatila talas i došla do mene.

– Zdravo, Popi, kako su ti ramena? – pitala je.

– Malo me bole, ali preživeću – odgovorila sam. – Ovo su moja sestra Rouz i njene dve ćerke, Olivija i Ivi.

– Zdravo, ja sam Džesi – rekla je. Devojčice su zurile u nju kao da je neka vrsta čarobne sirene. Shvatila sam da bi ona bila savršen glavni lik neke od naših priča.

– Džesin otac Sem me uči da surfujem – objasnila sam Rouz, koja se očigledno borila s tim da razazna kakve veze ja imam s tom potpuno nepoznatom osobom.

– Tata će brzo doći – obavestila me je Džesi. – Ja se spremam da idem kući. Želiš li da ga pitam da ponese dasku, pa da probate ponovo? Ja sam završila, pa možeš ponovo da upotrebiš moje odelo ako želiš.

– Nisam sigurna – rekla sam. – Bilo mi je dovoljno teško da ga navučem jutros kada je bilo suvo. Nikada se neću uvući u njega sad kada je mokro!

– Postoji fora – rekla je. – Dogod si i ti mokra, lako ćeš ga obući.

– Stvarno?

– Veruj mi. Nosim surferska odela odmalena, tako da znam.

– Dobro, hvala. Što da ne?

Sat vremena kasnije, Sem se pojavio na plaži sa Džesi pored sebe. Na sebi je imao svoje surfersko odelo, a ona se presvukla u šorts i gornji deo bikinija, ali nosila je svoje u ruci. Sem je takođe nosio onu dasku veličine *Titanika* za mene. Bila sam i te kako svesna da me mama, Rouz, Zoi i Lili pažljivo posmatraju dok prilaze i pripremala sam se da ih predstavim.

– Mama, ovo su Sem i njegova ćerka Džesi – rekla sam pre nego što je uspela da izgovori nešto zajedljivo. – Sem me uči da surfujem. Seme, ovo je moja majka.

– Drago mi je, Popina majko. – Sem joj se nasmešio, pruživši joj ruku.

– Popi mi je rekla da ide na časove – odgovorila je mama, pomalo hladno. – Pretpostavljam da ste vi instruktor sa svim kvalifikacijama?

– Zapravo jesam – opušteno je rekao. – Doduše, više nisam profesionalni instruktor. Učim Popi čisto iz zabave.

– Jel' tako? – odgovorila je, a glas joj je odisao sumnjom.

– Hoćemo li da počnemo? – brzo sam predložila pre nego što je moja majka mogla da nastavi da ispituje Sema o njegovim namerama, koje je očigledno i dalje smatrala nečasnim.

Deset minuta kasnije, nakon što sam se uvukla u odelo uz malo Džesine pomoći, Sem i ja smo ponovo bili u vodi. Sa sigurnošću mogu da kažem da je, iako Sem nije uspeo u potpunosti da šarmira moju majku, Džesi potpuno očarala Stjuarta. Možda je nosio naočare kojima je krio pogled, ali nije bilo sumnje da mu je pogled bio uprt u nju. Uspeo je da je ubedi da sedne na moju stolicu, pored njega, ali ako se moglo suditi prema dosadi koja joj se odražavala na licu, nije delila njegov entuzijazam.

Uprkos tome što sam bila svesna da me porodica posmatra, uspela sam da uhvatim nekoliko talasa i bili su dovoljno ljubazni da mi aplaudiraju kada smo Sem i ja izašli iz vode. Džesi mi je pomogla da skinem odelo, što je verovatno bilo bolje jer bi mama sigurno primetila nalet hormona koji bi mi izazvalo Semovo pomaganje.

– Ovo mi je poslednje veče – rekla je dok sam skidala nogavicu ronilačkog odela sa stopala. – Pričala sam s tatom i pitala ga mogu li da te pozovem da dođeš na piće.

To mi je zvučalo kao nameštaljka i nisam bila sigurna šta da uradim. Ako mi je prećutno dala blagoslov da se nešto desi sa Semom, onda je ovo bilo veliko zeleno svetlo, ali koliko god me on privlačio, i dalje sam bila dovoljno racionalna da znam da veza s njim ne bi bila dobra za mene. Osim toga, šta ako nije bio zainteresovan? Možda mi se on sviđao više nego što mi se bilo ko godinama sviđao, ali mi ni na koji način nije pokazao da oseća isto prema meni. Možda bi se sve završilo velikim poniženjem za mene, a to bi bilo još gore od neizbežne tuge posle avanture.

– Vrlo rado, ali moram da večeram s porodicom u sedam, pa verovatno nema dovoljno vremena – rekla sam, pokušavši da je odbijem na fin način.

– Možeš da dođeš posle toga – nasmešila se.

– Zar ne bi radije provela poslednje veče s tatom?

– Provela sam celu nedelju s njim!

– Nećeš prihvatiti odbijanje, zar ne?

– Ne planiram to da uradim.

– Dobro – popustila sam. – Vidimo se u devet.

– Savršeno – široko se nasmešila. – Radujemo se tome.

Postala sam loša u ovome. Ako se ne varam, upravo me je uspešno prevarila osamnaestogodišnjakinja. Kladim se da će shvatiti da je umorna i da mora da ide da spava dok mi čaša i dalje bude dovoljno puna da ne mogu da pobegnem, i ostaviti me samu sa Semom.

14.

– Ko je bio taj momak na plaži? – pitala je Džesi kada smo svi uzeli po čašu vina i seli. Džesi je zauzela jedinu fotelju, pa smo Sem i ja delili sofu, a sigurna sam da je ona namerno to uradila i bila sam veoma svesna njegove blizine. Bilo je to istovremeno sjajno, ali i pravo mučenje. Uprkos hladnoj večeri, nosio je šorts i butina mu je bila toliko blizu mojoj da sam gotovo mogla da osetim njenu toplotu kroz svoju tanku letnju haljinu.

– To je Stjuart, brat mog budućeg zeta – odgovorila sam. – Njegov brat se ženi mojom sestrom u subotu.

– Jel' ti se dopada?

– Ne poznajem ga baš najbolje – rekla sam. – Tek sam ga upoznala u subotu. Pretpostavljam da je malo nezreo, ali bezopasan. Zašto?

– Mislim da je ljigav. Izvini! – nasmejala se, a Semove obrve su poletele uvis. – Znam da će ti postati član porodice i sve to, Popi, ali jedva da sam sela kada je počeo da mi se nabacuje. Nije bilo toliko otrcano kao „šta devojka s lepim licem poput tvog radi na ovakvom mestu“, ali nije bilo ni daleko od toga.

– Oh ne, stvarno?

– Da. Čim je saznao da se spremam da krenem na fakultet, počeo je da se hvali svojim iskustvima i da mi priča koliko bi mi bilo bolje kad bi me on „uzeo pod svoje“. Nisam sigurna kako je mislio da bi to funkcionisalo, budući da nije na istom univerzitetu kao ja. Onda mi je rekao da puno studenata s viših godina tu prvu brucošku nedelju zovu nedeljom „pojebi brucoša“, ali da bi došao da me zaštiti kad bismo bili zajedno.

– Pobogu, baš mi je žao.

– Ne sekiraj se. Ja sam velika devojka, umem da se brinem o sebi.

– Šta si uradila?

– Zahvalila sam mu se i rekla da već imam dečka koji me čuva. To ga je ućutkalo.

– Kog dečka? – upitao je Sem. – Nisam to znao.

– Opusti se, tata. Znaš podjednako dobro kao i ja da se trenutno ne viđam ni sa kim, ali on to ne mora da zna, zar ne?

– Pretpostavljam da je njegovo šepurenje jako samo na rečima, a da nema čime da ga podrži – rekla sam. – I meni se nabacivao nekoliko puta, stoga smo ili njegove dve žene iz snova, ili je toliko očajan da bi se nabacivao i kanti za smeće kad bi nosila suknju.

Džesi se zakikotala i počela da govori s francuskim akcentom iz *dizni* filmova. – Izgledate prelepo večeras Madmoazel Kanta-Za-Smeće. Koji je to božanstveni parfem koji nosite? *Eau de Poubelle*, kažete? Savršeno pristaje uz vaš *personalité*. A vaše oči su poput zvezda. Želim da prekrijem vaše divno *plastique* telo s *petits bisous*.

– Neko je jednom upotrebio tu frazu na meni – rekao nam je Sem, nakon što smo prestali da se smejemo.

– Koju frazu? – Džesi je pitala.

– Šta dečko lepog lica poput tvog radi na ovakvom mestu – odgovorio je.

– Ne! Ko je to bio? Jel' mama?

– Ne. Doduše, tada sam bio s tvojom mamom. Bila je trudna s tobom i zbog nečega smo morali da odemo u London – ne sećam se zbog čega. Svakako, čim smo stigli do *Padingtona* kako bismo se ukrcali na voz za povratak kući, morala je da ode do toaleta i pohitala tamo. Verujem da si joj pritiskala bešiku, pošto se tada činilo da je morala da ide u toalet na svakih pet minuta. U svakom slučaju, stajao sam tamo, zureći u table s terminima dolaska voza i pokušavajući da shvatim s kog perona polazi naš voz, kada mi je prišao neki stariji čovek i upotrebio tu frazu.

– Šta si uradio?

– Bio sam toliko šokiran da nisam znao šta da uradim. Rekao sam prvu stvar koja mi je pala na pamet.

– A to je?

– Čekam voz.

– Potpuno razumljiv odgovor, budući da si bio na železničkoj stanici – uverila sam ga nakon što sam prestala da se smejem.

– I? Šta se posle desilo? – Bila je uporna Džesi. Očigledno nikada nije čula tu priču i nije mogla da dočeka da čuje ostatak.

– Počeo je da mi priča o tome kako je bio u vojsci, kako su ga maltretirali zbog onoga što je bio i onda me je pitao da odem u toalet s njim.

– Uh.

– Srećom, tvoja majka se tada pojavila, što ga je očigledno zbunilo. Bilo je jasno da se nadao da će upecati tinejdžera bez pratnje, pa ga je trudna devojka potpuno iznenadila. Nikada nisam bio toliko srećan što sam video tvoju majku. I dalje sam se tresao kad smo se ukrcali na voz.

Prepoznala sam priliku i iskoristila je. – Pa koliko si tada imao godina, ako smem da pitam?

– Sedamnaest – odgovorio je Sem.

– Ja sam dete koje nije trebalo da se desi – ubacila se Džesi, prepoznavši moje prećutno pitanje. – Užasna greška koju su počinila dva zaljubljena adolescenta, koja je došla na svet samo zato što moja majka nije shvatila da je trudna dok nije postalo suviše kasno da bilo šta preduzme povodom toga.

Ne znam šta me je više iznenadilo: lakoća s kojom je Džesi izgovorila te reči, ili činjenica da ih je izgovorila bez imalo gorčine. Džesi je očigledno osetila da mi je bilo neugodno, pošto se nasmešila i nastavila.

– Nemoj pogrešno da me shvatiš, ne žalim se. Odrasla sam uz podjednaku ljubav kao svako dete, možda i uz više, na mnoge načine. Ali ne moraš biti Ajnštajn da bi kad čuješ koliko su mama i tata imali godina shvatio kako je išla priča.

– Iako mi se ne sviđa kako ti je ovo ispričala, Luiza i ja smo uvek bili iskreni sa Džesi. Kao što ona kaže, svakako bi sama shvatila šta se desilo i mislim da bi nam samo zamerala da smo pokušali da ulepšamo priču.

– Kako bi je ti ispričao?

– Džesina mama, Luiza, i ja smo oboje imali šesnaest godina kad je ona zatrudnela; neko vreme smo se zabavljali i bili smo zaljubljeni. Uvek smo pazili, ali jednom smo skinuli kondom. Luiza je popila pilulu za dan kasnije i više nismo o tome razmišljali. Imali smo testove i druge stvari na koje smo morali da se fokusiramo, pa je prošlo nekoliko meseci pre nego što je shvatila da nije dobila menstruaciju. Da, malo se ugojila, ali mislili smo da je to verovatno bilo od večernjih užina koje je jela dok uči. Kada smo saznali da je trudna, roditelji su pokušali da je nateraju da abortira, ali pregled na klinici je pokazao da je bila trudna više od šest meseci, pa više nije postojala šansa za to.

– Šta se posle toga desilo?

– Uradio sam ono što sam verovao da je bilo ispravno i bio uz nju. Preselila se u moju sobu – bila je toliko blizu porođaja da nije bilo vremena ni za šta drugo. Moji roditelji nisu bili baš oduševljeni, ali njen tata je bio van sebe od besa i jasno mi je dao do znanja da će me kastrirati ako ikada više zakoračim u njegovu kuću, pa nismo baš imali drugog izbora. Kada se Džesi rodila, Luizini roditelji nisu želeli da imaju veze s njom, ali moji mama i tata su, srećom, ponudili da nam pomognu i brinu se o njoj kako bismo mogli da završimo školu.

– To je sigurno bilo teško.

– Jeste. Moji roditelji su bili sjajni, ali nisu bili bogati. Ni mi nismo imali novca, pa smo morali da se uzdamo u dobrotvorne radnje i polovnu odeću. Staranje o novorođenčedu je teško čak i kada imaš pomoć, tako da nije bilo lako. Bili smo odlučni u tome da uspemo, iako su svi rekli da smo premladi i da nemamo šanse.

– Ali više niste zajedno.

– Ne. Ispostavilo se da su svi bili u pravu. U početku nam je dobro išlo, ali bili smo premladi i mislim da je prosto postalo previše. Stalno smo bili umorni i svađali smo se oko toga na koga je red da nešto uradi i čije školovanje je prioritet. Luiza mi je rekla da sam sebičan i počela je da misli da je sputavam ja, a ne beba. Mami i tati se više nije dopadala jer su mislili da ih iskorišćava, i cela situacija je postala toksična. Na kraju smo prihvatili ono što je bilo neizbežno, složili se da više ne funkcionišemo i rastali se.

– Gde je otišla ako su je roditelji izbacili?

– Ah, eto prvog puta kada je Džesi bila izvanredna. Luizin tata je čvrsto odlučio da ne želi da ima veze s njom, ali njena mama nije mogla predugo da odoli svojoj unuki. Došla je da nas poseti nekoliko meseci nakon što se Džesi rodila i, naravno, zaljubila se. Znala je da bi se Luizin tata zaljubio u nju kada bi uspela da organizuje da je vidi. Pokušala je da ga natera da se predomisli na razne načine, ali bio je tvrdoglav, pa je na kraju uzela Džesi, odvela je kod njih kući i naterala ga da je uzme u naručje.

– Šta se desilo?

– Džesi mu se nasmešila, i to je bilo to. Od tad je opsednut njom.

– Dakle, kada ste se razišli...

– Luiza se vratila kući. Mislim da nam je svima laknulo, i to što su nam njeni roditelji bili pri ruci, kao i moji, sve nam je učinilo lakšim. Džesi je bila veoma srećna beba, nikada joj nije smetalo to što je išla od jednih do drugih, što je bio još jedan bonus.

– Imala sam sreće, na više načina – ubacila se Džesi. – Imala sam dve neverovatne porodice koje su me volele, koje me i dalje vole.

– Mada, nekoliko puta si pokušala da nas posvađaš – grdio ju je Sem.

– Pa, da. Ali ko ne bi? – nasmešila se. – Kada ti tata kaže da nešto ne možeš da dobiješ, pokušaš to s mamom, zar ne?

– Srećom, Luiza i ja smo ostali dobri prijatelji, pa joj to nikada nije pošlo za rukom – rekao je Sem.

– To nije istina! – nasmejala se Džesi. – Šta je sa autom? Mama je čvrsto odlučila da ne želi da dobijem auto jer nikada ne bi znala gde sam, ali ti si maltene odmah popustio.

– Nije se to baš tako desilo, zar ne? Počela si da mi se žališ na to da ćeš potrošiti sav novac koji si zaradila od posla koji si radila preko leta i kupiti auto, pa sam popričao s tvojom mamom i odlučili smo da bi bilo bolje da ti mi nešto kupimo, umesto da kupiš nešto opasno svojom ušteđevinom samo zato što je jeftino.

– Kako god. Svejedno sam iz toga dobila auto – široko se nasmešila Džesi.

– I Luiza je sada udata? Jel' se dobro sećam? – navodila sam Sema, želeći da saznam celu priču.

– Da, za veoma finog čoveka po imenu Nil. Čak su me i pozvali na venčanje.

– Jesi li išao?

– Želeli su da dođem, ali ja sam mislio da to nije dobra ideja. To je bio njihov dan, i mislio sam da bi trebalo da se raduju svojoj zajedničkoj budućnosti bez mene da ih podsećam na prošlost.

– To je veoma pažljivo. Sigurna sam da im je to značilo.

– Zapravo nije. Bili su fini kad sam odbio poziv, ali onda su predložili Džesi da me povede kao svog pratioca.

– Imala sam jedanaest godina – rekla je Džesi. – Ne znam koga su drugog mislili da ću pozvati!

– Oboje su nas izigrali. Ne brini, nisam im to zaboravio. Svakako, na kraju sam otišao i bilo je zaista divno. Verovatno ću i ja njih pozvati na svoje venčanje ako se ikada oženim.

– Dosta je priče o nama – Džesi se ponovo ubacila. – Šta je s tobom? Čime se ti baviš?

– Ja sam terapeut specijalizovan za veze i seks – rekla sam, pažljivo posmatrajući Semovu reakciju. Iznenadio me je njegov odgovor.

– Oh, opa – rekao je. – To mora da je poprilično teško. Kako uspevaš da se udaljiš od toga kad čuvaš toliko intimnih tajni i ljudi se oslanjaju na tebe da popraviš njihove veze?

Nikada mi niko nije postavio to pitanje, i dala sam sebi trenutak da razmislim pre nego što sam odgovorila.

– Mislim da samo umem da razdvojim profesionalni i privatni život i da ostavim probleme s poslom na poslu. Nekad ume da bude poprilično teško, i verovatno bih poludela kada bih te probleme donela kući. Imam sreće i sa svojom koleginicom; podrška smo jedna drugoj.

– Mogla bi da se baviš nečim takvim kad dobiješ diplomu, Džesi – rekao joj je Sem. – Pretpostavljam da je psihologija dobra podloga za sve vrste savetovanja.

– Za mene jeste bila – složila sam se. – Ali postoje razne stvari kojima možeš da se baviš osim terapijom, ako savetovanje nije za tebe. Jesi li razmišljala o nečemu?

– Ne baš. Mislim da je bolje da idem jedno po jedno. Prvo moram da dobijem diplomu.

– Bićeš ti dobro – rekao je Sem. – Pored takvih gena, kako bi mogla da ne uspeš?

Džesi se nasmejala i ustala. – Kad već pominjemo mamu, moram da ustanem rano ako želim da izbegnem gužvu na putu kući. – Bacila sam pogled na sat i shvatila da je već petnaest do deset.

– Bilo bi bolje da i ja krenem – kazala sam. – Hvala vam na divnoj večeri, ali moram da ustanem rano za svoj čas surfovanja.

– U pravu si – rekao je Sem i primetila sam nestašan sjaj u njegovim očima, od čega mi je sve zaigralo u stomaku.

– Zaista mi je drago što sam te upoznala, Popi – rekla je Džesi, prišavši mi i privukavši me u zagrljaj. – Čuvaj ga, hoćeš li? – šapnula mi je u uvo, tačno pre nego što me je pustila. Dok sam je gledala pomalo zbunjena, nasmešila mi se i namignula mi, i shvatila sam da me je provalila. Obrazi su počeli da mi rumene od stida, ali ona se srećom već okrenula prema svojoj sobi i nije to primetila.

– Hvala ti što si došla. Vidimo se ujutru. – Sem me je takođe zagrlio, udahnula sam miris njegovog losiona posle brijanja i sve mi se iznutra uskomešalo od njegove blizine. U verziji mog života kao crtanog filma, bio je ovo trenutak kada anđeo s mog ramena nestaje u oblaku dima, ostavljajući đavola kao pobednika. Frojdova gorila je definitivno pobegla iz podruma.

– Kako je bilo sa zgodnim surferom? – upitala me je Zoi kada sam se vratila kući. – Jesi li otkinula? Jel' morao da ti dâ usta na usta nakon što si mu se onesvestila u naručju?

– Smiri se! – odgovorila sam. – Ćerka mu je bila tu, sećaš se?

Ali sutra neće biti, pomislila sam dok sam se pela uza stepenice i odlazila na spavanje.

15.

Čim sam stigla na plažu i čim smo počeli, bilo mi je jasno da je Sem rasejan koliko i ja. Budući da sam dovoljno dobro naučila da hvatam talase, sada je pokušavao da me nauči da se podignem, što je onaj deo kada iz ležećeg položaja na dasci treba ustati.

S plaže nije delovalo toliko teško, ali u vodi je zapravo bilo gotovo nemoguće. Zahvalna sam mu bila na tome što me je odmah na početku naučio kako da zaštitim glavu jer bih u suprotnom udarila u dasku i pala u nesvest bar dva puta dosad. Takođe sam progutala mnogo više morske vode nego što je bilo zdravo. Nakon otprilike četrdeset minuta, odlučili smo da je bilo dosta i otišli na doručak. Doduše, poprilično sam sigurna da nijedno od nas nije razmišljalo o hrani. Srce mi je lupalo u grudima i to nije imalo nikakve veze s fizičkim naporom na dasci. Dok mi je pomagao da skinem ronilačko odelo, osećala sam dodir Semovih ruku na butinama, od čega su me prošli žmarci. Definitivno je osećao isto što i ja jer su mu se ruke zadržale tu malo duže nego što je bilo neophodno i njegove plave oči su gledale u moje čitavu večnost.

– Ne brini, uspećeš – ohrabrivao me je dok smo se vraćali do kuće, iako mu je glas zvučao nesigurno. – To je najteži deo, ali kada ga savladaš, osećaš se kao kralj sveta!

– Ili kraljica – ispravila sam ga.

Nasmešio se u znak izvinjenja. – Ili kraljica. Sasvim si u pravu.

Kada smo stigli do kuće i ušli unutra, atmosfera je bila toliko naelektrisana da sam čula pucketanje. Sem je polako kačio surferska odela da se suše, a ja sam morala da priznam da mi se noge tresu od uzbuđenja dok sam ga čekala u kuhinji, trudeći se da stojim nonšalantno naslonjena na radnu površinu. Inače bi osećaj vlažnog kupaćeg kostima potpuno uništio atmosferu, ali ga nisam čak bila ni svesna kada se on vratio u prostoriju. Videla sam samo te oči i ta usta, izvijena u nežan osmeh. Činilo se kao da mu je trebala čitava večnost da pređe udaljenost između nas, i na trenutak smo samo stajali tu, ne mičući se, razdvojeni samo nekoliko centimetara. Svaki atom mog tela je vrištao na njega da me poljubi, ali oboje smo ćutali. Vrlo polako je posegao ka meni kako bi mi sklonio pramen kose s lica i zakačio mi ga iza uveta. Kada sam se nagnula prema njemu kako bih mu olakšala, usne su nam se konačno spojile i poslednji delići sumnje u to kuda ovo vodi su nestali. Frojdova gorila iz podruma nije samo pobegla; vezala je bankarskog službenika i izbacila tetku kroz prozor. Znala sam samo da želim ovog čoveka. Želela sam ga toliko da ništa drugo nije bilo važno. Budućnost će morati sama za sebe da se pobrine.

– Moram nešto da ti priznam – rekao je Sem, pola sata kasnije. Ležali smo na jorganu u njegovoj spavaćoj sobi, potpuno goli, a on je nežno prelazio prstom između mojih dojki, spustio ga niz moj stomak do početka gaćica, ili makar do mesta gde bi mi bile gaćice da sam ih imala na sebi. Iako sam bila potpuno zadovoljena, i dalje sam osećala elektricitet njegovog dodira i zatvorila sam oči kako bih uživala u njemu.

– Ma je li? – promrmljala sam.

– Sećaš li se kad smo se prvi put videli i kad si pomislila da sam ti se nabacivao?

– M-hm.

– Jesam. Pa, kad to kažem mislim da si mi bila privlačna i da sam želeo da pronađem razlog da provedem vreme s tobom. Dugo nisam osetio tako nešto prema nekome, izvini ako sam delovao trapavo.

Otvorila sam oči i okrenula se prema njemu, podigavši se na lakat.

– Ni ja se dugo nisam ovako osećala. Doduše, mislim da smo na kraju sve uradili kako treba, zar ne?

Situacija se bila vrlo brzo usijala u kuhinji; Semova i moja majica i dalje su bile tamo. Ali kad smo prešli u spavaću sobu, desilo se nešto neobično. Sigurnost i samouverenost koje smo oboje osećali su nestali i na trenutak smo samo stajali i gledali jedno drugo, pitajući se „jesmo li sigurni da želimo ovo da uradimo?". Nisam bila sigurna dok mi je skidao šorts i spuštao bretele kupaćeg kostima sa ramenâ. S jedne strane, moje telo je reagovalo na svaki njegov dodir i poljubac, uživajući u osećaju njegovih usana na mojoj koži dok mi je polako skidao odeću, ali sa druge sam se osećala veoma nesigurno. Upravo je trebalo da prvi put posle nekoliko godina budem naga pred muškarcem: šta ako mu se ne svidi ono što vidi? Šta ako sam zaboravila šta treba da radim? U njegovim očima sam videla istu sumnju kada je bio red na mene da skinem njegovu odeću, iako je njegovo telo očigledno bilo željno ovoga koliko i moje. Srećom, čim smo oboje bili goli, neprijatnosti je nestalo i sve je ponovo bilo u redu. Užurbanost se vratila u punom mahu i, iako smo povremeno šaputali jedno drugom da treba da usporimo, prosto nismo mogli da se obuzdamo. Bilo je, kao što bi Rejčel rekla, više brza hrana nego banket, ali sada kad smo zadovoljili prvu glad, možda bismo sledeći put mogli imati nešto sličnije banketu.

– Voleo bih ceo dan da ostanem ovde s tobom – počeo je.

– Ali moraš da radiš, znam.

– Izađi na večeru sa mnom večeras. Ne verujem sebi dovoljno da bih te pozvao ovde, ali mogu da nam rezervišem sto negde.

– Ne mogu – rekla sam. – Rado bih, ali Lili ima raspored, i večeras je na mene red da perem sudove. Ali mogu da dođem kod tebe odmah posle toga.

Videla sam da je razočaran, ali nije bilo šanse da uspem da ubedim nekoga da preuzme moju smenu za pranje sudova. Imala sam ideju.

– Mogu da ponesem neke stvari i prespavam ovde ako želiš?

Nasmešio se i privukao me ka sebi. – Veoma to želim – rekao mi je u kosu. – Želiš li nešto da pojedeš pre nego što kreneš?

Shvatila sam da zapravo umirem od gladi, sad kad mi više nije bilo mučno zbog nervoznog iščekivanja. Osim toga, imala sam ovog jutra i te kako dobar trening, ovako ili onako. Ustali smo iz kreveta i zadrhtala sam kada sam obukla i dalje vlažan kupaći kostim. Na trenutak sam bila u iskušenju da ne obučem ništa ispod majice i šortsa, ali mislim da bi me to odalo i dalo mojoj majci razlog da me ispituje kada se vratim. Dok se Sem vrteo po kuhinji, stavljajući dimljeni losos i kajganu na hleb, posmatrala sam ga sa širokim osmehom na licu. Povremeno bi pogledao u mene i uzvratio mi osmeh. Kad je spustio tanjir ispred mene, ljubili smo se toliko dugo da je postojao ozbiljan rizik da će se hrana ohladiti.

– Nisam siguran koliko ću posla zapravo uspeti da obavim danas – rekao mi je kad smo počeli da jedemo. – Mislim da ću biti poprilično rasejan.

– Stvarno? – upitala sam, glumeći iznenađenost. – Zašto?

– Oh, znaš. Možda ću razmišljati o jednoj prelepoj ženi koju sam pre nekoliko dana upoznao na plaži.

– Ako će ti biti lakše, mislim da će i ona razmišljati o tebi – nasmešila sam se.

Kada smo završili s jelom, pomogla sam Semu da pospremi za nama, a onda me je privukao u još jedan dugačak poljubac. Osećala sam kako se energija između nas opet rasplamsavala, ali uspela sam da se odvojim od njega.

– Hajde da ostavimo to za kasnije, kada budemo imali više vremena – rekla sam.

– Nema šanse da išta uradim danas – odgovorio je.

Praktično sam skakutala tih osamsto metara do naše kuće, a kada sam ušla, čak mi ni prizor moje majke, koja se užurbano vrzmala po kuhinji, nije uništio sreću koja mi se usidrila u grudima.

– Treba li ti doručak nakon sveg tog napora? – upitala me je mama.

– Jela sam, hvala – odgovorila sam, pokušavajući da se ne nasmešim na nehotičnu dvosmislenost njenih reči.

Rouz je sedela za stolom, dureći se uz šolju čaja. – Izgledaš veoma zadovoljno ovog jutra – rekla je. – Jel' surfovanje dobro prošlo?

– Da, veoma – lagala sam. – Sem misli da ću ubrzo moći da stojim na dasci.

– Bravo. – Bilo mi je jasno da se trudila da me podrži, ali misli su joj bile daleko. Sela sam pored nje za sto i položila ruku preko njene.

– Kako si? – promrmljala sam kako me mama ne bi čula.

– Nisam napredovala. Znaš da smo juče otišli u šetnju dok si ti čuvala devojčice? Dala sam mu toliko prilika da mi kaže šta se dešava, ali nije naseo. Čak sam i izmislila prijateljicu koja je sumnjala da je muž vara i pitala sam ga šta on misli da bi trebalo da uradi.

– I šta je rekao?

– Ništa. Zapravo, ništa važno nije rekao tokom cele šetnje. Ranije smo pričali o svemu, ali sada kao da se udaljio. Kao da sam udata za robota; izgleda kao Stiv, zvuči kao Stiv i radi stvari koje Stiv radi, ali nešto važno nedostaje. Prosto ne mogu više da doprem do njega i bukvalno nemam pojma šta da radim. Imaš li još neku ideju? Ti si mi trenutno jedini saveznik.

– Što je čudan preokret, s obzirom na našu prošlost, zar ne?

Drago mi je bilo što pričamo tihim glasom jer je moja majka izabrala taj trenutak da nam priđe i prekine nas.

– Ne možeš ceo dan da sediš u pidžami, Rouz. Krećemo za manje od sat vremena. I ti, Popi. Idi da se presvučeš.

Kada je otišla da pronađe nekog drugog da maltretira, okrenula sam se prema Rouz i podigla obrve.

– Kupovina – rekla sam. – Svi idemo u Njukej danas; zar si zaboravila?

Ako bi mi nešto uništilo raspoloženje, dan proveden u kupovini s mojom porodicom garantovano bi to učinio. Inače volim kupovinu i da provedem dan u Bluvoteru s prijateljicama, a ulaženje u radnje i pravljenje čestih pauza za hranu ili piće mi je jedan od omiljenih hobija. Ali kupovina s mojom porodicom, pogotovo u punom sastavu, uništava dušu. Znam to; to se dešavalo godinama dok sam odrastala. Ovako će to ići, kretaćemo se laganim hodom niz ulicu dok neko ne objavi da mora da pogleda nešto u nekom slatkom butiku ili slično. Budući da nas je previše, nećemo svi moći da uđemo u isto vreme, pa će ostatak biti primoran da čeka napolju, umirući od dosade, dok osoba koja je želela da uđe u butik ne izađe praznih ruku. Onda ćemo se odmaći nekoliko metara i ceo proces će se ponoviti. To je poput čistilišta.

– Nećemo valjda osuditi decu na to? – upitala sam Rouz. Pomisao da vodimo četiri mrzovoljna tinejdžera sa sobom činila je tu ideju još gorom.

– Stiv je rekao da će ostati da ih čuva. Frediju i Sari nije ni potrebno naročito nadgledanje, a on je naviknut na naše dve devojčice, pa mu to neće pasti teško.

Brzo sam razmislila. – I pored toga, možda bi bilo dobro da ostane još jedna odrasla osoba u blizini, u slučaju da nešto pođe po zlu, zar ne?

– Kao šta?

– Pa, šta ako se neko od njih udari o nešto i Stiv mora da trkne do apoteke po flastere? Morao bi ili sve da ih povede sa sobom ili da ih ostavi same. – Još dok sam govorila, bila sam svesna koliko su mali izgledi da će se to desiti. Rouz sigurno ima pozamašne zalihe flastera, lekova protiv bolova i svega drugog što se može naći u apoteci. Ona je taj tip organizovane osobe.

– Ne želiš da ideš s nama, jelda?

– Naravno da želim! – lagala sam. – Prosto mislim da bi bilo bolje da ovde budu dve odrasle osobe, to je sve.

– Koješta. Sa mnom razgovaraš – uzvratila je. – U redu. Podržaću tvoju priču, pod jednim uslovom.

– Kojim?

– Pokušaj da saznaš šta se, dođavola, dešava s mojim mužem.

16.

Mama i Lili nisu bile oduševljene kada smo im Rouz i ja predsta-
vile naš plan i sve je umalo propalo kad se Endru ponudio da ostane
umesto mene. Srećom, Rouz ga je sprečila u tome tako što mu je
rekla da misli da bi bilo dobro da provedem malo više vremena sa
Olivijom i Ivi pre venčanja, zato što mene ne poznaju toliko dobro
kao njega i Zoi. Svesna sam majčine prismotre tokom celog razgo-
vora; kada su u pitanju njena deca poprilično je pronicljiva, stoga
joj to što se njena nimalo majčinski nastrojena mlađa ćerka nudi da
čuva decu popali sve alarme. Fredi i Sara mi verovatno neće praviti
probleme, ali moram priznati da me pomisao na ceo dan sa Olivi-
jom i Ivi čini nervoznom. Doduše, to je i dalje bolje od kupovine, i
neću biti sama, budući da će i Stiv biti tu.

Čim su se ulazna vrata zatvorila i automobili otišli s prilaza, uzdah-
nula sam od olakšanja. Fredi i Sara su i dalje u krevetima, a Stiv je
spremao doručak za svoju decu, pa sam otišla u sobu da se istuširam
i presvučem. Dok sam se kupala, oblačila suv bikini i mazala kremu
za sunčanje, razne izvanredne slike od tog jutra premotavale su mi se
u glavi. Kao da su me prošli trnci na mestima koja je Sem dodirivao i
već sam čeznula za tim da ga ponovo vidim. Frojdova zahtevna tetka
je očigledno pronašla put nazad do tavana, jer sam osećala tračak
sumnje u vezi s tim koliko je bilo pametno otići u krevet s muškar-
cem kojeg sam prekjuče upoznala. Nakon katastrofalnih iskustava
u školi, uglavnom sam pazila da ne započinjem fizički odnos s ne-
kim dok ga ne upoznam bolje, pa je ovo definitivno bilo neobično za
odraslu verziju mene. Međutim, tetku je ubrzo ućutkala gorila, koja
je definitivno i dalje bila glavna kad je Sem u pitanju. Njeno mišljenje
je bilo: „Već si spavala s njim, kakvu bi razliku napravilo još seksa?
Bolje iskoristi to do maksimuma dok možeš.“

Kada sam se vratila u prizemlje, Sara je bila ustala i vrtela se po kuhinji, sipajući sebi žitarice i ostavljajući haos za sobom.

– Šta ti se radi danas? – upitala sam je dok sam brisala lokvu mleka s radne površine.

– Ništa posebno – odgovorila je. – Mislila sam samo da legnem pored bazena i sunčam se, znaš?

– I ja sam to planirala – rekla sam.

Stiv je već bio pored bazena kada sam izašla i smestila se na ležaljku uz knjigu, pazeći na Oliviju i Ivi, koje su već bile u vodi. Nemam ideju kako ću bilo kakve informacije da dobijem od njega i delom sam proklinjala sebe što sam bila dovoljno glupa da pristanem na Rouzin uslov, ali imam puno vremena da nešto smislim, pa sam odlučila da zasad ne brinem zbog toga. Sara je otišla da se istušira i presvuče, a od Fredija još nije bilo ni traga, pa nisam imala šta drugo da radim. Zadovoljno uzdahnuvši, uzela sam gutljaj kafe i počela da čitam, s vremena na vremena odlutavši kako bih sanjarila o Semu. Posle nekog vremena, Sara se vratila sa slušalicama zabijenim u uši i legla na ležaljku pored moje. Bilo je skoro podne kad se Fredi konačno pojavio. Ivi i Olivija su i dalje bile u bazenu, svađajući se oko du

šeka za vodu. Kad god bi jedna od njih uspela da se popne na njega, ona druga bi pala. Bilo je puno vrištanja i prskanja, i bila sam u iskušenju da i ja odem po slušalice kako bih ih utišala. Mada, ako to uradim, možda ću propustiti priliku da razgovaram sa Stivom i vidim mogu li da shvatim šta se dešava s njim.

– Gde su ostali? – upitao je Fredi kada se uverio da smo mi jedini u kući.

– U kupovini su – podsetila sam ga. Sara ništa nije čula, i dalje je zurila u telefon.

– Ah, da. Zaboravio sam, izvini. Da li sâm sebi da napravim doručak?

– Ne bih se mučila na tvom mestu. Skoro pa je vreme ručka.

– U redu. Idem onda da obučem kupaći šorts.

Srećna što neću morati da čistim i za Fredijem, ponovo sam se usredsredila na knjigu. Nekoliko minuta kasnije se vratio i uskočio u bazen, tako nas isprskavši da su obe devojčice zacičale.

– Pažljivo, Fredi – opomenuo ga je Stiv, ali mislim da ga Fredi nije čuo, budući da je ronio. Sara je izvadila slušalice iz ušiju i podigla se u sedeći položaj.

– Prestani da se praviš važan, Fredi! – dobacila mu je kada je konačno isplivao na površinu posle nekoliko krugova oko bazena.

– Dođi onda da se trkamo – odgovorio je.

– U čemu je poenta? Oboje znamo da si brži od mene. Zašto se ne trkaš s tetkom Popi? Ona dobro pliva, i kladim se da lako može da te pobedi.

– Hej, ne uvlači mene u ovo! – viknula sam.

– Ne, Sara je u pravu – složio se Fredi. – Šta kažeš, Popi? Četiri kruga, najbrži pobeđuje?

– Ja ću biti sudija – nastavila je Sara. – Da bih se uverila da nećeš varati.

Shvatila sam da sam u ćorsokaku. – Dobro. Trkaćemo se, ali ne možeš da se duriš i tuguješ ako te pobedim, u redu?

– Devojčice, izađite iz bazena. Ne želim da vas pokose – rekao je Stiv Oliviji i Ivi, a Fredi i ja smo stali ispred najdubljeg dela bazena. Kada su svi izašli iz bazena i sklonili dušek, Sara je viknula: – Priprema, pozor, sad! – i oboje smo uronili u bazen. Plivanje je bilo moj sport u školi i jedna od stvari koja mi je održavala zdrav razum posle celog Hidžej debakla. To nije timski sport; čak i u štafetnim trkama, tu si samo ti i voda protiv osobe s kojom se trkaš. Osećala sam kako mi se um prazni i postaje mirniji dok sam se u potpunosti fokusirala na pokrete, disanje i tempiranje okreta. Bila sam svesna Fredija, ali samo delimično. Takođe sam čula prigušeno navijanje, ali nisam imala pojma da li je bilo upućeno meni ili Frediju. Na kraju četvrtog kruga, podigla sam glavu i shvatila da je Fredi bio daleko iza mene.

– Zaboga, tetka Popi, to je bilo neverovatno! – Sara je rekla kada je Fredi stigao do ivice bazena, zadihan.

– Da, pa, mnogo sam plivala kada sam bila tvojih godina – rekla sam joj dok sam izlazila iz bazena. – Izgleda da ne zaboraviš kako se to radi. Jesi li dobro, Fredi?

– Dobro sam – zastenjao je. – Dobra trka. Svaka čast.

– Zašto ne bismo odigrali nekoliko partija odbojke u bazenu pre ručka? – predložila je Sara. – Ima nas šestoro, dakle po troje u timu. Mislim da ima lopta u ormariću.

Trebalo nam je vremena da pronađemo loptu, naduvamo je i podelimo se u timove, ali na kraju smo se odlučili za mene, Saru i Oliviju u dubokom delu bazena protiv Stiva, Fredija i Ivi u plićaku. Nisam sigurna da je iko tačno pratio rezultate, ali bila je to prijateljska partija i čak je i Stiv delovao kao da uživa. Shvatila sam da moram da pronađem način da porazgovaram s njim, budući da je ponestajalo vremena.

– Dobro, idem da spremim ručak – objavila sam kada smo odigrali nekoliko partija. – Stive, jel' bi mi pomogao?

– Bolje da ostanem ovde i pazim na devojčice, ako nije problem – odgovorio je. Dođavola. Moraću više da se potrudim. Rouz neće nimalo biti zadovoljna ako ne budem razgovarala s njim dok se ona ne vrati.

Ušla sam unutra i počela da vadim hladno pečenje i sir iz frižidera, koje je mama ostavila za današnji ručak. Isekla sam veknu svežeg hleba na parčad i pravila sam salatu kada se Olivija pojavila u kuhinji.

– Jesi li dobro, Olivija? Treba li ti piće ili nešto?

– Dobro sam – odgovorila je. – Samo sam htela da te pitam nešto dok tata ne sluša.

– Je li? – Nisam u potpunosti bila posvećena razgovoru. Verovatno je htela da me pita nešto trivijalno.

– Ti znaš puno toga o seksu, jel' tako? To je tvoj posao, zar ne?

Sada je privukla svu moju pažnju i spustila sam nož kako bih se u potpunosti fokusirala na nju. Bila sam svesna toga da sam u rizičnoj situaciji, budući da nemam pojma u kojoj meri su Stiv i Rouz razgovarali sa svojom decom o životnim činjenicama i nisam želela da kažem nešto što ne bi trebalo.

– Pa, seks nije moj posao, ali pomažem drugim ljudima kada imaju probleme u vezi s njim. Zašto pitaš?

– Jel' boli?

– Jel' šta boli?

– Seks.

– Ne bi trebalo. Zašto?

– Jedan dečak u mojoj školi, Čarli Potl, pokazao mi je neke ljude kako se seksaju na telefonu. Muškarac je ležao, a žena je radila čučnjeve na njemu. Videlo se kako njegova piša ulazi u njenu ribicu i jaukala je kao da je boli. Govorila je: „Da, da, da", ali znaš kako ljudi zvuče kada im se baš ide u klozet? Tako je zvučalo.

Uprkos ozbiljnosti situacije, njen opis mi je izmamio osmeh. Mada, morala sam da budem oprezna, i definitivno ću morati da razgovaram s Rouz kada se vrati kako bi znala šta se dešava. Doduše, prvo moram da razuverim Oliviju.

– U redu, Olivija. Ono što ti je Čarli Potl pokazao bili su glumci koji su upražnjavali seks, što nije isto kao seks u pravom svetu. Jesi li ikada učestvovala u školskoj predstavi?

– Bila sam Devica Marija na rođenju Isusa Hrista prošle godine – rekla mi je ponosno. – Učiteljica mi je rekla da sam rođeni talenat.

Naravno da je bila Devica Marija. Od svih likova koje sam morala da upotrebim kako bih ovo objasnila, naravno da je to bila ona.

– I jel' ti učiteljica rekla da glasno govoriš, kako bi te čuli ljudi koji su stajali skroz pozadi?

– Da. Morala sam da pričam vrlo razgovetno i glasno, ali da ne vičem.

– Dakle, morala si da prenaglasiš govor.

– Da, pretpostavljam.

– To je radila i žena u filmu. Prenaglašavala je koliko joj je bilo zabavno. Glumila je.

– Ali zašto bi iko hteo da glumi nešto tako? – pitala je. – Mogla bi da dobije ulogu na televiziji ili tako nešto, i onda ne bi morala da se skida.

– Ne znam – rekla sam. Nisam nameravala da ulazim u detaljan razgovor o tome s desetogodišnjakinjom. Nakon što sam pohvalila sebe što sam tako dobro ovo izvela, uzela sam nož i nastavila da pravim salatu.

– Čarli je rekao da mu se piša digne kada to gleda – nastavila je nakon kratke pauze. – Želeo je da mi pokaže, ali pobegla sam.

– To zvuči veoma pametno – odgovorila sam dok sam sekla paradajz. Ubrzo sam počela da se slažem s Rouz da je Čarli Potl bezobrazno dete i da Olivija treba da ga se kloni što je više moguće.

– Jel' seks jedini način da se napravi beba? – Olivija očigledno još nije završila sa ovom temom.

– To je uobičajen način da se napravi beba, da. Nekada ljudi koji ne mogu da naprave bebu putem seksa moraju da dobiju posebne medicinske tretmane kako bi im pomogli, ali većina ljudi tako to radi.

Bila sam spremna za sledeće pitanje; mislim da sam se poprilično dobro snalazila u ovome i da nisam rekla ništa zbog čega bi Rouz ili moja majka mogle da me kritikuju. Pošto nije postavila sledeće pitanje, pogledala sam dole i iznenadila se kada sam shvatila da Olivija plače.

– Šta nije u redu? – pitala sam, čučnuvši i zagrlivši je.

– Silno želim da imam bebu kada odrastem, ali ne želim da imam seks. Izgleda tako užasno – jecala je. – Jel' to znači da neću moći da imam bebu?

– Slušaj me – rekla sam odlučno dok sam joj brisala suze sa obraza. – Potpuno je normalno da sada ne želiš da imaš seks; imaš deset godina. Ali kada odrasteš, vrlo je verovatno da ćeš se predomisliti. Važno je da zapamtiš da ne moraš ništa da radiš dok ne budeš spremna. A ako i dalje ne budeš želela da imaš seks kada odrasteš, i to je u redu. To je samo tvoj izbor.

– Ali kako ću da dobijem dete ako ne budem imala seks?

– Postoje drugi načini da se dobije dete bez seksa i porođaja. Na primer, možeš da usvojiš. Nekada ljudi dobiju decu i ne mogu da se brinu o njima, pa ih daju na usvajanje.

Lice joj se razvedrilo. – Moja prijateljica Lois je usvojena. Čarli Potl kaže da je to zato što je pravi roditelji nisu želeli, ali rekla mu je da je nije briga jer su je mama i tata koje sada ima izabrali. Hvala, tetka Popi. Najbolja si.

Dok sam je gledala kako poskakuje iz kuhinje, razmišljala sam o tome kako bih volela da pronađem tog Čarlija Potla i zadavim ga. Sigurna sam da će se Rouz osećati isto kao ja, a ona je mnogo strašnija od mene. Taj jadni dečak neće imati pojma šta ga je snašlo, pomislila sam uz osmeh.

17.

– Ovo je mnogo ukusno, Popi, hvala – Stiv je rekao kada smo
završili s jelom.

– To je samo nekoliko stvari iz frižidera i salata – odgovorila
sam. – Nije *kordon blu*.

– Nikada nisam bio bogzna kakav kuvar, ali poprilično sam do-
bar u pranju sudova. Što ne bi otišla tamo i opustila se, a ja ću ti
ubrzo doneti kafu?

– Nema mnogo sudova za pranje. Pomoći ću ti. – Nadala sam se
da ćemo moći da porazgovaramo dok budemo prali sudove, tako ću
imati još nešto da prenesem Rouz osim onoga o Čarliju Potlu.

– Više bih voleo da odeš do bazena da paziš na njih dve – poka-
zao je Stiv prema svojim ćerkama. – Ne želim da plivaju bez nadzo-
ra odrasle osobe.

– Sigurna sam da Sari nije problem da ih pričuva. Nećete ići u
bazen, zar ne, devojke?

Obe su odmahnule glavom.

– Vidiš? Sve je u redu – rekla sam mu. – Saro, Fredi, odvedite
devojčice i dobro ih pazite. Niko ne sme da ide u bazen, u redu?

– Da, da, shvatili smo – razvlačio je Fredi reči. – Hajde, idemo.

Kada su svi izašli za njim, Stiv i ja smo počeli da pospremamo
sto. Sada sam imala priliku.

– Dakle, Stive – počela sam – kako si? Rouz kaže da si u posled-
nje vreme prezauzet. Jel' sve u redu?

Istog trenutka sam znala da sam rekla nešto pogrešno. Stivo-
vo ponašanje se promenilo istog momenta. Odjednom mu je svaka
pora odisala napetošću, i kad me je pogledao izraz lica mu je bio
prazan.

– Dobro sam – rekao je ukočeno. – Ne znam o čemu Rouz govori.

– Ne deluješ dobro, ako smem da kažem. Znam da me se to ne tiče, ali...

– U pravu si – prasnuo je. – Ne tiče te se. Slušaj, Popi, hvala ti što si napravila ručak i sve to, ali iskreno bih mnogo radije sâm oprao sudove.

– U redu. Izvini, nisam želela da se osećaš neugodno.

Uzdahnuo je. – Ne, izvini ti što sam te napao. Zapravo, trenutno mi je mnogo toga na pameti, a ti ne možeš ni sa čim od toga da mi pomogneš. Ali hvala ti što si pitala.

– Ostaviću te na miru – rekla sam i otišla da se pridružim ostalima. Nikada ga nisam videla takvog, i bilo mi je drago što nisam pomenula razgovor sa Olivijom; očigledno trenutno nije u stanju da se nosi i s ćerkinim problemima pored svojih. Sada makar mogu da kažem Rouz da sam pokušala.

Devojčice su održale reč i trenutno su nešto gledale u sobi za gledanje televizije s Fredijem. Sara se ponovo smestila na ležaljku, sa slušalicama u ušima, pa sam pažnju usmerila na predstojeće prespavljivanje kod Sema. Jesam pomalo naglo to predložila, i sada ću morati ili svima da priznam gde ću provesti noć, budući da nas je bilo ovoliko, ili da se iskradem posle večere i da se nadam kako ću se vratiti dovoljno rano ujutru da niko neće shvatiti da me nije bilo cele noći.

Posle nekog vremena, Stiv se pojavio s dve šolje kafe.

– Stvarno mi je žao što sam se iskalio na tebi unutra – rekao je nakon što se uverio da Sara i dalje ima slušalice u ušima. – Trenutno se samo mučim s nekim stvarima i potrebno mi je prostora da sve rešim. Jel' bi ti bio problem da pripaziš na devojčice ako ja odem u šetnju kad popijem kafu?

– Ne, nije mi problem, Stive. Samo znaj da sam tu ako želiš da razgovaraš i ako osećaš da ne možeš da pričaš s Rouz o tome, važi?

– Mislim da ću biti u redu, ali hvala ti na ponudi.

Ništa mi nije bilo jasno. Pitala sam se šta ga je to mučilo o čemu ne može da razgovara sa svojom ženom. Sada sam shvatala zašto je mislila da je vara, ali i dalje nisam bila ubeđena u to. Pokušavala sam da se setim šta bi drugo moglo biti, ali nisam imala sreće u tome dok se nisam setila članka o zavisnosti od kockanja koji sam pročitala pre nekoliko meseci. Pitam se kako bi Rouz reagovala na to, ako se ispostavi da je to problem. Da li bi to smatrala boljim ili gorim od avanture? Što sam više razmišljala o tome, to mi je bilo lakše da poverujem da je u pitanju bio problem s kockanjem. Možda će izgubiti kuću, a ne zna kako to da saopšti porodici, ili možda planira poslednju kocku kako bi sprečio dolazak sudskih izvršitelja. Nije bilo kladionica blizu njihove kuće, ali pretpostavljam da bi mogao to da radi preko interneta. Bacila sam pogled na njega. Šta god da ga je mučilo očigledno je bilo važno, jer je odsutno zurio u svetlucavu vodu bazena i povremeno približavao šolju ustima poput robota. Što sam više razmišljala o tome, to sam više bila ubeđena da je u pitanju zavisnost od kockanja. Ako gubi mnogo novca, to mu zasigurno utiče na libido, a to bi takođe objasnilo i gde je bio kada ga je Rouz zvala u kancelariju.

U čemu god bio problem, meni je rekao sve što je hteo, pa bi ga dalje ispitivanje verovatno iznerviralo. Definitivno ću pomenuti Rouz svoju ideju kada se vrati; verujem da je podjednako moguća koliko i njena teorija. Olivija i Ivi su se pojavile baš kad smo završili s kafom i, nakon što je utvrdio da je prošlo makar dvadeset minuta otkad su jele, Stiv im je dozvolio da uđu u bazen.

– Idem ja onda – rekao mi je. – Daj mi svoju šolju, usput ću je staviti u mašinu za sudove. – Okrenuo se prema ćerkama. – Devojke, izlazim nakratko, budite dobre i radite što vam tetka Popi kaže, važi?

Nakon što je dobio svečana obećanja ćerki da će biti pravi anđeli dok on bude odsutan, Stiv je uneo šolje unutra i nedugo zatim čula sam zatvaranje ulaznih vrata. Odjednom sam shvatila da možda nisam dovoljno razmislila o ovome. Sada sam jedina bila odrasla osoba zadužena za četvoro dece koje ne poznajem toliko dobro. Doduše, Fredi i Sara ne bi trebalo da prave probleme, ali moraću pažljivo da pazim na Oliviju i Ivi. Rouz mi nikada ne bi oprostila da se nešto desi njenim milim ćerkama pod mojim nadzorom. Uz uzdah sam spustila knjigu i posvetila potpunu pažnju devojčicama. Pronašle su još jedan dušek na naduvavanje i veselo su plutale i prskale jedna drugu kada bi se približile. One se makar lepo slažu; za razliku od mene i Rouz kada smo bile tih godina. Još jednom sam primetila da je veoma jasno da je Olivija glavna, ali, za razliku od mene, Ivi deluje kao da joj nimalo ne smeta da sluša svoju stariju sestru.

Nakratko mi je pažnju s njih odvuklo kretanje koje sam spazila krajičkom oka. Sara je izvadila slušalice iz ušiju i potpuno uspravno sedela na ležaljci, zureći u telefon. Lice joj je bilo užasnuto.

– Jesi li dobro? – upitala sam, ali potpuno me je ignorisala.

– Saro – povisila sam glas kako bih joj privukla pažnju. – Jesi li dobro?

– Oh, mmm. Da, dobro sam – odgovorila je, ali bilo je kristalno jasno da nije bila dobro. – Idem unutra na minut.

Uzela je stvari i ušla unutra, a ja sam ponovo usmerila pažnju na Oliviju i Ivi. Prošlo je neko vreme i Sara se nije vratila, pa sam počela da se brinem. Očigledno ju je nešto uplašilo, ali šta da uradim? Znam da ona nije moja ćerka, ali mislim da makar treba da proverim kako je. Međutim, ako je u pitanju nešto što uključuje dugu priču, kao što je većina stvari kada su u pitanju tinejdžerke, ne mogu ni da ostavim Oliviju i Ivi same. Pogledala sam na sat; Stiva nema već sat vremena. Možda će se uskoro vratiti. Odlučila sam da sačekam još pola sata, a ako se ne pojave ni Sara ni Stiv, moraću nešto da uradim. Takođe sam shvatila da nisam ni videla ni čula Fredija još od ručka, ali kad malo bolje razmislim, to me nije brinulo. Ima šesnaest godina, može da se stara o sebi.

Prošlo je dvadeset minuta i počinjala sam da se ljutim na Stiva. Imao problem ili ne, nije baš pošteno otići i ostaviti me ovde s njima. Stomak mi se zgrčio od iznerviranosti i zabrinutosti, a čak mi ni razmišljanje o Semu nije pomagalo. Zapravo, čak ne mogu ni da razmišljam o Semu kako treba, zato što sam sada zabrinuta i za Stiva i za Saru. Počinjem da se pitam da li sam potcenila Stivovu uznemirenost. Odjednom su mi misli bile ispunjene slikama Stiva kako pokušava na razne načine da okonča svoj život. Možda je trebalo da insistiram da ostane ovde; mogao je biti pod autobusom sada.

– Hajde, Popi, ostavi se scenarija o smaku sveta – promrmljala sam sebi u bradu i počela da smišljam plan. Prvo moram da pronađem Saru i uverim se da je dobro, a onda, ako se Stiv ne vrati dok završim s njom, moraću i njega da potražim. Ali šta uraditi s devojčicama? Odjednom sam dobila ideju. Zamoliću Fredija da pripazi na devojčice dok ja porazgovaram sa Sarom, a onda će, nadam se, oboje moći da paze na njih ako ja budem morala da potražim Stiva. Moraće da gledaju film ili tako nešto ako se to desi; iako Fredi i Sara deluju poprilično pametno, biće bespomoćni ako se devojčicama nešto desi.

Ovo nije bilo dobro. Sada sam razmišljala samo o najgorem. U mojoj glavi, Stivovo beživotno telo je ležalo negde u Magan Portu, Sara je pila pilule za spavanje na spratu i sigurno će umreti ako uskoro ne preduzmem nešto (nisam sigurna odakle mi pilule za spavanje, ali dobro došli u moj um), a Fredi je vrištao i plakao dok su Olivija i Ivi krvarile na smrt od teških povreda na glavi koje su zadobile kada je samo na trenutak skrenuo pogled sa njih. Nije trebalo da pristanem da ih čuvam. Svi su umirali dok sam ih ja pazila i verovatno nikada više neću videti Sema, jer ću biti uhapšena zbog zanemarivanja i otići u zatvor.

– Olivija, Ivi! – viknula sam. – Moram da uđem unutra na nekoliko minuta. Možete li, molim vas, da izađete iz bazena?

– Jel' moramo? – Olivija je odgovorila. – Samo plutamo na dušecima. Bićemo pažljive, zar ne, Ivi?

– Da, tetka Popi. Nećemo se čak ni prskati ni išta slično.

– Žao mi je, devojke. Morate da izađete iz bazena i obećate da ćete ostati ovde dok ja odem po Fredija. Vratiću se što pre budem mogla, važi?

– Važi – rekle su uz uzdah i nevoljno zaplivale do plitkog dela, u kom su skliznule s dušeka i polako se popele uza stepenice. Njihova opuštena ramena jasno su izražavala razočaranost koju se osećale.

– Hvala. Dobro, ostanite ovde i ne mrdajte dok se Fredi ili ja ne vratimo. Obećavate?

– Obećavamo – Ivi je rekla.

Verovala sam da će uraditi ono što sam ih zamolila, ali svejedno sam požurila unutra najbrže što sam mogla. Nije bilo traga od Fredija u dnevnoj sobi, sobi za igru, sobi za gledanje TV-a i kuhinji, pa sam se uputila na sprat, nakon što sam se potajno uverila da se devojčice nisu pomerile. Vrata Fredijeve sobe bila su zatvorena, pa sam pokucala. Nije bilo odgovora.

– Fredi, jesi li tu? – pozvala sam. I dalje nije bilo odgovora, pa sam pokucala ponovo, ovog puta malo jače. Sada sam bila potpuno uspaničena. Svaka sekunda tokom koje su Olivija i Ivi bile same povećavala je šanse za to da se nešto desi, ali sada sam se pitala da li se i Frediju nešto desilo, i je li trebalo ranije da ga proverim.

Nije postojalo ništa drugo što sam mogla da uradim. Uhvatila sam kvaku i otvorila vrata.

18.

Kakav god scenario o smaku sveta sam konstruisala u glavi, ništa me nije pripremilo za ono što se dešavalo ispred mene.

– Sranje! – Fredi je vrisnuo, bacivši svoj telefon na jorgan i pokušavši da se brzo pokrije. Scena na telefonu se nije nimalo razlikovala od one koju je Olivija ranije opisala, mada je zbog nedostatka zvuka delovala još manje realistično.

– Nije onako kako izgleda – Fredi je nastavio, izvadivši slušalice iz ušiju i povukavši šorts nagore. Siroti dečak je izgledao potpuno zgroženo.

– Ne zavaravajmo jedno drugo, važi? – rekla sam. – Oboje znamo šta si radio.

Nisam mislila da je to moguće, ali obrazi su mu još više porumeneli.

– Molim te nemoj da kažeš mojoj mami. Poludeće – molio je.

Uzela sam telefon i nekoliko sekundi posmatrala scenu pre nego što sam odgovorila.

– Jel' ovako nešto uglavnom koristiš kada se samozadovoljavaš? – upitala sam.

– Mhm, ne – odgovorio je. – Gotovo nikad ne koristim te stvari, samo povremeno. – Izgledao je kao da želi da ga zemlja proguta i trudila sam se da ne prasnem u smeh.

– Ma daj, Fredi. Sa mnom razgovaraš. Misliš li da ne znam statistike o tome koliko pornića gledaju šesnestogodišnji dečaci? Ili devojke, kad smo koga toga. Pitam te da li je ovo ono što inače gledaš, ili više voliš nešto malo ekstremnije.

Primetila sam trenutak kada je shvatio šta sam ga pitala i, iako sam mislila da je to nemoguće, još više je pocrveneo. – Ne pale me nasilje ili deca ili išta od tih stvari, ako me to pitaš.

– Dobro. Mislim da smo onda rekli sve što je trebalo na ovu temu. Sledeći put zaključaj vrata. Mogle su to da budu Olivija ili Ivi.

– Nema brave na vratima.

– Onda idi u kupatilo!

Zavladala je neugodna tišina dok smo oboje zurili u telefon. Stvari su postajale strastvenije na ekranu i gotovo sam mogla da čujem uzdahe i stenjanje s bačenih slušalica.

– Jesi li htela, mhm, nešto specifično? – Fredi je pitao nakon nekoliko minuta.

– O da. Moraš da odeš dole i paziš na Oliviju i Ivi dok ja budem razgovarala s tvojom sestrom. Možeš li to da uradiš za mene?

– Da, naravno – odgovorio je, zgrabivši telefon i uputivši se prema vratima. Poniženje koje je osećao očigledno mu je ubilo uzbuđenje, što je za mene bilo olakšanje.

– Oh, i Fredi? – dobacila sam dok je išao niz hodnik.

– Da?

– Bolje isključi to pre nego što siđeš dole. Poslednje što nam treba je da devojčice to vide.

Nakratko se zaustavio, izvadivši telefon iz džepa i tipkajući po telefonu kako bi isključio internet pretraživač, pre nego što je pobegao od mene najbrže što je mogao, a nije baš potrčao.

Kada je otišao, pažljivo sam pokucala na Sarina zatvorena vrata.

– Ko je? – odgovorio je tih glas s druge strane vrata.

– Popi je. Mogu li da uđem?

– Mhm. Radije bih bila sama, ako nije problem – odgovorila je.

– Razumem, ali moram da proverim da li si dobro. Kratko ću.

Prošlo je nekoliko sekundi pre nego što je odgovorila. – U redu.

Kada sam otvorila vrata, trebalo mi je vremena da mi se oči naviknu na tamu. Zavese su bile navučene i nazirala sam Sarin obris ispod jorgana.

– Šta se dešava? Jel' se ne osećaš dobro? – pitala sam.

– Dobro sam. Samo sam morala da legnem.

– Bilo bi mi lakše kad bih mogla da te vidim. Mogu li da rastvorim zavese na trenutak?

Odgovorila je uz težak uzdah. – Ako moraš.

Došla sam do prozora i rastvorila zavese, ispunivši sobu svetlošću. Kada sam se ponovo okrenula prema krevetu, videla sam Sarino bledo lice kako zuri u mene. Oči su joj bile crvene a obrazi mokri od suza.

– Zaboga, šta je bilo? – viknula sam i sela na krevet pored nje. Nisam mogla da je zagrlim jer je bila ispod jorgana, pa sam je umesto toga gladila po kosi.

– Tako je glupo – odjednom je jecala – i sada sam sve upropastila.

– Šta se desilo? – nežno sam upitala.

– N-ne mogu da ti kažem – promucala je kroz suze. – Reći ć-ćeš mami, a to će sve još više pogoršati.

– Ne može biti toliko loše, zar ne? Do malopre si bila dobro.

– Jeste! – zaplakala je. – I za sve sam ja kriva.

Saosećala sam s njom. Još nisam saznala u čemu je bio problem, ali silina njenih osećanja me je podsetila na to kako sam se osećala kada je Oliver Stoun svima rekao da sam mu prenela seksualno prenosivu bolest. Isuviše dobro se sećam te crne rupe očaja i osećanja potpune bespomoćnosti. Polako sam spustila jorgan i povukla je u sedeći položaj kako bih mogla da zagrlim njeno drhtavo telo. Naslonila sam joj glavu sebi na rame i nežno joj pevušila u uvo dok sam je milovala po potiljku. Ostale smo tako dobrih nekoliko minuta pre nego što je prestala da drhti i nežno sam popustila stisak.

– Ne želim da mama sazna. Biće mnogo ljuta – rekla je i odmakla se do uzglavlja kreveta, privukavši kolena uz grudi i zaštitnički ih obgrlivši.

Sada sam se našla u dilemi. Ne mogu da obećam da neću reći Zoi. Po zakonu, Sara je dete i, u zavisnosti od toga šta je problem, moglo bi postojati mnoštvo stvari u vezi sa zaštitom o kojima bismo morali razmišljati. Mada, ako je ne uverim da joj neću reći, zatvoriće se u sebe i niko neće moći da joj pomogne.

– Saro – rekla sam – ako je toliko loše koliko misliš da jeste i ne možeš to sama da popraviš, moraćeš da veruješ nekome ko je na tvojoj strani. Ko bi mogao više da bude na tvojoj strani nego tvoja mama? Da, možda će biti ljuta i malo ti pametovati, ali voli te i pomoći će ti, sigurna sam u to. Zašto mi ne bi rekla u čemu je stvar, a onda ćemo smisliti plan kako da zajedno kažemo tvojoj mami ako budemo morale. Šta misliš?

Dugo me je gledala, pokušavajući da odluči šta da uradi, a onda je opustila ramena i uzdahnula. – Pretpostavljam da baš i nemam izbora – odgovorila je.

Naslonila sam se i strpljivo čekala da počne.

– Ranije ove godine, počela sam da izlazim s jednim dečkom iz škole – rekla je posle nekog vremena. – On je jedan od one kul dece, znaš? Dobar je u sportu, popularan, sve to. Nisam mogla da verujem kad mi je jednog dana tokom ručka prišao u kafeteriji i pitao me da li želim da idem u *Smuti šejk* posle škole.

– *Smuti šejk*?

– To je bar za milkšejkove i smutije. Svi kul klinci idu tamo. Svakako, poslala sam mami poruku da ću ostati do kasno u biblioteci kako bih učila i otišla sam s njim. Kada me je pitao da mu budem devojka, osećala sam se kao da sam dobila na lutriji. Sve moje prijateljice su bile tako ljubomorne.

– Zasad to zvuči normalno. Šta se posle desilo?

– Počeli smo da se viđamo. Povremeno bih otišla na milkšejk s njim i njegovim prijateljima posle škole. Viđali smo se i preko vikenda i počeli da se, znaš, ljubimo i tako to.

Upitno sam podigla obrve.

– Zapravo smo se samo ljubili. On je želeo više, ali rekla sam mu da nisam spremna. Nekad bi, dok smo se ljubili, počeo da me dodiruje na nekim mestima i morala bih da mu kažem da prestane. Svakako, počeo je da priča o tome kako želi da spava sa mnom. Govorio je kako su svi njegovi prijatelji imali seks sa svojim devojkama, pa da treba i mi to da uradimo.

– Ne ide to tako, ali nastavi.

– Počeo je da se ponaša bezobrazno. Govorio je da sam frigidna i slično. Nekoliko puta je pretio da će me ostaviti. Bila sam prestravljena. Kad bi me ostavio, opet bih bila niko i ništa. Zapravo, verovatno bih bila gore od nikoga, jer bi svi znali da sam devojka koja nije bila dovoljno dobra za Harija Ouklija.

– Pa si popustila? – Iako želim da ubijem Harija, izgubiti nevinost sa četrnaest godina nije kraj sveta. Osim ako... užasna pomisao mi se javila u mislima.

– Saro, nisi trudna, zar ne?

Tužno se nasmešila. – Ne, nisam popustila i nisam trudna, hvala bogu. Ali znala sam da moram *nešto* da mu dam. Svakako, jednog dana smo se svađali oko toga, po običaju, i rekao je da bi najmanje što bih mogla da uradim ako neću da spavam s njim bilo da mu dam neke slike da mu, znaš, pomognem.

– I jesi li?

– Da. – Suze su joj ponovo potekle.

Opet sam izvila obrve i pogledala u njene grudi, i klimnula je glavom. Spustila sam pogled na njeno krilo i ponovo je klimnula glavom.

– Saro, nisi uradila ništa pogrešno – rekla sam odlučno. – Mnogi tinejdžeri šalju seksualne poruke. Mislim, mi nismo, ali to je verovatno samo zato što nisu postojali pametni telefoni kada sam ja išla u školu. – Nasmešila sam se, pokušavši da je razuverim.

– Da, ali to nije bilo dovoljno i svejedno me je ostavio na kraju prošlog polugodišta – rekla je ravnodušno.

– On je taj koji je na gubitku – odlučno sam rekla. – To je tvoje telo i nije bilo u redu što te je pritiskao pre nego što si se osećala spremno.

– Zapravo mi nije smetao raskid. Do tog trenutka smo se samo svađali. Uporno me je nazivao „frigidnom kučkom" kad sam ga odbila, a kako je nastavljao da priča o tome samo mi je stvarao veći otpor. Provodila sam sve manje vremena s njim, pa niko nije bio naročito iznenađen kada smo se razišli, a moje prijateljice su zapravo bile zaista fine u vezi s tim.

– Ako nisi tužna zbog raskida, šta se desilo što te je toliko uznemirilo?

– Poslao mi je poruku. Rekao je da želi da mu pošaljem snimak... ne. Izvini, ne mogu to da izgovorim. U svakom slučaju, rekao je da će poslati moje slike celoj školi ako to ne uradim.

Čim je završila, brana je ponovo pukla i telo joj se zatreslo od jecanja.

– Mogu li da vidim poruku? – upitala sam nežno.

Uzela je telefon, ukucala šifru i pružila mi ga, očiju punih suza. Besnela sam dok sam čitala poruku. Nije ni čudo što nije mogla to da opiše; šokirana sam bila nivoom eksplicitnosti detalja u Henrijevim zahtevima. Bilo koja žena bi se osećala primorano i degradirano zbog takve poruke, i potpuno sam razumela Sarinu uznemirenost i saosećala sam s njom. Jedna stvar je bila sigurna: Hari Oukli neće samo morati da prihvati da neće dobiti snimak već ću se postarati za to da proklinje dan kada je tu poruku poslao.

Vratila sam joj telefon. – Kao prvo, ovo što je uradio je krivično delo zato što si maloletna. Ovde imaš i više nego dovoljno dokaza, pa možemo ovo da prijavimo policiji, i on bi bio zaveden kao seksualni prestupnik, verovatno za ceo život.

Izgledala je užasnuto. – Neću se obratiti policiji!

– Zašto?

– Zato što mogu i mene da uhapse. Imali smo časove o ovome u školi i, s obzirom na to da sam mu slala slike, tehnički sam kriva za deljenje dečje pornografije, iako je to moje telo.

– Iako si tehnički u pravu, zakon je tu da bi te zaštitio, a policija bi znala da si bila primorana.

– Neću ići u policiju. Svi bi saznali! To bi bilo gore nego da sam mu popustila.

– Kako bi saznali?

– Čulo bi se za to. On bi nekome rekao šta sam uradila, a onda bi taj neko rekao još nekome, i tako dalje.

– U redu, šta onda da radimo s njim?

– Ne znam – šapnula je. – Ne želim da uradim ono što on traži. Osećam se prljavo i odvratno dok samo razmišljam o tome, ali ako ne uradim to, poslaće slike i umreću od poniženja.

– Ovo je čista ucena – odgovorila sam. – Ako mu daš ovo, samo će se vratiti sa sledećim zahtevom, ali ovog puta će imati još više toga što bi mogao da upotrebi protiv tebe. Moramo da ga zaustavimo, i to sada. Ako ne želiš da upličemo policiju u ovo, onda moramo da napravimo drugi plan.

– Ali kako? Sve je u njegovim rukama! Ako pošalje te slike, moj život je gotov. Ako mu dam ono što želi, samo će se vratiti po još, kao što si rekla, i život će mi biti gotov. Ako mama sazna šta sam uradila, moj život je gotov. Ako se obratim policiji, svi će znati šta se desilo, i život će mi biti gotov. Ne postoji način da izađem iz ove situacije, a da ne izgubim sve.

– Ako smem da kažem, mislim da potcenjuješ svoju mamu. Nisi ti kriva za ovo; moraš to da razumeš. Poverila si dečku nešto veoma privatno i intimno, a on te je izdao. Dozvoli da te pitam nešto drugo. Šta misliš da bi Harijeva mama rekla kad bi saznala za ovo?

Sara je na trenutak razmislila. – Ubila bi ga. Ona je u Udruženju roditelja i nastavnika s mojom mamom, a mama uvek priča da je vrlo fina, ali da ne trpi nikakve budalaštine.

– Dakle, ako su tvoja mama i njegova mama prijateljice, onda tvoja mama verovatno ima njen broj. Shvataš li šta hoću da kažem?

– Još nisam sigurna da li želim da mama sazna.

– Ona ti je najbolja šansa, Saro. Pusti mene da pričam s njom i da joj objasnim šta se desilo. Želeće da ti pomogne. Ne mogu da obećam da ti neće očitati bukvicu, ali možda uspem da je odgovorim od toga ako joj kažem da si već naučila lekciju na teži način. Veruješ li mi?

Ponovo je nastupila duga tišina, ali posle nekog vremena je podigla pogled prema meni i laknulo mi je kada sam videla da je prestala da plače. – Da. Verujem ti.

– Dobro. A sada, hajde umij se i sići ćemo dole da vidimo da li je Fredi uspeo da spreči devojčice da se utope?

Kada je otišla u kupatilo, glasno sam uzdahnula. Ovo čuvanje dece je mnogo teže nego što sam mogla da zamislim.

19.

Laknulo mi je kada sam videla da se Stiv vratio nakon što smo se Sara i ja vratile do bazena. Devojčice su se veselo igrale u bazenu, a Fredi je ležao na ležaljci, trudeći se da izgleda opušteno, ali način na koji je počeo da se meškolji kada me je ugledao odao je njegovu nervozu. Upravo sam se spremala da mu kažem da se opusti kada mi je Stiv preprečio put.

– Popi, možemo li da razgovaramo? – pitao je.

Izgovorio je to neprijatnim tonom, što me je iznenadilo, ali pratila sam ga do ivice dvorišta, daleko od ostalih.

– Šta je bilo?

– Kako si, zaboga, mogla da ostaviš devojčice same? – prosiktao je.

– Nisu bile same! Fredi je trebalo da pazi na njih – odgovorila sam. Ako je Fredi odlutao negde i ostavio ih, onda razgovor o pornografiji neće biti ništa u poređenju sa ostalim što ću mu reći.

– I Fredi je maltene dete! Šta da se nešto desilo? Ne mogu da verujem da si bila toliko neodgovorna – kipeo je od besa, zbog čega je nešto u meni puklo.

– Slušaj me – rekla sam. Šaputala sam, ali bes u mom glasu je bio veoma jasan, i on je blago ustuknuo. Uvek smo se lepo slagali, ali nikada ranije nije dovodio moje odluke u pitanje. – Ako se sećaš, trebalo je zajedno da pazimo na decu, ali ti si odlučio da moraš da prošetaš kako bi rešio šta god bio tvoj problem. Dok si se ti zabavljao po selu kao lik iz filma *Moje pesme, moji snovi*, mnoštvo sranja se ovde dešavalo i pokušavala sam sama da se nosim s njima najbolje što sam mogla. Mislim, gde si bio, jebote, Stive? Nije te bilo satima!

– Rekao sam ti. Trebalo mi je vremena da razmislim o nekim stvarima – rekao je, sa odbrambenim stavom.

– Veoma hrabro od tebe. Nadam se da ti je bilo lepo. Ali nemoj da si se usudio da me nazoveš neodgovornom. Ja sam makar bila ovde!

– Ali Fredi... – počeo je, odlučan u tome da ne bude ponižen.

– Fredi bi došao po mene da mu je bila potrebna pomoć. Tvoja deca su dobro. Ako si toliko prokleto zabrinut za njih, predlažem ti da sledeći put ostaneš da ih nadgledaš. A sada, ako je to sve što si hteo, moram da pređem na sledeći deo ovog svog predivnog popodneva.

Ništa nije rekao, pa sam to shvatila kao znak da mogu da odem. Bila sam besna na njega i morala sam da upotrebim svu samokontrolu kako bih glas održala mirnim kada sam prišla Frediju.

– Jesi li dobro? – upitala sam ga tiho.

– Naravno da nisam! – odgovorio je šapatom. – Tetka me je zatekla usred, znaš...

– Samozadovoljavanja? – nasmešila sam se.

– Jebote – zastenjao je. – Drago mi je što je tebi ovo smešno. Umirem od blama ovde.

– Obećavam da ništa nisam videla – slagala sam.

– Činiš ovo još gorim.

– Ma, opusti se. – Razigrano sam ga gurnula ramenom. – Nisi jedina osoba na svetu koja je ikad masturbirala. Zapravo, odaću ti jednu tajnu. I devojke to rade. Iznenađujuće često.

– Ah! – viknuo je. – Uši mi krvare. Prestani!

Pogledala sam oko sebe kako bih se uverila da nas niko nije slušao. – Slušaj – rekla sam. – Ono što sam videla je potpuno normalno za nekoga tvojih godina, u redu? Da si gledao neke ozbiljno poremećene stvari, onda bih se zabrinula, ali pošto nisi, ne brinem se. Smem li da pitam koliko često to koristiš?

– Nekoliko puta nedeljno, ne više od toga. Možemo li sada da prestanemo sa ovim?

– Uskoro. Kao profesionalac, zanemarila bih svoju dužnost kad te ne bih upozorila na neke od potencijalnih opasnosti toga. Sigurna sam da sve to držiš pod kontrolom, ali udovolji seksualnom terapeutu koji te blamira, hoćeš li?

– Jel' moram?

– Molim te? Biću najbrža što mogu.

– Dobro – uzdahnuo je. – Možemo li da uđemo unutra, daleko od ostalih?

Pratila sam ga do sobe za gledanje televizije i seli smo na sofu.

– Prestani da očajavaš – rekla sam. – Iako je to tehnički protivzakonito, statistika kaže da većina momaka tvojih godina radi upravo ono što ti radiš, čak i ako to ne priznaju. Kao što sam već rekla, izgleda da i većina devojaka to radi. A velika većina njih će imati srećan, ispunjen seksualni život u stvarnom svetu. Međutim, nekada stvari ne ispadnu tako. Ne želim da završiš u mojoj kancelariji, pa zato želim da čuješ sve činjenice, važi?

Klimnuo je glavom.

– Znaš li zašto se osećaš dobro kada gledaš porniće?

Slegnuo je ramenima. – Pa, znaš...

– Osim očiglednog, zato što tvoj mozak oslobađa gomilu dopamina u odgovor na to što vidiš. Dopamin je droga za sreću koju proizvodi tvoj mozak, a studije su utvrdile da ljudi tvojih godina reaguju četiri puta jače na to nego odrasli. Problem kod dopamina je to što tvoje telo počne da ga priželjkuje, kao s heroinom. Dakle, gledaš porniće nekoliko puta nedeljno, i tvoje telo se oseća dobro. To je u redu, ali ako počne da postaje češće i shvatiš da ti je potrebno svakog dana, ili možda više od jednom dnevno, onda je to znak za uzbunu. Nekim ljudima se desi, ne mnogim ljudima, ali nekima, da postanu od toga zavisni, da gledaju to sve češće i češće, i potrebno im je da bude ekstremnije kako bi dobili tu dozu dopamina. Jel' ti to ima smisla?

– Pretpostavljam.

– Odlično. E sad, sigurna sam da ovo znaš, ali seks u pravom životu nije nimalo poput pornića. U pravom životu je muško uzbuđenje, naročito u tvojim godinama, pomalo poput ključanja vode. Upali ringlu i za nekoliko minuta ćeš dobiti ključalu vodu. Ali žensko uzbuđenje više liči na ključanje vode u šerpi iznad vatre. Prvo moraš strpljivo da pališ vatru, počevši od drva za potpalu i polako dodajući veće komade drveta dok ne razgoriš plamen. Ako prebrzo baciš drvo na to, vatra će se ugasiti. Tek kada uložiš vreme i trud u paljenje vatre možeš uopšte i da pomisliš na to da staviš šerpu vode da proključa. U pornićima su žene uvek napaljene i spremne na sve, a neki ljudi ne shvataju da u pravom životu nije tako, što može da dovede do raznih problema u spavaćoj sobi.

– Jel' ti mnogo takvih ljudi dolazi u ordinaciju? – pitao je.

– Ima ih – rekla sam. – Naravno, nikada ne priznaju to odmah. Kada ti je poslednji put neki drugar rekao: „Hej, Fredi, malopre sam masturbirao uz neki pornić i osećam se odlično zbog toga?" Pokušaću da pogodim i reći ću „nikada".

Nasmejao se. – Kako onda znaš ko ga koristi?

– Postoje znakovi koji te odaju. Ponekad pomažem ljudima koji su toliko zavisni od pornića da uopšte ne mogu da osete uzbuđenje u stvarnom životu.

– Ne razumem to. Zar ne mogu samo da uzmu *vijagru* ili nešto tako?

– *Vijagra* će im dati erekciju, ali seks neće biti zadovoljavajući jer im mozak nije uzbuđen. Ti ljudi su gledali neke poprilično ekstremne stvari, i prosto ne može da ih uzbudi normalan seks s pravom osobom. Ako mozak nije uključen, seks neće funkcionisati.

– Dakle, hoćeš da kažeš da treba da se držim normalnih stvari.

– Drži se normalnih stvari – složila sam se. – I to u granicama umerenosti.

Široko se nasmešio. – Znaš šta?

– Šta?

– Možda jesi tetka koja najviše blamira na svetu, ali si takođe i kul.

– Pa, hvala ti, valjda – nasmejala sam se.

U tom trenutku, buka u hodniku je ukazala na to da se ostatak porodice vratio iz kupovine. Fredi je očigledno odlučio da je to prilika da pobegne i ustao je. Kada je nestao, razmišljala sam o našem razgovoru. Ne znam da li će ono što sam mu rekla išta promeniti, ali rekla sam ono što sam imala i činilo mi se da sam uspela da doprem do njega. Sačekala sam nekoliko sekundi pre nego što sam izašla iz sobe za Fredijem. Ostali su očigledno lepo proveli dan, ako se moglo suditi po broju kesa. Lili je bila odlično raspoložena dok se pela uza stepenice sa svojim kesama, pevušeći usput, a čak je i Rouz delovala opušteno.

– Deluje kao da ste se lepo proveli – rekla sam mami.

– Jesmo, hvala. Jel' sve bilo u redu ovde? Niko se nije utopio ili morao da ide u bolnicu?

– Za divno čudo, svi su preživeli uprkos mom trudu – odgovorila sam. – Rouz, možemo li da porazgovaramo nakratko?

Napetost se istog trenutka vratila na Rouzino lice. Sledila me je u sobu za gledanje televizije, koja je ovog popodneva izgleda neplanirano postala moja soba za konsultacije, i zatvorila sam vrata za nama.

– Šta je bilo? – pitala je. – Jel' Stiv? Jesi li saznala nešto?

– Ne. Pokušala sam, ali prosto se zatvorio. Zapravo, moram da razgovaram s tobom u vezi sa Olivijom.

Uputila sam je u naš razgovor, i kao što sam i predvidela, bila je besna na Čarlija Potla. Objasnila sam Olivijinu zabrinutost u vezi sa seksom, i predložila da bi im zajednički razgovor pomogao da normalizuje svoje stavove i smanji joj brigu. Rekla sam joj da je Stiv otišao da se prošeta i nakratko smo porazgovarale o mojoj teoriji o kockanju, ali izostavila sam raspravu koju smo imali kada se vratio. Rouz nije verovala da je problem kockanje; bila je poprilično sigurna da su im finansije u redu, ali rekla je da će proveriti neke stvari kada se vrate kako bi bila potpuno sigurna.

Sara je razgovarala s Fredijem kada sam ponovo izašla na bazen, ali ponovo je bila vidno napeta sada kada joj se majka vratila. Kada je primetila da joj prilazim, lice joj je prebledelo, i potpuno sam je razumela. Dogovorile smo se da bi bilo najbolje da zajedno popričamo sa Zoi, ali delovalo je kao da će odustati od toga sada kada se taj trenutak bližio. Oči su joj bile širom otvorene kada sam nakrivila glavu kako bih je pozvala da dođe.

– Jel' bi radije da sama popričam s tvojom mamom? – pitala sam je.

– Ne. Dolazim – promrmljala je. Jadna dušica, videla sam da joj se noge tresu od nervoze.

– Hajde, držim ti leđa – rekla sam i zagrlila je dok smo ulazile unutra.

Pronašle smo Zoi u kuhinji, čekala je da joj provri voda za čaj.

– Zdravo, vas dve – nasmešila se. – Želi li neka od vas šolju čaja? Žedna sam posle sveg onog šetanja.

Sara je odmahnula glavom. Izgledala je kao da će povratiti. – Ja neću, hvala – rekla sam Zoi. – Možemo li da porazgovaramo, kad napraviš čaj?

– Naravno. Jel' sve u redu? – Pažljivo je pogledala u svoju ćerku. – Izgledaš malo iznureno, ljubavi. Jel' se osećaš dobro?

– Biće ona dobro – odgovorila sam. Sara je nekoliko puta otvorila i zatvorila usta, ali izgleda da je izgubila moć govora i osećala sam kako se trese pored mene. Delovalo je kao da Zoi čitavu večnost pravi čaj, ali posle nekog vremena smo se smestile u sobi za gledanje televizije.

– O čemu se radi? – pitala je Zoi.

– Sara ima mali problem i nadale smo se da ćeš moći da joj pomogneš – počela sam. – Postoji jedan dečko s kojim se viđala u školi...

Dvadeset minuta kasnije, ispričala sam celu priču. U jednom trenutku sam pomislila da sam pogrešila i da će Zoi žestoko napasti svoju ćerku, ali uspela sam to da sprečim uz malo nežnog razgovora. Bilo je suza, zagrljaja, i Zoi je rekla Sari koliko je ponosna na nju jer nije popustila pod Harijevim pritiskom da imaju seks.

– Dobro. Vreme je da ovo završimo. Pozvaću Harijevu mamu – rekla je Zoi strogo, izvadila telefon iz džepa i prelistala spisak kontakata. Obe smo čule prigušeno zvono dok ga je držala uz uvo, a onda se čuo ženski glas.

– Zdravo, Stela, Zoi je. Da, veoma nam je lepo, hvala. Samo moram da popričam nakratko s tobom u vezi s Harijem, jel' to u redu?

Izašla je iz sobe za ostatak razgovora, ali posmatrale smo je kako izlazi napolje, pričajući na telefonu i mašući rukama.

– Misliš li da će mi Harijeva mama verovati? – upitala je Sara.

– Imamo poruke. Mora – razuverila sam je.

Uprkos svemu, zurila sam u svoju snahu, pokušavajući da dobijem bilo kakve informacije iz njenog govora tela, ali nisam uspevala. Razgovor je mogao teći u bilo kom smeru. Nastao je dug period tokom god ništa nije rekla i zabrinula sam se da je Stela grdi. Posle nekog vremena, vratila je telefon u džep i vratila se u kuću, bezizraznog lica. Srce mi je ubrzano kucalo dok je ulazila u sobu, a Sara se ponovo tresla.

– Mislim da možemo da pretpostavimo da se Hari duboko kaje – rekla je. – Stela je bila užasno besna. Morala sam da ostanem na vezi dok ga je posmatrala kako briše sve slike. Takođe ga je naterala da joj pokaže rezervne kopije na klaudu, kako bi se uverila da nema još kopija. Naterala ga je da pročita poruku koju ti je poslao, koja nas je obe zgrozila, i sada priprema izvinjenje. Kada to uradi i pošalje ti ga, obrisaće mu tvoj broj s njegovog telefona, a onda će mu ga oduzeti. Takođe je i kažnjen, i neće moći da učestvuje u vannastavnim aktivnostima sledeće godine. Ako ikada čuješ da je ponovo nešto tako uradio, bilo kome, moraš da mi kažeš, važi?

Dok je Zoi grlila svoju ćerku, ja sam utonula u sofu od olakšanja. Sara se prepustila majčinom zagrljaju, nesigurno se nasmešila i šapnula mi „hvala ti", a zatim otišla da se pridruži ostalima.

– Mnogo ti hvala što si joj se našla – rekla je Zoi. – Nisam sigurna da bi smogla hrabrosti da mi sama kaže, a ko zna kako bi se to završilo?

– Nema problema. Drago mi je što sam mogla da pomognem. Nekada zaboravimo, kad odrastemo, kako je biti tinejdžer i nositi se sa svim tim hormonima.

– U pravu si. Bilo bi lakše da nisu toliko prokleto zatvoreni. Nisam imala pojma ni da se Sara viđala s Harijem, a koliko toga ne znam o Frediju, ne bi me čudilo da ima harem.

– Mislim da ne moraš da se brineš za Fredija. Deluje mi kao potpuno normalan dečko za svoje godine – rekla sam.

– Izvini – kazala je dok smo zajedno izlazile iz sobe za gledanje televizije. – Zvuči kao da se danas popodne nimalo nisi odmorila.

– Samo mi je drago što sam mogla da pomognem – odgovorila sam i nakratko smo se zagrlile.

20.

– Samo pola čaše, molim, izlazim posle večere – rekla sam ocu dok mi je sipao vino. Rouz i Stiv su napravili ogromnu vegeterijansku lazanju, koja je bila veoma ukusna, ali je takođe bila i ono što sam ja planirala sutra da napravim, pa ću morati ponovo da razmislim u vezi s tim. Den i njegovi roditelji su večeras u njihovoj kući, pa je za stolom bila samo naša strana porodice.

– Gde ideš? Uskoro će pasti mrak – pitala je moja majka sumnjičavo.

– Verovatno ide da vidi svog zgodnog instruktora surfovanja – Lili se kikotala i počela je da imitira strastveni poljubac. Stvarno je povremeno neverovatno nezrela za nekoga ko će se uskoro udati.

– Nemoj pred decom, Lili – mama ju je opomenula, a potom se okrenula prema meni. – Nadam se da neće biti toga; jedva ga poznaješ – frknula je. – Kad ćeš se vratiti? Ne želim da se brinem za tebe do kasno.

Zaista nisam bila raspoložena za nju posle onakvog dana. – Mama, imam trideset tri godine i sposobna sam da vodim računa o sebi – rekla sam odlučno. – Vratiću se kada se vratim, a šta god budem ili ne budem radila sa Semom ne tiče se nikoga osim mene, u redu? – Lili je i dalje imitirala ljubljenje iza maminih leđa i ljutito sam je pogledala.

– Samo pokušavam da te spasem od tebe same. Znaš kakva si kada su u pitanju muškarci – rekla je mama. Otvorila sam usta kako bih odgovorila, ali pažnju mi je skrenula Rouz, spustivši ruku na moju, i šapnuvši: – Nemoj. Nije vredno nerviranja.

Posle večere sam prala tanjire i ubacivala ih u mašinu za sudove kada mi je Zoi prišla.

– Hajde ostavi to i kreni. Endru i ja ćemo to završiti. To je najmanje što možemo da uradimo kako bismo ti se zahvalili što si pomogla Sari.

– To je veoma lepo od tebe, ali ako mama vidi kako vi to radite, pretpostaviće da izbegavam odgovornost i onda ću upasti u još veću nevolju. Brzo završavam.

To nije bila potpuna istina. Iako je lazanja bila vrlo ukusna, Rouz i Stiv su očigledno držali rernu na prejakoj temperaturi jer su delići ostali zalepljeni za sud i pretpostavljala sam da će trebati mnogo potapanja u vodi i ribanja kako bi se skinuli.

– Ne brini za nju. Ako nešto kaže, reći ću joj da sam ti bila dužna uslugu. Zaslužuješ malo zabave posle ovakvog popodneva.

Nije morala još jednom to da ponovi, a ja sam potrčala uza stepenice kako bih se spremila. Upravo sam pakovala kupaći kostim, šminku i četkicu za zube u najmanju torbu koju sam mogla da nađem, kad sam čula kucanje na vratima.

– Zaboravila sam da ti kažem, vremenska prognoza za sutra je vetar i kiša, pa nam je firma za vodene sportove otkazala – rekla je Lili kad sam otvorila vrata.

– Oh. Imaš li nešto drugo u planu?

– Ne. Ostaćemo ovde. To je samo jedan dan, hvala bogu. Prognoza za ostatak nedelje je odlična i biće savršeno vreme u nedelju za venčanje, što je najvažnije.

– Dobro je. Hvala ti što si mi rekla.

– Nema problema. Mislila sam da bi želela da znaš, u slučaju da želiš da provedeš više vremena sa svojim *dečkom*. – Nestašno se nasmešila.

– Lili? – upitala sam je, smeškajući se što sam nežnije mogla.

– Da?

– Odjebi, hoćeš li?

Čula sam je kako se kikoće dok je išla niz hodnik. Ne bih bila toliko iznervirana da ideja o provođenju dana sa Semom nije bilo upravo ono na šta sam pomislila. Doduše, on će raditi, pa ću morati da pristanem na ono što mogu da dobijem. Dok sam išla putem, dnevna svetlost je polako nestajala i poslednji tvrdoglavi surferi su pakovali stvari na plaži. Ne mogu da verujem da smo jutros Sem i ja bili zajedno u krevetu. Delovalo je kao da je prošla čitava večnost od tada, i odjednom sam imala tremu. Šta ako se predomislio ili shvatio da je to bila greška? Znam da je to iracionalno, budući da je delovao poprilično uzbuđeno, ali možda više nije zainteresovan sada kada je spavao sa mnom.

Grdila sam sebe dok sam pritiskala zvono na vratima, ali to nije smirilo leptiriće koji su mi lepršali u stomaku. Međutim, kada je otvorio vrata, anksioznosti je nestalo. Široko se smešio i nagnuo se prema meni kako bi mi poljubio usne, a potom se odmakao kako bih mogla da uđem.

– Nisam bio siguran da li ćeš doći – rekao je.

– Zašto?

– Ne znam, mislio sam da ćeš se možda predomisliti ili nešto.

– Ja sam se brinula da ćeš ti! Jesi li?

– Ne, naravno da ne!

– Dobro je, jer imala sam težak dan i stvarno bih volela čašu vina i zagrljaj.

Ponovo se široko nasmešio. – Mislim da mogu da ti ispunim obe želje.

Pretražio je frižider i sipao mi ogromnu čašu vina, a zatim seo pored mene na sofu. Privila sam se uz njega kada me je obujmio rukama i dugo vremena smo proveli samo ljubeći se. Osećala sam kako mi telo reaguje na njegov dodir i bila svesna da je podjednako uzbuđen koliko i ja. Deo mene je bio u iskušenju da ga odvučem pravo u spavaću sobu, ali sam takođe želela još malo da uživam u iščekivanju. Nežno sam se odmakla od njega.

– Hajde da ovog puta idemo sporije – rekla sam. – Ipak imamo celu noć.

– I jutro – odgovorio je, i dalje se smešeći.

– I jutro – potvrdila sam, uzvrativši osmeh.

Ostatak večeri je prošao u magli. Nisam detaljisala o tome kako mi je prošao dan, ali pričali smo pomalo o svemu, povremeno se zaustavljajući radi epizode strastvenog ljubljenja (Lili bi vrištala od smeha) i očajnički pokušavali da ne pocepamo odeću jedno drugom.

– Pa, kako si postala seksualni terapeut? – pitao je, nakon što smo se zaustavili da uhvatimo dah po stoti put. – To je poprilično specifična karijera, ako smem da primetim.

Nasmejala sam se. – Reče stručnjak za nauku o podacima!

– Pošteno. U mom slučaju, završio sam matematiku, što je bilo praćeno praksom u firmi za informacione tehnologije, koja je dovela do ponude za posao. U početku sam bio samo programer, ali fasciniraju me veštačka inteligencija i mašinsko učenje, pa sam, kada se pojavila ponuda za posao, pokušao i imao sam sreće da ga dobijem.

– Ljudi uvek misle da moram biti opsednuta seksom kako bih radila ovaj posao – počela sam. – Ali, zapravo, fizički čin nije toliko važan. Kada mi se ljudi obrate zato što doživljavaju poteškoće u seksualnim životima, osnovni uzrok je gotovo uvek emocionalan, a ne mehanički. Moj posao je da pronađem u čemu je stvarno problem i da pomognem da se to reši. To je mešavina terapeutskog i detektivskog posla.

– U tom smislu, tvoj posao se ne razlikuje toliko od mog – rekao je, a ja sam iznenađeno podigla obrve.

– Nastavi. Moram ovo da čujem – rekla sam.

– Misliš da po ceo dan zurim u podatke, zar ne?

– Da, to zvuči logično. Nagoveštaj je u nazivu posla.

– Zapravo, gotovo nikad ne gledam u čiste podatke. Stvar je u treniranju algoritama za mašinsko učenje kako bi pronašli značenje u podacima. Tu ima puno analiziranja, što je slično tvom detektivskom poslu, i rešavanja problema, što je takođe deo onoga što si upravo rekla da ti radiš. Verovatno bismo mogli da se zamenimo.

– Ne bih rekla – nasmejala sam se. – Verovatno bih zaspala za najviše deset minuta kada bih pokušala da radim tvoj posao.

– Možda si u pravu – nasmešio se. – Kad razmislim o tome, ni ja nisam toliko zainteresovan da slušam ljude kako se žale na svoj seksualni život. Naročito ne sada, kad je moj seksualni život postao toliko uzbudljiv.

Ponovo se nagnuo prema meni kako bi me poljubio, i ovog puta se nismo zaustavili.

* * *

Kada sam se probudila sledećeg jutra, na trenutak sam bila dezorijentisana pre nego što sam se setila gde sam. Protegla sam se; sinoć nije bilo nimalo one neugodnosti kao prvog puta i bilo je zaista lepo. Posegla sam prema Semovoj strani kreveta, ali bila je prazna. Na trenutak sam osluškivala, ali nisam čula ni kretanje u kupatilu, pa sam nevoljko ustala i otišla da ga potražim.

– Dobro jutro – nasmešio se kada sam ušla u dnevnu sobu. Nosio je usku majicu s kratkim rukavima i bokserice, i uživala sam u pogledu. – Upravo sam hteo da ti donesem kafu.

– Koliko je sati?

– Sedam i trideset. Bojim se da danas nećemo surfovati. Talasi su preveliki za početnika.

Pogledala sam kroz prozor i osetila veliko olakšanje. Iako je u vodi bilo nekoliko surfera, vetar je pravio mnogo veće talase od onih na kojima sam vežbala i pljuštala je kiša.

– Nemoj da ne ideš zbog mene – rekla sam. – Moram samo da se istuširam na brzinu i krećem.

– Moram priznati, inače bih za tren otišao tamo. Ali...

– Ali šta?

– Ali inače nemam prelepu ženu pred sobom, koja izgleda potpuno neodoljivo. Mislio sam da bismo mogli nešto malo da doručkujemo i možda se vratimo u krevet, ako nemaš neke druge planove?

– A tvoj posao?

Nasmešio se. – Problem s Kornvolom je to što loše vreme lako može da poremeti napajanje, zar nisi čula za to? Bez struje nema ni interneta. To je bruka, i neko bi stvarno trebalo nešto da uradi na tom planu.

– Upravo si izmislio to.

– Ko će to saznati?

Skoro je bilo vreme ručka kad sam se odvojila od Sema i krenula sam u pokajničku šetnju do naše kuće. Rado bih ostala ceo dan, i mislim da bi i Sem to želeo, ali moram da odlučim šta ću skuvati večeras i da odem do supermarketa kako bih kupila namirnice. Doduše, obećala sam mu da ću se vratiti posle večere. Mami se to neće svideti, ali nije me briga. Davala sam sve od sebe da se ne zaljubim u njega jer sam znala da ćemo uskoro morati da se razdvojimo, ali mislim da ne uspevam u tome. Srećom, uspela sam neprimećena da uđem u kuću i popnem se do svoje sobe. Istuširala sam se kod Sema pre nego što sam krenula, ali pokisla sam na putu kući, pa izgledam izrazito razbarušeno. Nakon što sam osušila kosu i obukla majicu s dugim rukavima i farmerke, bila sam spremna da se suočim sa svojom porodicom.

– Ah, tu si! – viknuo je moj otac raspoloženo kad sam ušla u dnevnu sobu. – Ostala si duže u krevetu danas?

– Tako nešto – odgovorila sam, svesna Lili i Zoi, koje su se očajnički trudile da se ne nasmeju. – Gde su ostali?

– Devojke gledaju DVD sa Stivom. Mislim da Endru želi još jedan meč stonog tenisa s tobom, ali ubija vreme igrajući snuker s Fredijem, a tvoja mama i Rouz spremaju zajedno ručak u kuhinji – rekla mi je Zoi.

– Jel' se viđamo s Denovim roditeljima danas? – upitala sam Lili.

– Da, dolaze popodne i ostaće na večeri. Šta ćemo jesti?

– Još nisam odlučila. Posle ručka ću otići u supermarket u Njukeju da vidim da li će me nešto tamo inspirisati.

– Ići ću s tobom, ako hoćeš – ponudila se Lili.

Podigla sam obrve. Lili inače ne nudi ništa da uradi osim ako nema neku korist od toga. Nešto je smerala.

– Nisam sigurna, Lili – odgovorila sam. – Hoćeš li samo praviti zvukove ljubljenja na putu ka tamo i nazad ili zaista planiraš da mi pomogneš?

– Oh, baš si neverni Toma! – uzvratila je, s nestašnim pogledom u očima. Dakle, praviće zvukove ljubljenja.

– Razmisliću o tome – rekla sam. – Idem da proverim da li su se Rouz i mama poubijale.

U kuhinji je bilo relativno mirno kad sam ušla, što je bilo neverovatno. Mama je završavala salatu, a Rouz je sekla baget na debele kriške.

– Gde si bila, dođavola? – prosiktala je mama čim me je ugledala, uništivši iluziju o miru. – Nisi bila tu celu noć, zar ne? Hvala bogu što Denovi roditelji nisu ovde; sâm bog zna šta bi mislili o tvom ponašanju.

– Izvini, ali kakve to veze ima s njima? – upitala sam, trudeći se da održim miran ton.

– U slučaju da nisi primetila, pokušavamo da ostavimo dobar utisak! – viknula je. – Ali ti deluješ rešeno da nas sabotiraš u tome kad god imaš priliku. Jedva da si upoznala Anitu pre nego što si je napala svojim stvarima o seksu prvo veče, a sada ovo.

– Sačekaj malo. – Nisam želela ovo da trpim i bila sam svesna da sam počela da vičem. – Kao prvo, nisam ja to pomenula; Anita je. I kao što sam ti rekla više puta nego što mogu da se setim, *ne postoji ništa loše* u vezi sa onim čime se ja bavim; samo ti imaš veliki problem s tim, iz nekog razloga. Poslednje, stvarno se nikoga ne tiče da li ću prespavati kod Sema ili ne. Ne tiče se tebe i zasigurno se ne tiče nje. Sumnjam da bi ona imala ikakvo mišljenje o tome.

– Naravno da bi! – vikala je mama. – Oni idu u crkvu. Imaju stavove u vezi s tim stvarima.

– Jebote, mama, ostavi je na miru! – Rouz se odjednom prodrala, zapanjivši nas obe. Mama je na trenutak izgledala kao da je ošamarena, a onda se polako okrenula prema Rouz.

– Molim? – upitala je, zloslutno tihim tonom.

– Maltretiraš je od trenutka kad je došla – nastavila je Rouz, iznervirano. – Ne zaslužuje to, zato je ostavi na miru, jebote, važi? Ako nam iko ovde kvari utisak, to si ti.

– Kako se usuđuješ tako da razgovaraš sa mnom! – viknula je mama upravo kada su se otvorila vrata kuhinje i kada je Endru ušao.

– Šta se ovde dešava, zaboga? – pitao je. – Čujemo vas sa drugog kraja kuće!

– Reci *njoj* da ne maltretira Popi – zahtevala je Rouz, upirući prstom prema mami. I dalje sam bila bez reči, najviše zato što mislim da je to prvi put da se moja sestra zauzela za mene.

– U pravu je, mama – složio se Endru. – Maltretiraš je, malo.

– Ne mogu da verujem! – vrisnula je mama. – Samo želim da se svidimo Denovim roditeljima, zbog Lili, a svi vi me optužujete da se ponašam kao neki siledžija sa igrališta! – Nakon što je to rekla, briznula je u plač i izašla, zalupivši kuhinjska vrata za sobom.

21.

Za ručkom je bilo izrazito napeto, što nije bilo iznenađujuće. Tata je davao sve od sebe da smiri mamu, ali ona je očigledno i dalje bila besna, budući da je u različitim trenucima preteće zurila u nas. Lili je u početku pokušala da popravi situaciju tako što je brbljala o venčanju, ali bilo je očigledno da je niko ne sluša, pa je ubrzo odustala. Deca su prepoznala kakvo raspoloženje vlada, i mudro su pognuli glave. Prošlo je dugo vremena otkad je mama tako poludela, i mislim da smo svi bili pomalo zatečeni. Veoma sam bila zahvalna Rouz i Endruu što su se zauzeli za mene, ali takođe sam se toliko navikla na mamino ponašanje prema meni da čak nisam ni shvatila da se ponašala gore nego što je bilo uobičajeno. Fredi, Sara i dve devojčice su pobegli u pravcu sobe za gledanje televizije čim su završili s jelom, očigledno i te kako željni da uteknu iz te tegobne atmosfere. To što ih niko nije opomenuo jer nisu pitali da se udalje od stola bio je znak koliko smo svi bili napeti.

– Ovo je bilo vrlo ukusno, draga. Hvala ti – pokušao je moj otac kad smo počeli da skupljamo tanjire, ali mama je samo frknula i nestala u pravcu dnevne sobe.

– Biće ona dobro. Samo joj dajte malo vremena da se smiri – rekao nam je, a zatim otišao za njom. Jadan tata: uradiće skoro sve kako bi živeo lak život i mislim da namerno bira da ignoriše mnogo toga što se dešava.

– Neću joj se izviniti. Bila je grozna prema tebi, i ako iko treba da se izvini, to je ona – rekla je prkosno Rouz kada je u kuhinji ostala samo naša generacija.

Ništa nisam odgovorila. I dalje pokušavam da se naviknem na ideju da Rouz staje na moju stranu umesto da me izda.

– Mislim da je tata u pravu – ubacio se Endru. – Daj joj vremena da se smiri. Den i njegovi roditelji dolaze kasnije, pa će tada ionako morati da se smeška i pravi se raspoložena. Probaću uskoro da porazgovaram s njom i sklopim primirje.

– Ja ću – ponudila se Zoi. – Imam prednost jer se nisam posvađala s njom danas. Stavi čajnik na ringlu i odneću joj šolju čaja i keks.

– Srećno – rekla sam joj. – Mislim da će ti trebati.

– Idemo li onda u supermarket? – upitala je Lili čim smo završile s pospremanjem.

– Ja idem – odgovorih. – Zar ne misliš da bi trebalo da ostaneš ovde i dočekaš Dena i njegove roditelje kada stignu? Nisam sigurna koliko ću se zadržati i ne želim da me pritiskaš da požurim. Sigurno ću nešto zaboraviti budeš li to radila.

– Oni dolaze tek kasnije popodne i sigurna sam da im neće smetati ako ne budem tu. Mnogo mi je važnije da provedem malo kvalitetnog vremena sa svojom sestrom.

– Dobro – uzdahnula sam. Uopšte nisam poverovala u tu budalaštinu o provođenju kvalitetnog vremena, ali očito je nešto želela i biće mnogo lakše ako joj popustim. Nisam imala snage za još jednu svađu danas.

– Jupi! – radosno je zapljeskala rukama. – Idem na brzinu do toaleta i da uzmem tašnu. Vidimo se ovde za pet minuta, važi?

Izgleda da se vreme popravljalo dok smo se kretale prema Njukeju. I dalje je padala kiša, ali nebo više nije bilo toliko tamno, a vetar se definitivno malo smirio. Na putu je bilo nekih impresivnih bara, pa sam se fokusirala na vožnju i nisam toliko pomno pratila Lilino trabunjanje.

– Misliš li da je trebalo da pitam Rouz da mi bude glavna deveruša umesto Ejmi? – upitala je, otprilike deset minuta nakon što smo krenule.

– Ejmi ti je najbolja prijateljica. Ne mislim da je Rouz očekivala da ćeš njoj to ponuditi.

– Da, verovatno si u pravu. To je poput žongliranja, trudim se da svi budu zadovoljni a da i dalje imam venčanje kakvo želim, ali nekad se pitam da li sam u svemu pogrešila.

– To je tvoj dan, Lili. Sigurna sam da svi razumeju da pokušavaš da ga učiniš najsavršenijim što je moguće.

Izgleda da joj nije trebalo više tešenja i ponovo sam prestala da je slušam kad je nastavila da brblja o kompleksnosti plana sedenja. Iako smo se Rouz i ja retko slagale u vezi s bilo čim, uvek smo se slagale u tome da ne podnosimo Ejmi. Ona je jedan od najvećih manipulatora koje sam ikada upoznala, na površini se ponaša odvratno sladunjavo, a iznutra je suludo obuzeta kontrolom. Iako smo zajedno deveruše, Rouz i ja smo pokušavale da imamo što manje dodira s njom, što, doduše, nije bilo lako jer nam uporno drži govore na *Votsap* grupi, koju je napravila kako bismo sve „bile u toku“. Nemam pojma zašto je mislila da je grupa neophodna, budući da nas nijednom nije pitala za mišljenje u vezi sa bilo čim. To je samo njoj bio način da nam diktira gde da budemo i kada. Drago mi je što dolazi danas i odseda u hotelu sa ostalim ulizicama. Lili jeste predložila da je pozove da odsedne kod nas cele nedelje, ali Rouz i ja smo uspele da je odgovorimo od toga, rekavši da mislimo da je bolje da provedemo malo vremena samo u krugu porodice. Ejmi se pravila da se slaže s tim, kad joj je Lili to rekla na sledećem sastanku deveruša, ali u očima joj se videlo da je bila i te kako ljuta što nije bila pozvana, što je meni pružilo mnogo više zadovoljstva nego što je trebalo.

Kada smo stigle do supermarketa, odlučila sam da ću napraviti neku vrstu vegeterijanske pite sa zamenom za mleveno meso i kupiti izbor pudinga. Mnogo će koštati, ali makar sam znala da će svi to jesti. Lili je gurala kolica dok sam ih ja punila svim stvarima koje su mi potrebne. Složile smo se da je danas vreme bilo toliko grozno da bi bilo lepo imati topao puding za posle večere, iako je leto, pa sam kupila i pite s jabukama i pavlakom, kao i veliki izbor čizkejka. Shvatila sam da se zapravo radujem kuvanju; osim činjenice da zaista uživam u tome, daće mi legitiman razlog da se sama krijem u kuhinji ostatak popodneva i da izbegnem dalje sukobe s majkom.

– Mogu li da ti postavim jedno pitanje? – počela je Lili kad smo izašle s parkinga i uputile se nazad.

– Kakvo pitanje? – odgovorila sam.

– Pitanje u vezi sa seksom.

Aha. Ovo je imala na umu. U redu je; mogu ja to. Posle Fredija i Sare, razgovor sa Lili će biti prost kao pasulj.

– Hajde – rekla sam.

– Stvar je u tome što, iako sam ja nevina, Den nije. Brinem se da neću biti dobra u tome i da će Den biti razočaran.

– Lili, jedini ljudi koji moraju da brinu o tome da budu „dobri" u seksu jesu oni koji se time profesionalno bave.

– Misliš, porno zvezde i kurve? – prekinula me je.

– Zovemo ih prostitutke – nastavila sam. – Za nas ostale je važno da komuniciramo, istražujemo i nađemo ono što nam se sviđa. To je dvosmerna ulica, znaš? Kao što ti moraš da naučiš šta se Denu sviđa, on mora da se potrudi da zadovolji tebe. To je jedan od razloga zašto je seks u ozbiljnim, dugim vezama često više zadovoljavajući nego seks s nekim nepoznatim na jedno veče. Postaje bolje što više saznajete jedno o drugom.

– Hoće li boleti, prvi put?

– Možda će biti malo neprijatno, ali mala je verovatnoća. Nemaš poteškoća sa stavljanjem tampona, zar ne?

– Ne.

– Onda će verovatno biti dobro. Nije loša ideja imati malo lubrikanta kako bi pomoglo i čaša vina ili dve ne može da škodi. Samo nemoj da se napiješ pre toga. Koliko god Den bio uzbuđen zbog toga što će te prvi put videti golu, mislim da neće biti naročito korisno ako se budeš teturala i povraćala.

Krajičkom oka sam primetila da je Lili porumenela. Nisam rekla ništa naročito šokantno, pa sam bila pomalo zbunjena.

– Jesi li dobro? – upitala sam.

– Da. Pa, moram nešto da priznam.

– Reci.

– Den me je već video golu. Iako nismo vodili ljubav, bilo je puno... – Ućutala je, postavši potpuno crvena.

– Puno čega? – Sada sam bila iskreno radoznala.

– Znaš. Prstića u podrumu – promrmljala je.

Znala sam da je to ozbiljan razgovor, ali prasnula sam u smeh.

– Zaboga, Lili. Molim te, nemoj nikada više da upotrebiš tu frazu! Zvučiš kao neko iz vremena Drugog svetskog rata!

– Kako bi ti onda to nazvala?

– Vatanjem ili dolaskom do treće baze, ako si Amerikanac. Predigra je tačan izraz.

– U redu. Da, imali smo puno predigre.

– To je super. Slušaj, ljudi – pogotovo muškarci – često seksom smatraju samo penetraciju. Razumeš i zašto; većini njih je to najbolji deo. Ali fokusiranje na penetraciju po cenu predigre je kao užina umesto pravog obroka. Smem li da pitam da li je ta predigra za tebe bila zadovoljavajuća?

Sada je bila potpuno crvena, ali klimnula je glavom i stidljivo se nasmešila.

– Onda razmišljaj o tome ovako – rekla sam. – Izgradila si odličnu osnovu za seksualni život koji će te ispunjavati. Važno je o penetraciji razmišljati kao o dodatku na ono što već imate, i nemoj dozvoliti Denu da se ulenji i da to smatra zamenom. Da, nekada nećete imati vremena za obrok od tri jela i biće vam potrebna užina kako biste nastavili, ali nemoj dozvoliti da to postanu samo obroci, važi?

– Hvala – promrmljala je. – Puno sam razmišljala o tome i znala sam da ćeš ti moći da mi pomogneš.

– Nema problema. Ali, Lili?

– Da?

– Ako te ikada ponovo čujem da kažeš „prstići u podrumu", poslaću te u manastir, važi?

Obe smo se nasmejale, i bilo mi je lakše jer se ponovo opustila.

– Razmišljala sam o tvom instruktoru surfovanja – nastavila je nekoliko minuta kasnije.

– Šta s njim?

– Pa, ne može da dođe na prijem jer bi to potpuno poremetilo plan sedenja i rekli smo hotelu koliko ljudi dolazi, ali možeš da ga pozoveš na proslavu kasnije, ako želiš.

– To je divna ideja, hvala ti. Pitaću ga.

Ne znam da li će Sem doći, ali sviđala mi se ta ideja. Pored činjenice da neću morati da sedim kao višak, trudeći se da izbegnem Stjuartovo nabacivanje, biće to još jedna noć koju ćemo moći da provedemo zajedno pre nego što odem. Bila sam toliko zauzeta zamišljanjem plesanja s njim, udisanja njegovog losiona posle brijanja i onda sporog skidanja odeće s njega da sam umalo promašila skretanje prema kući. Pod izgovorom da će biti lakše uneti kese, ponovo sam se poslužila ključem od kuhinjskih vrata, ali takođe mi je bilo lakše i što sam izbegla dramu koja se odvijala, kakva god bila. Lili mi je pomogla da ispraznim kese i onda otišla da pronađe ostale, ostavivši me samu u kuhinji. Bilo mi je potrebno malo vremena da shvatim kako da preko blututa povežem telefon na zvučnik, koji je stajao na jednom od stolova, ali uspela sam, izabravši plejlistu pop hitova uz koju mogu da plešem dok kuvam.

Kuvanje me je uvek opuštalo i pevala sam uz plejlistu dok sam gulila i sekla crni luk. Nož je bio tup, kao što je najčešće većina pribora u kućama za iznajmljivanje, i nisam imala čime da ga naoštrim, pa sam morala potpuno da se fokusiram na seckanje kako mi ne bi skliznuo i povredio me. Kada sam završila sa crnim lukom i obrisala suze (nekoliko njih je bilo stvarno jako), prešla sam na šargarepe, celer i pečurke. Ogulila sam krompir, isekla ga na komade i stavila ga u šerpu, prelivši ga vodom i dobro ga posolivši. Setila sam se kako je Rouz bila zgrožena količinom soli koju sam stavila u vodu kada sam jednom kuvala kod kuće, i morala sam strpljivo da joj objasnim kako većina soli ostane u vodi i da samo mali deo uđe u povrće. Bila je ubeđena da sam pokušavala da je otrujem, i nasmešila sam se zbog te uspomene. Iako je bilo puno trenutaka kada sam poželela da je otrujem, nešto se ove nedelje definitivno promenilo. Nikada se ranije nije suočila s mamom zbog mene, i mada je i dalje samo pokušavala da se iskupi zbog komentara o Hidžej debaklu od one prve večeri, nadala sam se da je u pitanju nešto dublje od toga. Neću se još potpuno opustiti, ali bilo je razloga za optimizam.

Uključila sam ringlu ispod krompira i sipala malo ulja u drugu šerpu, dodavši luk i drugo iseckano povrće kada se dovoljno ugrejala. Kada je sve povrće omekšalo, dodala sam beli luk, malo čilija i sušenog bilja, uživajući u aromama koje su se dizale prema meni. Dodavala sam paradajz, veselo vrteći zadnjicom u ritmu muzike, kada sam shvatila da više nisam bila sama.

– Mogu li da popričam s tobom, kad budeš imala vremena? – pitala je mama.

Tek tako, moj mali mehur radosti je pukao. Šta li sam sada uradila?

22.

– Radim nešto trenutno – rekla sam. Bila sam besna što je upala u moje malo utočište, i sigurno neću sve ostaviti kako bi mi očitala bukvicu zbog nečega, šta god da sam sada skrivila. – Naći ću te kad završim sa ovim, važi?

– U redu je, sačekaću – odgovorila je i sela za sto.

Pokušala sam da ne razmišljam o njoj tako što sam dodala vegeterijansko mleveno meso i nekoliko kocki povrća u šerpu, ali i te kako sam bila svesna toga da moja majka sedi u kuhinji. To me je uznemiravalo. Bila sam rastrzana. Deo mene je želeo da je natera da čeka što duže, kako bih joj pokazala da je se ne plašim, ali ostatak je želeo da završi s tom svađom koja se spremala kako bih mogla da se vratim kuvanju i ponovo budem sama. Na kraju sam izabrala nešto po sredini. Kada je krompir omekšao i bio spreman za gnječenje, a meso i povrće se takođe skuvali, isključila sam šporet i okrenula se prema njoj.

– Želiš li šolju čaja? – upitala sam. Makar ću početi na civilizovan način, iako sam sigurna da ona neće.

– Hvala. To bi bilo divno.

Ništa više nije rekla dok nisam spustila dve šolje čaja na sto i sela prekoputa nje.

– Popi, izgleda da sam bila pomalo gruba prema tebi, i želela bih da se izvinim – počela je. – Razmislila sam o onome što je Rouz rekla i slažem se da je možda u pravu. Pored toga, Zoi mi kaže da si, prema njenim rečima, ispala prava zvezda jer si pomogla Sari da se izbori s problemima. Nije ulazila u detalje, ali izgleda da je tebi uspela da se poveri u vezi s nekim stvarima koje nikako nije mogla da podeli sa svojom majkom. Čak te je i Rouz pohvalila, rekavši mi da si obavila veoma koristan razgovor sa Olivijom.

Šta god da sam očekivala, to sigurno nije bilo ovo. Bilo mi je teško da ne dozvolim da širom otvorim usta od šoka. Pokušavala sam da smislim šta bih mogla da kažem, ali bila sam toliko iznenađena da sam samo sedela tu, zureći u nju.

– Nemoj pogrešno da me shvatiš, i dalje imam problem sa onim čime se baviš, ali pretpostavljam da pokušavam da kažem da postoje aspekti tog posla koji su... – zaustavila se kako bi razmislila o tome koju reč je želela da upotrebi – korisni.

Shvatila sam da je to bilo sad ili nikad. Otvorila se, ali otvor je toliko mali i znala sam da će se ponovo zatvoriti čim se ovaj razgovor završi.

– Mama – pitala sam – šta ti se tačno toliko ne dopada u vezi s mojim poslom?

Meškoljila se čitavu večnost pre nego što je odgovorila. Videla sam kako joj se nekoliko puta usne miču, kao da se sprema da progovori, ali onda se očigledno predomislila. Doduše, morala sam ovo da čujem, pa sam sedela i strpljivo čekala, trudeći se da delujem mirno dok sam pila čaj.

– Pa... – počela je, a zatim se ponovo zaustavila.

– Da? – podsticala sam je.

Nastala je još jedna duga tišina. Bilo joj je veoma neprijatno i davala sam sve od sebe da ne uživam u tome što je uznemirena.

– U redu – rekla je posle nekog vremena. – Prosto ne razumem kakva bi to osoba želela da obavlja posao gledanja drugih ljudi kako upražnjavaju seks. Tako nešto treba da se radi u privatnosti, između muža i žene. Možda ćeš reći da sam suviše staromodna, i možda jesam, ali prosto se tako osećam. Eto, rekla sam.

Zahvalila sam se Gospodu na tome što mi usta nisu bila puna čaja, budući da sam bila sigurna da bih ga ispljunula po celom stolu.

– Zašto bi, zaboga, pomislila da ja gledam ljude kako upražnjavaju seks? – odgovorila sam, zabezeknuta.

– Time se baviš, zar ne? Posmatraš ih i daješ im savete kako da ga poboljšaju. – Nisam znala da li da se nasmejem ili da zaplačem. Nisam mogla da verujem da me svih ovih godina kritikuje na osnovu potpuno pogrešne pretpostavke, i osetila sam nalet frustracije i ozlojeđenosti. Mada je takođe, na izvestan način, to bilo i komično.

– Odakle si, zaboga, dobila tu ideju? Kako bi to uopšte funkcionisalo? – nepoverljivo sam upitala. – Čekaj. Ti misliš da ljudi koji imaju poteškoće u svom seksualnom životu dođu kod mene, ja ih nateram da mi demonstriraju šta rade, i onda im kažem u čemu greše, jel' tako?

– Da. – Imala je odbramben stav, ali joj se u glasu sada takođe začula i nesigurnost.

– To je nešto najsmešnije što sam ikada čula! – viknula sam. – Koja bi se normalna osoba skinula i imala seks pred potpunim strancem, pogotovo onim koji bi ga procenjivao? To bi garantovano uništilo želju za seksom, rekla bih.

– Neki ljudi to rade – mama je uzvratila. – Moja prijateljica Brenda mi je pričala o ljudima koji se nalaze na parkinzima i raznim mestima kako bi gledali jedni druge.

– Mama, to je *doging*, i to je stvarno specifična aktivnost koju upražnjava vrlo mali broj ljudi. Imam punu knjigu klijenata, pet dana nedeljno. Većina njih uopšte ne bi mogla da ima seks dok ih neko gleda. Ja sam profesionalni terapeut, ne prokleti voajer! Zaboga, zašto se nikada nisi potrudila da me pitaš šta zapravo radim, umesto što si nešto isfantazirala i onda me krivila jer ne odobravaš neku potpuno apsurdnu viziju koju si izmislila?

Makar je imala obraza da izgleda pomalo postiđeno.

– Pa, šta onda radiš? – pitala je nakon neugodne pauze.

– Postavljam pitanja; slušam odgovore; pomažem svojim klijentima da dođu do srži problema koji imaju, kakav god on bio, kako bi mogli da ga reše. Seks je prelepa stvar kada je to intiman čin, ali isuviše često postane nešto što ljudi rade kako bi zauzvrat dobili nešto drugo, ili neko kažnjava svog partnera tako što mu ga uskraćuje. Nekada se koristi kao lepak koji drži vezu kada se sve drugo raspada. Seks je poput dinamita; neverovatno je moćan i veoma destruktivan ako se koristi na pogrešan način. Vrlo često problem zapravo nema veze sa samim seksom; samo se manifestuje u seksu. Može da bude problem u ozlojeđenosti, frustriranosti, odsustvu komunikacije, čemu god. Ja sam poput bilo kog terapeuta koji pomaže pacijentima da shvate šta se zapravo dešava, kako bi mogli to da poprave. To je samo pričanje, mama. Niko ne skida odeću.

– Oh – rekla je, očigledno iznenađena. – Bila sam pomalo zbunjena zbog toga što se Anita nije šokirala kada si joj rekla čime se baviš, pogotovo zato što je ona pobožna i sve to. Sada to ima više smisla.

– Ne mogu da verujem da si to mislila o meni svih ovih godina. Nije ni čudo što ti se nije sviđao moj posao!

– Pa, jesi bila nezdravo zainteresovana za to od malih nogu. Sve one stvari koje smo pronašli ispod tvog kreveta...

– Istraživala sam, mama! Nije bilo pornića ili slika golih muškaraca. To su samo bili članci koje sam pronašla na internetu.

– Ma daj! – odgovorila je i delovalo je kao da se ponovo pribrala. – Tvoj otac mi je pročitao deo jednog članka i bio je, oh, pa, o stvarima koje devojke ne bi trebalo da rade sebi. Bili smo zgroženi.

– Jel' govoriš o masturbiranju?

– Nema potrebe da budeš prosta, Popi.

– Nisam prosta. To je naziv za to. Da sam prosta rekla bih „drkanje“. – Ustuknula je kada je čula tu reč, ali nisam se pokajala što sam je izgovorila. Morala sam da se rešim godina nezasluženog kritikovanja. Rado bih joj rekla nekoliko izraza u slengu za druge stvari vezane za seks, ali uspela sam da zadržim jezik za zubima. Ovo je bio najiskreniji razgovor koji smo vodile posle mnogo godina, i nisam želela da ga uništim.

– Kako god to nazivala, nije normalno i svakako nije nešto o čemu bi četrnaestogodišnja devojčica trebalo da čita ili to da radi.

– Uopšte se ne slažem s tobom. Za razliku od onoga što si ti naučena da veruješ, masturbiranje je potpuno zdravo i normalno za oba pola. To je zapravo najsigurniji način oslobađanja od seksualne napetosti. Pored toga, odbijanje razgovora o tinejdžerskoj seksualnosti može samo dovesti do nevolje. Pogledaj Saru. Njeno telo se menja i razvija velikom brzinom, kao i Fredijevo. Ako nemaju prave informacije koje će im pomoći da razumeju kako se osećaju, ili ako misle da ne mogu da pričaju ni sa kim o tome, potencijal za katastrofu je ogroman. Na primer, kako bi se osećala ako bi Sara zatrudnela jer joj je neki dečak rekao da neće zatrudneti ako budu imali seks stojeći, a ona nije imala nikoga kome bi mogla da se obrati i ko bi joj rekao da je to samo mit?

– Ne bi trebalo da ima seks u tim godinama.

– Ali ljudi tih godina ga *imaju*, mama. To je realnost. Ako odbijamo da otvoreno razgovaramo s njima o tome, kome će se oni obratiti da bi dobili informacije koje su im potrebne kako bi donosili dobre odluke?

– Uče o tome u školi sada, zar ne?

– Ne uče, ne zapravo. Uče ih o kontracepciji, ali ne o tome šta da rade i šta je normalno. Tinejdžeri sve više obrazovanje o seksu stiču iz pornića na internetu, a to stvara razne probleme u vezi sa slikom o svom telu, pored toga što normalizuje neke poprilično brutalne stvari u seksu. Zastrašujuće je, i već vidim rezultate toga u svojoj ordinaciji. Moramo da razgovaramo s mladima o tim stvarima, da ih naučimo šta čini zdrav seksualni odnos i kako izgleda normalno telo. Imaš li ideju koliko se mladih žena okreće plastičnoj hirurgiji kako bi izmenile svoje potpuno normalne genitalije zato što nisu iste kao slike koje vide na ekranu? Želiš li to za Saru? Postoji otrovna bujica pogrešnih informacija, i ako im mi ne kažemo, ko će?

Bila sam svesna da mi srce tuče u grudima. Delom zato što sam zaista osećala strast prema ovim stvarima, ali takođe i zato što mi je bilo potrebno da mama razume zašto mi je to toliko važno. Ako uspe da razume, makar malo, biće to ogroman korak napred. Takođe sam bila i besna, da budem potpuno iskrena, ali ko bi mogao da me krivi zbog toga?

– Mi nikada nismo pričali o tome, i bili smo dobro – odgovorila je mama nakon još jedne pauze. Ton joj je malo omekšao i mislim da smo zaista bile na putu da prevaziđemo ćorsokak koji je toliko dugo postojao između nas.

– Ali vi niste imali porniće na internetu u vaše vreme, zar ne?

– Ne, to je tačno – složila se nakon što je neko vreme razmišljala. – Pored toga, tvoja baka Džin je bila toliko stroga da je mislila da je držati dečaka za ruku bilo isto kao pružiti mu nevinost na tacni. – Nasmešila se, prisećajući se nečega.

– O čemu razmišljaš?

– Jednom, pre nego što smo se tvoj otac i ja venčali, odbacio me je do kuće nakon odlaska u bioskop. Bilo je kasno i mislili smo da je ona u krevetu, pa smo rizikovali s malo ljubljenja ispred vrata.

– Šta se desilo?

– Pa, ljubili smo se, ništa više od toga, i odjednom smo bili mokri do gole kože. Videla nas je i prosula je kofu hladne vode na nas s prozora svoje sobe. Nedeljama posle toga nije mi bilo dozvoljeno da izađem napolje. Vama devojkama je bilo lako u poređenju sa onim kako je meni bilo, da vam kažem.

– Nisam sigurna da bih to opisala kao lako. Drugačije, svakako. Možda baka Džin jeste bila pomalo psihopata, ali nije bilo istih vrsta pritiska, zar ne? U tvoje vreme je bilo normalno čekati brak kako biste imali seks.

– Sada ti pričaš gluposti – opomenula me je, ali u tonu joj nije bilo uobičajene okrutnosti. – Bile su to šezdesete i sedamdesete. Slobodna ljubav i sve to. Svi su to radili.

– Nisam o tome razmišljala. Moram priznati, ne mogu da te zamislim kao hipija.

– Oh, nisam bila. Baka Džin bi poludela, zamisli to. Ne, bila sam dobra devojka koja se skromno oblačila, radila onako kako joj se kaže i udala se za pristojnog čoveka s dvadeset godina.

– Neverovatno je, zar ne? – razmišljala sam. – Lili je praktično premlada za udaju prema današnjim standardima, a tri godine je starija od tebe kada si se udala.

– Ne kajem se zbog toga. Nije bilo opcija za karijeru koje vi sada imate, pa je izbor bio ili udati se, ili ići na koledž za sekretarice. Mislim da sam dobro izabrala.

Naš neverovatan razgovor bio je prekinut kad su zvuci iz hodnika ukazali na to da su stigli Den i njegovi roditelji. Mama je ustala kako bi otišla da se pozdravi, ali se zaustavila kada sam joj dotakla ruku.

– Mama, hvala ti na ovom razgovoru – rekla sam.

– Hvala tebi, Popi, i stvarno mi je žao, i zbog toga što sam bila pregruba prema tebi i zbog toga što sam pravila pretpostavke o tvom poslu umesto što sam te pitala. Dala si mi mnogo stvari za razmišljanje. A sada dođi i zagrli svoju staru mamu pre nego što odem da se pozdravim sa Anitom i Ričardom.

Prošlo je dugo vremena otkad smo ispoljile jedna prema drugoj bilo kakav fizički znak ljubavi, i obema nam je bilo pomalo neugodno, ali svejedno je bilo lepo. Zaista se nadam da smo stvarno okrenule novi list, i da ovo nije privremeno primirje pre nego što se neprijateljstvo nastavi; ovo mora da je bio najduži razgovor posle mnogo godina koji se nije završio tako što je jedna od nas ljutito otišla.

– Planiraš li da večeras ponovo prespavaš kod svog prijatelja surfera? – upitala je kada me je pustila, i osetila sam da ponovo postajem napeta.

– Da – odgovorila sam, spremna za neizbežan napad.

– Dobro. Znam da si odrasla osoba i da znaš mnogo više o svim tim stvarima od mene, ali ne bih bila naročito dobra majka kada ti ne bih rekla da budeš oprezna, zar ne?

– Znam. Jesam oprezna, mama, časna reč.

– Dobro. Lepo se provedi – rekla je, ostavivši me širom otvorenih usta kada je izašla u hodnik.

23.

– Kako ti je prošla večera? – upitao je Sem kad nam je oboma sipao po čašu vina i seo na sofu pored mene.

– Mislim da je dobro. Svi su hvalili hranu i sve su pojeli, pa ću to smatrati uspehom.

Neću dosađivati Semu porodičnim odnosima, ali bila je to pomalo nestvarna večera. Majka mi nije upućivala mrke poglede, kao što je inače radila, i uspela sam da održim ceo razgovor sa Stjuartom a da mi se ne nabacuje, mada pretpostavljam da je to zato što mu se i dalje sviđa Džesi. Svakako je delovao pomalo uznemireno kad sam mu rekla da je otišla kući. Čak su i Rouz i Stiv bili raspoloženi, pa smo bili gotovo normalna porodica kakvom je moja majka očajnički želela da nas predstavi.

– Moja sestra, ona koja se udaje, pitala me je da li želim da te povedem na slavlje posle venčanja. Jel' bi želeo da dođeš? – pitala sam.

– Nisam siguran – odgovorio je nakon nekoliko sekundi razmišljanja. – Ne želim da smetam.

– Ne bi smetao! – glasno sam rekla. – Spasavao bi me od nabacivanja brata mog budućeg zeta, plesao bi sa mnom i generalno bi se lepo provodio. Takođe ćeš mi, nadam se, praviti društvo preko noći. – Gladila sam mu butinu dok sam ovo govorila, u slučaju da nije siguran na šta sam mislila.

Široko se osmehnuo. – Pa, kad tako kažeš, kako bih mogao da odbijem? Doduše, moram da te upozorim da nisam neki plesač.

– Mislim da to nije važno. Dogod ustaneš i malo se njišeš možeš reći da si plesao.

– Pa, mogu malo da se njišem – nasmejao se.

– Eto. A već znamo da umeš i ovo ostalo, pa će biti dobro.

– Nisam baš siguran – odgovorio je, a zatim se nagnuo kako bi spustio usne na moje. – Prošlo je dugo vremena, pa bi mi verovatno dobro došlo malo vežbe.

– Sasvim ti dobro ide – rekla sam mu dok sam mu sedala u krilo, obujmivši mu lice rukama i snažno ga poljubivši. – Ali, slažem se – rekla sam kada smo se nakratko zaustavili kako bismo uzeli vazduh. – Nikad nije dosta vežbanja.

Sledećeg jutra sam se upravo približavala najboljem delu iznenađujuće divljeg sna kada me je Sem nežno prodrmao kako bi me probudio.

– Koliko je sati? – upitala sam dok je spuštao šolju vrele kafe na stočić pored kreveta.

– Šest – odgovorio je. – Oluja je prošla i prelep je dan. Mislim da ćeš danas uspeti da ustaneš.

Trebao mi je minut da shvatim da priča o surfovanju. Moj san i činjenica da je nosio uzan donji veš usmerili su mi misli prema nečemu drugom.

– Mogli bismo to da uradimo – promrmljala sam, uhvativši ga za ruku i povukavši ga dole prema sebi – ili bismo mogli da ostanemo ovde i radimo nešto drugo.

– Ili bismo mogli – odgovorio je, smešeći se i nežno se odmakavši – da odemo na surfovanje i onda se vratimo ovde da isperemo pesak i so. Znaš, stvarno se svuda uvuče. Verovatno ću morati da ti pomognem da sve ispereš.

– Hoćeš li? – široko sam se nasmešila. – U tom slučaju, dogovoreno. Dozvoli mi da popijem ovu kafu koja predivno miriše, da obučem kupaći kostim, i onda sam tvoja.

Kada smo izašli na svetlost ranog jutra, noseći naše daske za surfovanje, poželela sam da nekako zaustavim vreme i sačuvam ovaj savršen trenutak. Iako je kasnije devojačka žurka, što znači da ću morati da budem u Ejminom društvu mnogo duže nego što bih želela, u ovom trenutku sam se osećala potpuno srećno, s toplotom sunca na licu, Semom pored sebe i u iščekivanju njegovih ruku na mom telu. Trudila sam se da ne zavaravam sebe da će ovo potrajati i posle odmora – znam da će biti grozno kad budem morala da se oprostim s njim u subotu ujutru – ali sada ništa od toga nije bilo važno. Želela sam da zabeležim kako se osećam kako bih mogla to da puštam sebi sledeće nedelje, kada budem kod kuće ponovo živela svoj uobičajen život.

Osetila sam olakšanje kad sam videla da su talasi ponovo bili prihvatljive veličine, a Sem mi je pažljivo i strpljivo pokazivao kako da se sigurno poravnam po sredini daske i gde da postavim stopala. Nekoliko puta sam pala, ali češće bih se setila da zatvorim usta i zapušim nos dok padam, pa nisam progutala nimalo morske vode. Pred kraj sesije sam zapravo nekoliko puta uspela da ustanem i, mada mislim da nikada neću surfovati kao Sem, zaista sam osećala ogromno uzbuđenje i zadovoljstvo uspehom.

– Dosta je za danas. Vreme je za tuširanje i doručak – objavio je nakon što je proverio sat i osetila sam drugačije leptiriće u stomaku. Posle godina gladovanja za seksom, moje telo je očigledno želelo da nadoknadi izgubljeno vreme što je više moguće. Ovo je, zajedno s mojim uzbuđenjem jer sam konačno uspela da ustanem i surfujem na talasu, značilo da sam, samo što smo ušli i skinuli mokra odela, spustila svoja usta na njegova.

– Veoma si bezobrazna[3] – nasmejao se.

– Nisi ni ti loš – odgovorila sam.

– Ne, stvarno si slana. Imaš ukus soli. Hajde, idemo pod tuš.

Nije morao dvaput da mi kaže, i posle dugog zajedničkog tuširanja vratili smo se u spavaću sobu za glavni događaj.

– Inače nisam ovakav – Sem mi je kasnije rekao. – Iz nekog razloga, prosto ne mogu da te se zasitim.

– Ovo nije baš uobičajeno ni za mene – odgovorila sam. – Ali znam na šta misliš. – Dok sam ga gledala, osetila sam nalet tuge. Znam da je nerealistično očekivati da će ono što imamo preći i u stvaran svet, ali zar ne bi bilo dobro kada bi? Logični deo mog

---

[3] Igra reči, na engl. *salty* znači slan ali i bezobrazan u žargonu. (Prim. prev.)

mozga odlučno me je ubeđivao da se manem te fantazije, da veze na daljinu ne uspevaju i da putovanje od Kenta do Svindona, ili gde god odluči da se preseli u Zapadnom okrugu, nije naročito praktično. Nažalost, ostatak mozga već je razmišljao o rasporedu kako i kada bismo uspeli da nastavimo da se viđamo.

Problem je u tome što mislim da se zaljubljujem u njega, a to nikada nije trebalo da bude deo ove jednačine. Sranje. Frojdovoj bakici na tavanu sviđala se neugodnost koju sam osećala, tabanala je okolo govoreći kako mi je lepo rekla da će se ovo desiti i da je trebalo od početka da je slušam. Doduše, gorili u podrumu se ništa od toga nije dopadalo. Želela je što više Sema dok god može da ga ima.

– Želiš li nešto da doručkuješ pre nego što počnem s poslom? – pitao je Sem, prekinuvši me u razmišljanju.

– Rado, hvala – odgovorila sam, nežno ga poljubivši pre nego što sam nevoljko ustala iz kreveta i počela da se oblačim. Proverila sam sat i shvatila da je već deset sati. Volela bih da znam kako Sem opravdava svoje radno vreme svojoj firmi. Ja sam navikla na veoma jasno definisan radni dan.

– Kad treba da počneš s poslom? – pitala sam ga kada sam mu se pridružila u kuhinji.

– Vrlo je fleksibilno. Ako sam spreman na to da radim do kasno uveče, onda mogu da počnem kasnije ujutru. Slično tome, ako počnem rano, mogu ranije da završim. Zašto pitaš?

– Samo sam radoznala. Mislim da sam radila od devet do šest svakog dana otkad sam stekla kvalifikaciju za terapiju, pa mi je strana ideja o ovako kasnom počinjanju.

– Dok god obavljam posao i pojavljujem se na sastancima, mislim da moje šefove nije naročito briga za radno vreme. Izvoli – rekao je, pruživši mi svežu kafu i parče tosta s malo šunke i nekoliko poširanih jaja.

– Hvala. Mislim da će mi trebati ovo danas. Danas je devojačko veče, što znači da ću celo popodne i veče biti zaglavljena s Lilinom prijateljicom Ejmi. Ručaćemo u spa centru hotela u kome će biti venčanje, pa ćemo verovatno jesti samo nekoliko listova zelene salate i čašu soka od kelja.

– Mhm. Zvuči primamljivo – prokomentarisao je Sem kad smo počeli da jedemo. – Hoćeš li doći posle toga?

– Nisam sigurna dokad će to trajati.

– Dokle god. Biću budan.

Prekinuo nas je Semov telefon, koji je počeo da zvoni.

– To je tvoj šef, koji želi da zna zašto nisi za svojim radnim stolom – nasmešila sam se.

– Teško – odgovorio je. – Ovo mi je lični telefon, ne poslovni. – Podigao ga je i pogledao u ekran. – To je Luiza, Džesina mama. Bolje bi bilo da se javim.

Javio se i odmah sam znala da nešto nije bilo u redu. Mogla sam da čujem Luizin glas i, iako je ne poznajem i ne mogu da razaznam tačne reči, bilo mi je jasno da je veoma uznemirena.

– Uspori malo – rekao je mirno Sem. – Reci mi šta su tačno rekli.

Ponovo je pričala iznervirano, i primetila sam da je on prebledeo.

– Gde su je odveli? – upitao je i shvatila sam da je miran ton nestao, a zamenila ga je doza panike.

– U redu – nastavio je. – Krećem. Vidimo se tamo.

– Šta je bilo? Šta se desilo? – pitala sam kada je spustio telefon.

Iznenađeno me je pogledao, kao da je zaboravio da sam tu. Iskra u očima mu je nestala, a njegova prelepa usta su se iskrivila.

– Džesi je – rekao je. – Doživela je saobraćajnu nesreću i odveli su je u bolnicu. Moram da idem.

– O, bože. Tako mi je žao, Seme. Jel' dobro?

– Ne znam. Policija je došla kod Luize. Zvuči ozbiljno. – Trudio se to da sakrije, ali odjednom sam shvatila da je očajnički želeo da odem kako bi mogao da krene.

– Otići ću kako bi mogao da se spakuješ – rekla sam i ustala.

– Hvala – odgovorio je, ali topline mu je nestala iz glasa i bilo mi je jasno da me više nije primećivao. Uzela sam svoje stvari najbrže što sam mogla i onda ga obujmila rukama kako bih ga zagrlila na brzinu. Nije bilo ničega seksualnog u tom zagrljaju; prosto sam želela da ga utešim i ohrabrim.

– Stvarno se nadam da je dobro. Pozdravi je od mene kad je vidiš – rekla sam kad sam ga pustila.

– Hoću – odgovorio je. – Nadam se da nije toliko loše koliko zvuči i brzo ću se vratiti. Slušaj, u vezi s venčanjem...

– Ne brini za to. Potreban si Džesi. Ništa drugo sada nije važno.

– I dalje bih želeo da dođem.

– Videćemo, a? Idi i radi ono što moraš. Ne brini za mene.

Nakon što sam to rekla, pustila sam ga, zgrabila svoje stvari i izašla na vrata. Misli su mi letele dok sam se vraćala kući. Najviše sam razmišljala o tome kako se Sem osećao. Naravno, nisam imala nimalo iskustva u roditeljstvu, ali Džesi mi se zaista svidela, i na pomisao da joj se nešto desilo zadrhtala sam od straha. Koliko li je to gore za roditelje, koji te znaju i vole od rođenja? Koliko god se trudim da budem saosećajna, bila sam tužna zbog sebe. Ako je Džesino stanje zaista ozbiljno koliko zvuči, nije bilo šanse da se Sem vrati za venčanje. Skoro pa sam stigla do kuće kad me je udarilo puno značenje te situacije.

Ako se Sem ne vrati na vreme za venčanje, verovatno ga nikada više neću videti.

24.

Moje loše raspoloženje se još više pogoršalo kada sam ušla u kuću. Ejmi je bila u kuhinji, razgovarala je s mojom majkom. Samo mi je to još trebalo.

– Zdravo, Popi. Jesi li lepo provela veče? – upitala je mama.

– Da, hvala – odgovorila sam. – Ali Sem je primio neke loše vesti jutros i morao je da požuri kući.

– O ne – saosećajno je rekla i zvučala je kao da stvarno to misli, što me je iznenadilo. – Šta se desilo?

– Njegova ćerka Džesi doživela je saobraćajnu nesreću. Odvezena je u bolnicu.

– Jel' to ona vesela devojka koja se toliko svidela Denovom bratu?

– Jeste.

– Ovo zvuči kao *fascinantna* priča – prekinula nas je Ejmi svojim iritantnim radosnim glasom. – Ko je Džesi, i još važnije, ko je Sem?

Upravo sam htela da kažem Ejmi kako divna mlada žena u bolnici ne čini fascinantnu priču i da je se ne tiče ostatak, kad se mama, srećom, umešala.

– Sem je mladić koji uči Popi da surfuje i s kojim je izgradila nekakav odnos. Džesi je njegova ćerka – rekla joj je.

Gotovo da sam mogla da čujem kako rade točkići u Ejminoj glavi. Ona se zakači za bilo šta što smatra da bi moglo biti sočno ili vredno tračarenja s preciznošću projektila za traženje toplote i ne zaustavlja se dok ne sazna svaki detalj. Zaista je bila neprijatno stvorenje i nisam bila raspoložena da joj budem sledeća meta.

– Idem da se presvučem – rekla sam mami. – Kada krećemo?

– Tačno u dvanaest, sećaš se? – Ejmi je rekla. – Nije kao da ti nisam poslala *nekoliko* podsetnika na *Votsap*, Popi. – Okrenula se prema mojoj majci i uzdahnula. – Nekad pomislim da sam ja jedina koja ozbiljno shvata ovo venčanje, osim Lili, naravno.

Već sam poželela da je ošamarim. Kako li ću, zaboga, ovo da trpim ostatak dana?

Mama je takođe iskoristila priliku za beg i pratila me je prema vratima; mislim da joj se Ejmi nimalo ne dopada, kao ni meni. Upravo sam se spremala da uhvatim kvaku, očajnički želeći da pobegnem u utočište svoje sobe, kad su se vrata širom otvorila i ušla je Rouz, ozbiljnog izraza na licu. Primetila sam bes u njenim očima kad je prošla pored mene i mame bez reči; svako ko je dobro poznaje zna da treba i te kako da je se kloni kada je ovako raspoložena. Međutim, Ejmi je ne poznaje dobro.

– Rouz! – uzviknula je, kao da su stare prijateljice. – *Tako* je lepo videti te. Jesi li uzbuđena zbog ovog danas?

– Ne – odgovorila je Rouz, a potom uzela čajnik i počela da ga puni vodom.

Ejmi je delovala pokolebano, ali nije uočila znakove upozorenja i nastavila je.

– Zamalo sam nasela! Zamalo sam se uvredila i rekla koliko sam se potrudila oko ovoga, ali onda sam shvatila da se šališ.

Rouz je glasno spustila čajnik na ringlu, a onda ju je uključila i polako se okrenula prema Ejmi. Mama je nestala, ali ja sam ostala gde sam bila. Bilo je poput gledanja onih dokumentaraca o prirodi, u kom je Ejmi bila gazela koja nije primetila lava koji se krio u travi.

– Slušaj – grubo je rekla Rouz. – Znam da u tvojoj praznoj maloj glavi nema prostora ni za šta drugo osim za ovo venčanje, ali mi ostali imamo stvarne živote s kojima moramo da se nosimo. Moj život je trenutno sranje, iz razloga koje ne nameravam da podelim s tobom, i zaista mi nisu potrebne nikakve gluposti koje si isplanirala za danas, jasno? Dakle, ne, ne radujem se tome, i napraviću sebi šolju kafe i pokušaću da uživam u nekoliko minuta mira pre nego što budem morala da se pretvaram da me je iole briga za makrame, ili šta god da se radi danas.

– Znaš šta radimo! – Ejmi je zakukala, a glas joj je sada zvučao mrzovoljno. – Poslala sam ti ceo raspored na *Votsap* grupu.

– Nisam ga pročitala. Nisam pročitala većinu onoga što si posla-
la. A sada, učini mi uslugu i jebeno mi se skloni sa očiju, hoćeš li?

Ovo je bilo prešlo granicu i Ejmi je briznula u plač, jecajući kako
se potrudila i kako ne zaslužuje da joj se tako obraća. Međutim, Rouz
ju je potpuno ignorisala i izašla je u baštu čim je napravila kafu.

– Nemoj da se brineš – rekla sam Ejmi. Nisam sigurna zašto sam
pokušavala da je utešim kada je sama čačkala mečku, ali izgledala
je zaista šokirano i danas će biti dovoljno težak dan ako se Rouzino
raspoloženje ne popravi; nije mi trebalo još i Ejmino plakanje.

– Ona... bila je *užasna* prema meni – jecala je Ejmi. – Naravno
da sam fokusirana na venčanje. Ja sam glavna deveruša i samo že-
lim da budem dobra prijateljica i pružim Lili divno devojačko veče.
Šta je tu pogrešno?

– Ništa. Rouz trenutno prolazi kroz težak period. Pokušaj da je
razumeš – odgovorila sam, zagrlivši Ejmi. Naslonila se na mene i
spustila glavu na moje rame, zbog čega sam udahnula njen parfem.
Jak je, cvetan i izazivao mi je mučninu, i u grlu mi se stvorila knedla
jer sam razmišljala o tome koliko Sem divno miriše u poređenju s
njom. Čim sam pomislila da mogu da odem a da je ne uvredim,
odvojila sam se od nje i uputila se prema vratima. Već sam izlazila
kad mi je dobacila:

– Nisam zaboravila na Džesi i Sema. Želim *sve* da čujem.

Dok sam se pela uza stepenice do svoje sobe, shvatila sam da
sam počela pomalo da se osećam kao Rouz, iako je to bilo iz drugih
razloga. Ni ja se nisam radovala današnjem danu. Nakon što sam
dvaput proverila da li sam spakovala sve što mi je potrebno za da-
nas, raspoloženje mi se nije popravilo ni kada sam se vratila dole i
uočila ogromnu roze limuzinu parkiranu ispred, umesto praktič-
nijeg minibusa koji sam mislila da smo uspele da ubedimo Ejmi da
rezerviše.

– Šta je ovo, dođavola? – Rouz je napala Ejmi čim je ugledala
limuzinu. – Gde je minibus?

– Izabrala sam nešto bolje – zapevušila je Ejmi, očigledno se pot-
puno oporavivši od prethodnog susreta s Rouz, ali izgleda da ništa

iz njega nije naučila. – Minibusevi su za stare ljude. Imamo šampanjac u ledu, zvučnike s mašinom za karaoke i podesivo osvetljenje. To je mnogo prikladnije za devojačko veče, zar ne mislite tako?

– Izgleda smešno. Neću ući u to. Šta ako me neko koga poznajem vidi kako ulazim i izlazim iz nje? Koliko li je koštala, pobogu? – Rouz se nimalo nije smirila.

– Priznajem, bilo je *mrvicu* skuplje od minibusa – rekla je Ejmi. – Ali kada podelite cenu po osobi, stvarno nije toliko skupo. Ako se brineš zbog svog dela, možeš da naručiš manji ručak.

– Oh, ne brinem se ja zbog svog dela, dušo – imitirala je Rouz Ejmin ton – jer neću dati nijedan cent za ovaj užas. *Mi* smo se složili za minibus. *Ti* si ovo rezervisala bez konsultovanja s nama, pa ti to plati, jesi li razumela?

Srećom, Lili se baš tog trenutka pojavila, a lice joj se ozarilo kad je ugledala roze limuzinu. Ona i Ejmi su se zagrlile i nakratko zaplesale, radosno vrišteći dok su se vrtele. Ranije u toku nedelje smo se takmičili ko će ostati da čuva decu; Endru i Zoi su izgubili, ali mislim da je mama bila na ivici da se ponudi umesto njih, ako se moglo suditi prema izrazu na njenom licu. Doduše, pre nego što je imala priliku da kaže nešto, Ejmi nas je sve uterala u limuzinu i krenuli smo.

– Denova mama, Anita, naći će se s nama na mestu održavanja – obavestila nas je Ejmi dok se neuspešno borila s flašom šampanjca.

– Znamo – rekla je Rouz sumorno. – Tri puta si nam rekla u grupnom četu. Jao, zaboga, daj mi to!

Zgrabila je flašu od Ejmi i nekako uspela da je otvori, a da ne prospe, što je bio pravi podvig s obzirom na to kako je auto skakutao i teturao se putem. Ili je asfalt bio veoma loš, ili auto nije dobro funkcionisao. Hvala nebesima što nismo bili daleko od hotela, u suprotnom bi nam trebale kese za povraćanje.

– Izvoli – nastavila je Rouz, vrativši joj flašu.

– Hvala – usiljeno se nasmešila Ejmi. – Naravno, uglavnom se oslanjam na Lijama da uradi stvari poput otvaranja šampanjca. Baš je šteta što nije mogao da dođe na devojačko veče, ali znam da se raduje venčanju. – Uhvatila je Lili za ruku i nagnula joj se blizu uveta.

– Nadam se da će mu to dati neke ideje! – veselo je rekla, dovoljno glasno da smo je svi jasno čuli.

Lijam je Ejmin dečko. Nikada ga nisam upoznala, ali imala sam prilično jasnu sliku kakvog bi muškarca Ejmi tražila. Dala je sve od sebe da ga ubaci na momačko veče, ali po onom što sam čula, Den je bio neumoljiv, rekavši da ga ne poznaje i da bi bilo bolje da dođe samo na venčanje. Kada sam to čula, Den mi se znatno više dopao. Kao što smo znali, Ejmi nije osoba kojoj je lako reći „ne".

Ejmi je nasula šest čaša šampanjca i podelila ih. Nisam sigurna koji je to šampanjac bio, ali nije bio naročito hladan i imao je dozu kiselosti. Sigurno nije *dom perinjon*. Dok sam pijuckala svoj, posmatrala sam oko sebe. Lili i Ejmi su uživale i sada su nameštale zvučnike kako bi videle šta mogu da puste od muzike. Sara je delovala kao da joj je sve ovo bilo previše i ćutke je sedela u svom ćošku, Rouz je prosto izgledala očajno, a mama je radila isto što i ja, posmatrala je oko sebe i upijala sve što vidi.

– Jesi li dobro, mama? – upitala sam je.

– Da. Mislim da je to generacijska stvar – odgovorila je tiho. – Drago mi je što se Lili sviđa, ali meni je sve ovo pomalo neukusno. Znaš li na šta mislim?

– Da – složila sam se.

Kada smo stigli u hotel u Njukeju, nekih petnaest minuta kasnije, Sarino lice je definitivno bilo zeleno. Kornvolski putevi i limuzine nisu dobra kombinacija, a većinu puta smo poskakivali i njihali se. Zbog razdaljine između nas i vozača nismo čak mogli ni da vidimo šta je ispred nas i da predvidimo kojim putem ćemo ići, pa je bilo poput vožnje brodom tokom oluje, ili makar onako kako mislim da bi to bilo. Lili i Ejmi su šaputale i kikotale se većinu puta, ali poprilično uspešno sam uspela da ih ignorišem. Pokušavala sam da shvatim gde bi Sem mogao biti na svom hitnom putu kući i brinula sam se šta će ga sačekati kad stigne.

Kada smo se našle sa Anitom, Ejmi nas je brzo uvela u spa, gde smo se presvukle u bademantile i papuče, a zatim se uputili prema prostoriji za ručavanje, gde su za većinom ostalih stolova sedeli ljudi obučeni slično kao mi. Znam da bi to trebalo da bude nešto luksuzno, ali meni je sve izgledalo čudno, poput neke institucije. Veoma mi je drago što sam uspela da pojedem najveći deo doručka pre nego što je Sem primio vesti, budući da je jelovnik bio onakav kakav sam se bojala da će biti.

– Počećemo s nečim zdravim i napredovati ka nezdravijim stvarima kako dan bude odmicao – objasnila je Ejmi, iako nam je to već rekla bezbroj puta. Proučavala sam jelovnik, u kome je u suštini pisalo da će se ručak sastojati od izbora „moćnih salata", koje su zvučale veoma neukusno, servirane uz svež sok po izboru, a zatim od voća. Nigde nije bilo mesa ili pristojnih ugljenih hidrata. Mama, koja je uvek bila tradicionalni tip kuvara, izgledala je potpuno zbunjeno, ali Rouz se, srećom, dovoljno sabrala kako bi joj pomogla da izabere opciju koja je zvučala najmanje loše.

Morala sam priznati da je, kad je stigla, hrana izgledala mnogo ukusnije nego što je bilo opisano u jelovniku. Doduše, stvarno je nije bilo puno, a mama je izgledala gotovo jednako očajno kao Rouz.

– Dakle, posle ručka ćemo se podeliti u parove za manikir i pedikir i masaže – objavila je Ejmi kad su konobari odneli hranu i dok smo pili bezukusan napitak koji je trebalo da bude neki zdrav čaj.

– Ja nisam ljubitelj manikira i pedikira, Ejmi – rekla joj je Rouz. – Mislim da ću da odem pravo na masažu i onda da leškarim dok budem čekala ostale da završe.

Ejmi je izgledala kao da joj je Rouz upravo objavila da ide da upuca mačiće u glavu. – *Ne možeš* da ideš na masažu odmah posle jela! – viknula je. – Sva energija tvog tela je fokusirana na varenje i nećeš imati nikakvu korist od nje. Zato sam odredila da prvo idu manikir i pedikir. Molim te, nemoj da kvariš raspored, Rouz. Zaista sam se potrudila da sve napravim kako treba.

Na trenutak sam se pitala da li će Rouz ponovo eksplodirati, ali je srećom uspela da zadrži jezik za zubima. Ejmi je počela da nas deli u parove: mama je uparena sa Anitom, Ejmi sa Lili, što nikoga nije iznenadilo. Sara i ja smo zajedno, što je Rouz ostavilo samu. Pitam se da li je Ejmi jutros u glavi izmenila parove kako bi kaznila Rouz zbog toga što ju je rasplakala. To me ne bi čudilo od nje, ali ako joj je to bila namera, nije joj uspelo.

Prvi put danas, Rouz je izgledala zadovoljno.

25.

Nisam provela puno vremena sa Sarom otkad je doživela svoj mali nervni slom, i laknulo mi je kad sam videla da je ponovo radosna kao i obično. Rekla mi je da je dobila poruku od Harija u kojoj joj se izvinjava, koju je sačuvala u slučaju da on odluči da izmeni istinu kada se vrate u školu. Mada nismo dugo razgovarale o tome, budući da smo obe bile svesne manikirki koje su nas slušale. Osećala sam se isto kao Rouz; nisam preveliki ljubitelj manikira i pedikira, ali mnogo volim masaže. Nekoliko puta sam zastenjala zbog mešavine zadovoljstva i bola kada mi je maserka masirala napete mišiće, zbog čega se Sara svaki put nasmejala.

– Trebalo je da te snimim – smejala se dok smo se vraćale da se priključimo ostalima. – Sigurna sam da ima posebnih veb-sajtova kojima bih mogla da prodam taj zvuk, iako, naravno, nije da znam za njih.

I dalje smo se smejale kad smo se pridružile ostalima, koji su ležali na kaučima i pijuckali vodu iz flašice.

– Šta je toliko smešno? – Ejmi je bila odlučna u tome da ništa ne propusti.

– Ma, ništa – odgovorila sam. Mislim da moja majka ne bi odobravala naš razgovor i nisam želela da uništim primirje do kog smo izgleda došle.

– Jel' nešto u vezi sa Semom i Džesi?

– Ne.

– Jesi li sigurna? Lili mi je rekla da ste ti i Sem *veoma* bliski i da dolazi na slavlje u subotu. Jedva čekam da ga upoznam.

– Da, pa, možda ćeš se razočarati. U slučaju da si zaboravila, on je trenutno na putu kući kako bi posetio svoju osamnaestogodišnju ćerku u bolnici nakon saobraćajne nesreće.

Ejmi nije odgovorila i nadam se da je shvatila da se neće dobro završiti po nju ako nastavi da me začikava u vezi sa Semom. Nažalost, nekoliko trenutaka kasnije je dokazala da nisam bila u pravu.

– Opa, mora da je stvarno *star* ako mu ćerka već ima osamnaest godina. Nisam znala da voliš starije muškarce, Popi.

– Da. Kada si mojih godina i neudata, Ejmi, to je otprilike jedina opcija – sarkastično sam odgovorila. – Ovih dana sam toliko očajna da uglavnom ciljam na one koji koriste hodalice jer ne mogu da pobegnu.

Sara je očajnički pokušavala da ne prasne u smeh, ali je Rouz, srećom, intervenisala pre nego što je Ejmi uspela da izgovori još neku glupost ili nepristojnost.

– Umirem od gladi – rekla je. – Kad će čaj?

Gotovo da je imala telepatske sposobnosti, jer su nekoliko trenutaka kasnije konobari izneli tacne sa sendvičima, sitnim kolačima i pogačicama za sve. Skinula sam poklopac sa čajnika i sumnjičavo ga onjušila, ali izgleda da je to bio običan engleski crni čaj, i uzdahnula sam od olakšanja.

– Spa uglavnom ne dozvoljava čaj sa šlagom, jer se to ne uklapa u stav o zdravlju koji pokušava da promoviše. Ali, uspela sam da ih nagovorim – Ejmi je zadovoljno rekla. Bilo mi je žao jadnička s kojim je vodila taj razgovor; raspravljati se sa Ejmi verovatno je kao raspravljati se s kamenom. Izgleda da Rouz nije jedina umirala od gladi, budući da smo sve navalile na svoje tanjire i uskoro nije bilo ničega osim mrvica.

Ejmi je izmenila parove posle čaja i uparena sam s Rouz za tretman lica i tela, koji će nam navodno učiniti kožu mekom kao u novorođenčeta. Obe smo bile poprilično sumnjičave, ali, bili uspešni ili ne, osećaj tih smesa koje su stavljale na nas bio je divan. Nismo mogle da govorimo kad su nam stavili maske na lica, pa smo ležale u tišini, slušajući nežnu muziku za opuštanje koja je svirala u pozadini. Pretpostavljala sam da je Sem dosad već bio u Svindonu, ili makar veoma blizu. Zamišljala sam ga kako trči niz hodnike bolnice u potrazi za Džesi. Stvarno sam se nadala da je ona dobro.

Kada su nam lica isprali i namazali, stavili su nam još tih krema na telo, i umotali nas u pamuk da one odrade svoje. Moram reći da mi je koža lica zaista delovala osveženo, ali već sam radila ove stvari, i znam da su rezultati u najboljem slučaju privremeni. Ipak, postoje i gori načini da se provede popodne.

– Žao mi je zbog Sema. Znaš li kako je Džesi? – upitala me je Rouz, sada kad nam je ponovo bilo omogućeno da razgovaramo.

– Ne. Sve što znam jeste da je doživela saobraćajnu nesreću i da je u bolnici. Prema onome što sam čula, mama joj je zvučala popri-lično uzrujano, pa pretpostavljam da je situacija ozbiljna.

– Zašto mu ne pošalješ poruku, ne kažeš mu da misliš na njega i ne pitaš ga kako je ona?

– Nećeš verovati, ali nemam njegov broj.

– Molim?

– Znam. Zvuči glupo, ali nismo se setili da razmenimo brojeve. Nismo morali jer smo većinu vremena bili zajedno, a onda nije de-lovalo prikladno pitati ga za broj kada je bio usred hitnog slučaja.

– Ali znaš mu ime, zar ne? Sigurno ga ima na društvenim mre-žama; možeš na taj način da ga pronađeš.

Uzdahnula sam. – Znaš li da znam samo da se zove Sem? Upra-vo sam shvatila da mu čak ne znam ni prezime. Biće nemoguće naći ga tako, ako uopšte želi da ga nađem. Nijedno od nas nije obećalo da će ovo biti išta više od avanture tokom odmora, pa se trudim da ne očekujem više od toga. Jeste rekao da će pokušati da se vrati na vreme za venčanje, ali moguće je da će potpuno zaboraviti na mene kada se vrati u Svindon.

– Mislim da ne veruješ u to, zar ne?

– Mislim da je moglo biti više od toga – odgovorila sam. – Volela bih da bude više. Ali veze na daljinu nisu dobra ideja, i rekao mi je da razmišlja o tome da se preseli još zapadnije od mene nego što već jeste. Možda je, na čudan način, tako najbolje.

– Nikad ne znaš, možda uspe da se vrati za venčanje. Već mogu da vidim to, poput scene na kraju *Prljavog plesa*. Ti sediš skroz tu-žna u ćošku, a on dolazi kao Patrik Svejzi, zgrabi te za ruku i kaže: „Niko ne stavlja Popi u ćošak."

– Možemo samo da se nadamo – nasmejala sam se. – Kako god, dosta o meni. Kako si ti?

– Poprilično usrano, kao što si verovatno primetila. Jutros sam pokušala da nateram Stiva da priča sa mnom, ali uspela sam samo da ga nateram da prizna kako imamo problem, a kad sam pokušala da ga navedem da mi kaže kakav problem, ućutao se i rekao da će mi reći kad bude spreman. Na kraju smo se posvađali zbog toga. A onda, kada je Ejmi počela...

– Bila si malo gruba prema njoj – rekla sam.

– Zaslužila je to. Bože, kako je iritantna, zar ne? Jesi li upoznala njenog dečka, misterioznog Lijama?

– Ne.

– Valja ga žaliti, zar ne?

– Možda voli kad mu neko naređuje. Neki muškarci su takvi.

– Trenutno bi mi takav dobro došao. Mogla bih da naredim Stivu da mi kaže šta se, dođavola, dešava!

Kada su nam skinuli maske i smese, isprali ostatke i temeljno nas namazali kremama, konačno nam je bilo dozvoljeno da ostavimo mekane bademantile iza sebe i ponovo se obučemo u normalnu odeću. Okupili smo se u glavnom lobiju hotela.

– Dobro. Svi nazad u auto! – dobacila je Ejmi, upirući prstom u odvratnu roze limuzinu. – Rezervisala sam sto u restoranu indijske hrane koji ima odlične ocene.

Krajičkom oka sam primetila da se mama ukrutila. Imala je strašnu averziju prema ljutoj hrani.

– Ovaj, Ejmi? – počela sam. – Jesi li proverila svačije zahteve u ishrani pre nego što si rezervisala restoran indijske hrane?

– Kako to misliš?

– Ne vole svi indijsku hranu – objasnila sam.

Bilo mi je jasno zbog izraza na njenom licu da joj to nije ni palo na pamet, i gotovo sam mogla da čujem tok njenih misli dok je pokušavala da se izvuče iz ove neprilike, a da ne izgubi ugled.

– U redu je – frknula je nekoliko sekundi kasnije. – Imaju vegeterijanskih jela za Saru i pretpostavljam da imaju izbor engleskih jela za ljude koji ne vole kari. Ja lično volim onakav kari kakve muškarce volim; što ljući to bolje!

Rouz i ja smo stajale s mamom dok su ostali ulazili u limuzinu.
– Ne brini – rekla joj je Rouz. – Naći ćemo ti nešto za jelo.

Na kraju smo uspele da je ubedimo da proba tiku s piletinom, i za nekoga ko navodno ne voli ljutu hranu brzo ju je pojela. Očigledno su joj pomogle dve velike čaše vina koje je popila i primetila sam da joj je Rouz punila tanjir pirinčem kako se ne bi napila. Ejmi, verna onome što je rekla, naručila je madras s piletinom, a onda jedva pojela jedan zalogaj pre nego što je izjavila da je „mnogo ljuća nego u njenom lokalnom restoranu" i zatražila nešto drugo. Ona je jaka samo na rečima. Iz radoznalosti sam probala malo njenog madrasa i, iako jeste veoma ljut, nije nejestiv.

– Razmišljala sam o našem jučerašnjem razgovoru – rekla mi je mama dok smo jurili prema kući u onoj smešnoj limuzini. Lili, Sara i Ejmi su entuzijastično pevale pesmu „There Are Worse Things I Could Do" iz *Briljantina* na mašini za karaoke, a očigledno nisu shvatale ironiju te situacije. Nisam znala za Ejmi (i ne želim da znam), ali ostale dve svakako nisu bile ni blizu „dečku ili dva". Rouz je samo potišteno sedela, očigledno se brinući zbog ponovnog suočavanja sa Stivom.

– Oh? – odgovorila sam. Ipak je popila tri čaše vina pa pretpostavljam da je bila malo više nego pripita. Iskreno, ni ja nisam bila potpuno trezna, pa nijedna od nas trenutno nije bila kadra za ozbiljan razgovor.

– Da – nastavila je. – Znaš, imam jednu prijateljicu koja mi se poverila da stvari između nje i njenog muža nisu onakve kakve bi trebalo da budu u, znaš, *u krevetu*, i pitala sam se da li bi mogla da mi daš neki savet koji bih mogla da joj prenesem.

Možda nisam bila trezna, ali i dalje sam bila dovoljno prisebna da uočim vrišteću nepravilnost u onome što je upravo rekla. Nije bilo nikakve šanse da se bilo koja normalna osoba poverila o svom ljubavnom životu ženi koja je najviše potiskivala svoju seksualnost na Zapadnoj hemisferi. Pričala je o sebi, a to me je stavilo u tešku situaciju. Ne mogu da je zapitkujem o toj „prijateljici", jer šta god bilo to što će upravo reći, sigurno joj je bilo važno, i nešto je što je mogla da izgovori samo zbog toga što je imala mnogo vina u sebi. Pored toga, iako se svakog dana profesionalno bavim tim stvarima, pričati s mamom o njenom seksualnom životu je čudno, pa će možda i meni pomoći ako se budem pretvarala da razgovaramo o nekome drugom.

– U čemu je problem? – pitala sam, nakon što sam se mentalno pripremila.

– Pa, ona ima četvoro dece, kao ja. Poslednje je bilo veoma veliko i vrlo brzo se rodilo, što joj je napravilo haos – diskretno je pokazala na svoje krilo – tamo dole.

– Ženama prilikom porođaja često dođe do cepanja vagine ili im je potrebna epiziotomija – istakla sam. – Uglavnom babica ili doktor poprave štetu ušivanjem nakon porođaja.

– Da, ali u njenom slučaju lekari to izgleda nisu uradili kako treba, i stvari s njenim mužem su, mhm, recimo samo da posle toga nisu bile iste. Ona kaže da je pokušala, ali da je bilo neprijatno, i on je video da ju je bolelo, pa su posle nekog vremena prosto prestali. Doduše, nju i dalje grize savest jer je njemu to važno i ona želi da ga usreći. Drugi problem je u tome što je ona očigledno sada već prošla i kroz menopauzu i nije sigurna da li može, pa... – Sada joj čak ni vino nije bilo dovoljna pomoć i ućutala se.

– Jel' se konsultovala sa svojim lekarom?

– Ne, zašto?

– Nema ničega čudnog u vezi s njenim stanjem, i često se lako reši malom operacijom. Mogla bi da ode kod svog lekara po uput. U međuvremenu, mogla bi da eksperimentiše s malo lubrikanta, kako bi videla da li bi to pomoglo s problemom menopauze. Zapravo...

U mom pomalo zbrkanom umu pojavila se ideja, a kako su sve ideje najbolje kada ste blago pod gasom, progurala sam se pored pevačica karaoka i pritisla dugme na pregradi kako bih se obratila vozaču.

– Znate li kada se zatvara supermarket? – viknula sam preko zvuka mašine za karaoke.

– Nisam siguran. Mislim da radi do kasno – odgovorio je.

– Možemo li usput da odemo do tamo?

– Naravno.

– Hvala. Samo moram da uletim i uzmem nešto.

Ostali nisu imali pojma šta se dešava dok limuzina nije stala ispred supermarketa, što je bilo dobra stvar, budući da Ejmi to ne bi dozvolila da je znala. Izašla sam, ignorišući zapanjene komentare ostalih i brzo ušla unutra. Nije mi trebalo dugo vremena da pronađem ono što mi je trebalo, i na kasama nije bilo reda u ovo doba noći, pa me verovatno nije bilo samo nekoliko minuta.

– Šta si, zaboga, radila? – ljutito je viknula Ejmi kada je limuzina ponovo krenula. – Ovo treba da bude devojačko veče, a ne prokleta nedeljna nabavka!

– Trebali su mi tamponi – lagala sam. – Znaš kako je kad ostaneš bez njih.

Izgleda da ju je to smirilo i njih tri su nastavile s pevanjem dok se nismo zaustavili ispred kuće.

– Vreme je da žurka počne! – Ejmi je zapevala i ušli smo unutra. – Gde je vino?

– Zar ne moraš da se vratiš u hotel? – pitala sam je.

– Prespavaću kod Lili večeras – nadmeno mi je rekla. – Nisam želela da propustim sutrašnji dan na plaži.

Oh, super. Zaglavili smo s njom i ceo sutrašnji dan. Možda će se Sem vratiti i dati mi izgovor za beg. Mogu samo da se nadam. Ponudila sam se da pomognem Lili da otvori nekoliko flaša kako bismo bile same. Čim smo se našle nasamo, ubacila sam joj u ruku jednu od flašica lubrikanta koje sam kupila u supermarketu.

– Za bračnu noć – objasnila sam. – Za svaki slučaj.

Iako smo već ranije dosta popile, nije nam trebalo dugo da ispraznimo flaše. Endru i Zoi su nam se pridružili i u jednom trenutku se pojavilo još vina. Mama je bila poprilično rumenog lica i razgovarala je sa Zoi o nečemu, Ejmi i Lili su se kikotale poput srednjoškolki, a Rouz je polako ispijala svoju čašu, povremeno promrmljavši nešto meni ili Endruu.

Upravo smo hteli da odemo na spavanje kad su se momci vratili s momačke večeri. Prema tatinom opisu, zvučalo je kao da će Stjuart sutra posebno osetiti posledice mamurluka. Baš kada su se on i mama uputili prema stepeništu, dozvala sam je i pružila joj drugu flašicu lubrikanta.

– Za tvoju prijateljicu – rekla sam i namignula.

26.

Srećom, sledećeg jutra sam se probudila čiste glave. Voda koju sam popila pre odlaska na spavanje očigledno je pomogla, iako sam brzo shvatila da mi se užasno piški i požurila sam u svoje kupatilo kako bih se olakšala. Kada sam završila u kupatilu, proverila sam sat i shvatila da je, uprkos tome što sam obećala sebi da ću duže ostati u krevetu, bilo tek šest i trideset. Pomislila sam na to da se vratim u krevet i pokušam ponovo da zaspim, ali napolju je ponovo bio prelep dan i, iako je racionalan deo mog mozga znao da je prerano, odlučila sam da se obučem i odem da vidim da li se Sem vratio.

Prešla sam četkom kroz kosu i oprala zube, za svaki slučaj, a potom obukla šorts i majicu na kratke rukave. Dok sam silazila niza stepenice tihe kuće, prisetila sam se prvog jutra ovde. Neverovatno je što je ovo bio moj tek šesti dan u Kornvolu; toliko toga se desilo da se činilo kao da je prošlo mnogo, mnogo više od šest dana. Izašla sam na kuhinjska vrata kao i obično i krenula putem. Već je bilo surfera u vodi i na trenutak sam stala da ih posmatram. Mnogo je zanimljivije sada kada malo više razumem šta čini surfovanje, i deo mene je žudeo za tim da se uvuče u surfersko odelo i pridruži im se. Možda i hoću, ako se Sem vratio.

Ta pomisao me je ponovo podstakla da krenem i ubrzala sam korak prema njegovoj kući. Znala sam da je gotovo nemoguće da je za jedan dan vozio do Svindona i nazad, ali nisam razmišljala potpuno racionalno. Nimalo nisam bila iznenađena kada sam stigla i videla da su prilaz i kuća prazni, ali svejedno sam osetila nalet razočaranja. Provirila sam kroz prozor pored ulaznih vrata, ali nisam mogla da vidim da li su Semove stvari i dalje bile u kući, pa nisam mogla da znam da li je zapravo planirao da se vrati ili ne.

– Molim te, vrati se, Seme – naglas sam rekla i položila ruku na vrata. – Još nisam spremna da te pustim.

Bila mi je potrebna neizmerna snaga volje da se okrenem i krenem nazad prema našoj kući. Svaki put kada sam čula automobil, srce je počelo ubrzano da mi kuca i proverila bih ko vozi, nadajući se da je to on. Ne sećam se ničega u vezi s njegovim autom; nikada ga nisam primetila. Pokušala sam da zamislim kako je prilaz izgledao dok je on još bio tu, ali nisam uspela. Mislila sam da bi mogao biti plav, ali isto tako je mogao biti i sive boje; mogla sam da ga zamislim bilo koje boje. Pomislila sam da pozovem bolnicu kako bih proverila kako je Džesi, ali onda sam shvatila da nemam pojma u kojoj je ona bolnici i da mi svakako ništa ne bi rekli.

– Saberi se, Popi – strogo sam rekla sebi kada sam stigla do kuće. Sada je bilo malo posle sedam, i laknulo mi je kad sam videla da je kuhinja i dalje prazna. Tiho sam ušla i napravila sebi kafu kako bih je pila napolju. Odlučila sam da sednem na ležaljku i uživam u jutarnjem vazduhu pre nego što se pojavi ostatak moje porodice, i prokleta Ejmi.

Dok sam pila kafu, razmišljala sam o neverovatnoj promeni koja se desila mojoj majci. I dalje sam bila pomalo ljuta zbog toga što se onako ponašala prema meni svih ovih godina zbog sulude zablude, i što me nikada nije pitala, ili pogledala na internetu, čime se bave seksualni terapeuti. Mada, nisam mogla da je zamislim kako ukucava reč „seks" u internet pretraživač. Pre nekoliko godina je nastao haos kada je poželela da sazna poreklo izreke „prvi se mačići u vodu bacaju", ali umesto toga je greškom ukucala „baciti mačkicu" i dobila je svu silu vrlo sugestivnih rezultata. Mogla je prosto da me pita. Pokušala sam da zamislim par kako ima seksualni odnos dok ih ja posmatram i dajem predloge, ali to me je samo zasmejavalo. Makar mi je skrenulo pažnju s razmišljanja o Semu. Ne mogu da verujem da mu nijednom nisam tražila broj telefona. Doduše, zaista nije bilo potrebe za tim. Pretpostavljam da sam mogla da mu dam svoj broj nakon venčanja, kada oboje odemo svojim putem, ali samo kada bih verovala da želi da ostanemo u kontaktu. Niko ne želi da ispadne očajnik.

U frojdovskoj bici koja se odigravala u meni definitivno je došlo do preokreta. Bakica na tavanu je uvereno kreštala kako je znala da će se nešto ovako desiti i da je od početka trebalo da je slušam, dok se gorila durila u podrumu. Mislim da se bankarski službenik u sredini potajno nadao da baka greši, ali ništa nije govorio. Pitam se da li imalo nedostajem Semu; naravno da se najviše brine zbog ćerke, ali možda postoje trenuci kada pomisli na mene. Svakako se nadam tome.

– O čemu razmišljaš? – Iznenadila sam se kada je Endruov glas došao niotkuda.

– Ne radi to! – vrisnula sam. – Zamalo sam prosula kafu!

– Izvini. Mislio sam da si me čula kako dolazim. Stvarno si bila duboko zamišljena, zar ne?

– Da, izgleda da jesam.

– Sem? – pitao je.

– Možda.

– Znaš šta ti je potrebno, zar ne?

– Šta?

– Nešto što će ti odvratiti pažnju. Skrenuti ti misli s njega. Nešto kao što je stoni tenis, na primer.

Nisam mogla da se ne nasmešim. Upravo tako nešto mi je trebalo.

– Važi, može. Mada, moraćemo da budemo tihi, inače će nas svi zamrzeti.

– Mislim da još dugo nikoga nećemo videti. Zapravo, veoma sam iznenađen što si budna. Kad si otišla u krevet?

– Ne znam. Bilo je posle ponoći, ali bila sam budna u pola sedam.

– Hajde, onda, pet setova.

Pratila sam ga unutra, usput stavivši praznu šolju u mašinu za sudove, a onda smo zauzeli svoja mesta za stolom za stoni tenis. U početku mi misli nisu bile potpuno u igri i dobio je prva dva seta. To je bilo dovoljno da me natera da se fokusiram i atmosferu je prožela tiha, žestoka rešenost dok smo igrali treći set. Poeni su sada polako nailazili i delovalo je kao da se borimo ko će se pre umoriti. Posle nekog vremena smo oboje imali po deset poena i počela je bitka za poslednji poen. Ako ga izgubim, gotovo je, i Endru će to ceo dan koristiti protiv mene. Očajnički mi je bio potreban ovaj poen i, nakon onoga što je delovalo kao čitava večnost, uspela sam da ga pređem i poen je bio moj.

Kada smo počeli četvrti set, bila sam svesna da su se vrata sobe za igru nekoliko puta otvorila i zatvorila, ali toliko sam se uživela da nisam ni znala niti me je bilo briga ko je još bio u prostoriji. Delovalo je kao da se Endru umorio, budući da sam ga sada češće nadmudrivala, i poprilično lako sam dobila set. Sada smo oboje imali dva seta, pa je meč zavisio od poslednjeg. Primetila sam da je Endru odlučno stisnuo zube, ali u mojoj glavi nije bilo ničega osim loptice, mog reketa i stola. Ne znam da li zbog moje potpune fokusiranosti, ili zato što Endru sve više greši kako postaje očajniji, ali dobila sam prvih sedam poena. Posle sledećeg servisa on je dobio jedan poen, ali to me je samo još više podstaklo, i osvojila sam set bez izgubljenog ijednog poena. Kada sam spustila reket, shvatila sam da čujem aplauz i okrenula sam se prema Zoi i Rouz, koje su mi tapšale.

– Dođavola, Popi – zastenjao je Endru dok smo se rukovali. – To je bilo brutalno. Povlačim sve što sam rekao o tome da si izgubila pobednički instinkt.

– Kao što si rekao, ovo je verovatno bilo upravo ono skretanje pažnje koje mi je bilo potrebno.

– Podseti me da nikada više to ne predložim – nasmešio se.

– Oboje ste bili poprilično strašni – rekla je Zoi. – Nikada nisam gledala tako napet meč. Uglavnom verbalno napadate jedno drugo dok igrate, ali tokom ovoga niste rekli ni reč.

– Hteo sam da predložim meč od tri seta kasnije kako bismo odlučili ko je ukupni pobednik – Endru je nastavio. – Ali sada nisam siguran da želim to.

– Videćemo kako ćemo se kasnije osećati, može? – predložila sam.

– A sada, ne znam za vas ostale, ali ja sam ogladnela od svog ovog fokusiranja. Ko je za doručak? Napraviću jaja i slaninu za sve koji žele.

Svima se svidela ideja o jajima i slanini, i u kuhinji je vladala lepa atmosfera kada sam im podelila tanjire i kad smo počeli da jedemo. Zoi je sipala sok od pomorandže, a Rouz je napravila čaj i kafu. Endru se čak ponudio da opere sudove kao kaznu za izgubljen meč.

Način na koji je to rekao me je nasmejao. Čovek bi pomislio da je ponudio da okreči Fort Bridž, a ne da opere tiganj i špatulu. Razgovor je tekao lako dok smo jeli, a čak je i Rouz delovala raspoloženije nego obično. Sve me je to podsetilo kako je izgledalo kad sam odrastala, pre nego što su stvari postale neugodne. Zaista sam uživala u društvu svoje sestre i brata, i upravo sam to želela da kažem kada se raspoloženje odjednom promenilo. Rouzino lice se uozbiljilo i prilično sam sigurna da znam zašto. Naravno, kada sam se okrenula, zatekla sam Stiva u kuhinji, kako mrzovoljno pravi sebi kafu. Čim je završio, prošao je pored nas a da nije rekao ni „zdravo", i izašao u baštu. Pogledala sam u Rouz i jasno sam joj videla bol u očima.

– Dosta je bilo – rekla sam joj i otišla za Stivom u baštu.

Sedeo je na jednoj od ležaljki, mrzovoljno zureći u bazen. Bez reči sam sela na ležaljku pored njega. Delovalo je kao da čitavu večnost sedimo tu u tišini, ali verovatno nije trajalo duže od pet do deset minuta. Osećala sam da ga nešto muči i posle nekog vremena više nisam mogla to da trpim.

– Stive – rekla sam. – Šta se dešava?

– Rekao sam ti – odgovorio je. – Samo imam neke stvari koje pokušavam da rešim.

– Evo u čemu je problem – rekla sam. – „Pokušavaš" da rešiš šta god ovaj problem bio otkad smo došli, a verovatno i ranije, i koliko vidim, ne ide ti. Ti i Rouz kao da sa sobom nosite sopstvenu meteorološku nepogodu poslednjih nekoliko dana. Ti nisi baš Ijar,[4] ali definitivno nisi srećan. A Rouz se kida od brige. Dakle, mislim da ovaj problem nećeš rešiti sâm. Ako ne možeš da razgovaraš s Rouz o tome, onda možda ja mogu da pomognem?

– Zvučiš kao terapeut – progunđao je.

– Huh! Zašto li je tako, pitam se? – nasmejala sam se, gurnuvši mu ruku. – Hajde. Možda će ti pomoći ako podeliš to s nekim.

– Čisto sumnjam u to.

– Meni deluje kao da imaš dve opcije. Možeš ili da nastaviš da se sâm mučiš sa ovim, što nije dobro ni za tebe ni za ostale oko tebe, ili možeš da rizikuješ, porazgovaraš sa mnom i možda rešiš problem.

---

[4] Magarence iz romana *Vini Pu*. (Prim. prev.)

– Ako ti kažem, hoće li to ostati između nas?

– Znaš li koliko puta sam to čula ove nedelje? Budući da si odrasla osoba, ukoliko nije nešto protivzakonito i nisi nikoga ubio, obećavam da će ostati između nas.

– Nisam uradio ništa protivzakonito niti ikoga ubio, časna reč.

– Dobro onda. Ne može biti toliko loše, zar ne?

– Loše je. Zašto misliš da mi je toliko teško? Da je nešto jednostavno, zar ne misliš da bih dosad to rešio?

– Jel' varaš Rouz?

– Ne!

– Kockaš se?

– Osim nedeljnog tiketa za lutriju, ne.

– Pa šta je onda? Priznajem, Rouz jeste malo gruba, ali je takođe otvorenog uma. Ako je ne varaš i nisi prokockao kuću, mislim da će moći da se nosi s tim.

– Misliš? – nasmešio se mrko. – Istina je...

– Da? – ohrabrivala sam ga.

– Istina je da sam saznao da sam usvojen.

27.

Prva pomisao mi je bila iznenađujuće ljutito: *Je li to sve?*, ali sam, srećom, uspela da je progutam pre nego što je uspela da mi izađe na usta. Šta god ja mislila o tome, njemu je očigledno to bilo važno. Veoma pažljivo sam uspela da pokažem zabrinutost na licu.

– Kad si to saznao? – pitala sam ga.

– Pre oko mesec dana.

– I nisi imao predstavu o tome pre toga?

– Ne! Zašto bih?

Pokušala sam da se prisetim Stivovih roditelja sa zabave sađenja drveća koju su Rouz i Stiv održali za Ivino rođenje, što je bio poslednji put kada sam ih videla, ali nisam mogla da se setim ničega konkretnog.

– Često – rekla sam što sam pažljivije mogla – nedostaje fizička sličnost između roditelja i dece koja su usvojena, zato što ne dele zajedničke gene.

– Da, pa, to je baš ironično, zar ne – rekao je ogorčeno.

Pomalo me je zbunio njegov odgovor, pa sam odlučila da promenim taktiku.

– Vidim da je to bio veliki šok za tebe – rekla sam.

– Blago rečeno.

– Ono što mi nije jasno jeste zašto to kriješ od Rouz. Zar ne misliš da bi razumela?

– Kako da razume? Ni ja to ne razumem. Zar ne shvataš? Sve što jesam, sve što sam mislio da jesam je laž. Ja sam laž. Ko sam ja uopšte? Kako njoj da budem muž i devojčicama da budem otac kad nemam prokletu ideju ko sam? – Spustio je glavu u ruke, i ramena su mu se zatresla od jecaja.

– Jesi li ikada upoznala moju tetku Ket? – upitao je, nakon što su se jecaji smirili i kada je primetio da i dalje sedim pored njega.

– Mislim da nisam.

– Znala bi da jesi. Ona je poprilično nezaboravna. Najbolje ju je opisati kao „retko treznu“, pa ostavi i te kakav utisak gde god ode. Ona je sestra moje majke, ili moje usvojene majke. Nikada mi se nije sviđala; uvek je na čudan način bila opsednuta mnome, i to mi je bilo neugodno. Mama bi joj nekada rekla da prestane, ali prosto me nije ostavljala na miru. Uvek mi je kupovala ogromne, i uglavnom neprimerene, poklone za rođendane i Božić. Jedne godine mi je kupila plišanog medveda toliko velikog da je jedva stao u moju spavaću sobu.

– Šta fali plišanom medvedu? – pitala sam.

– Imao sam petnaest godina.

– Ah.

– Upravo tako. Mama mi je govorila da treba da joj udovoljim, da je tužna jer nije imala svoje dece i da se nosila s tim tako što je mene razmazila. Tako, i tako što je stalno bila pijana, pretpostavljam. Srećom, to s davanjem poklona se smirilo kada sam odrastao, ali kada su se devojčice rodile, ponovo je počela to da radi s njima. U svakom slučaju, svratio sam do mame i tate na putu kući s posla pre oko mesec dana jer je tata, ili čovek koji sebe naziva mojim tatom, imao problem s kompjuterom i zamolio me je da ga pogledam. Kada sam ušao, čuo sam viku u kuhinji, a jedan od glasova bio je glas tetke Ket. Nisam znao da će ona biti tu: da sam znao, verovatno bih izabrao neki drugi dan da dođem. Voleo bih da jesam.

– Šta se desilo?

– Mama je govorila: „Moraš da pustiš to, Ket. To ne pomaže ni tebi, ni Stivenu ni devojčicama. Rizikuješ da naneseš više štete nego koristi“, a Ket je uzvratila sa: „Zašto ne bih kupovala lepe stvari za *mog* sina i *moje* unuke?“ – Zaustavio se, čekajući me da shvatim šta je rekao.

– Oh – bilo je jedino što sam mogla da kažem.

– Upravo tako. Osećao sam se kao da mi je neko izbio vazduh. Samo sam stajao u hodniku, slušajući kako se razara sve što sam

mislio da znam. Samo sam razmišljao o tome da sam možda neka-
ko nešto pogrešno čuo, da sam pogrešno razumeo, ali onda je Ket
izašla iz kuhinje i videla me.

– Šta je rekla?

– Pitala me je koliko dugo tu stojim i rekao sam joj dovoljno
dugo. Mama je očigledno čula moj glas jer je istrčala iz kuhinje i
lice joj je bilo belo kao kreč. Počela je da priča da Ket nije tako mi-
slila, da sam joj *poput* sina, ali zbog izraza na njihovim licima bilo
je jasno da lažu. I dalje nisam znao u šta da verujem, ali onda je
tata, koji je čuo galamu, sišao niza stepenice iz gostinske sobe koju
koristi kao radnu sobu. Mislim da je odmah shvatio šta se dešava
jer je rekao: „Mislim da je vreme da ti i ja malo popričamo, Stivene.“
A onda me je, veoma mirno i obzirno, poveo uza stepenice i razneo
mi ceo život.

Stiv se zaustavio i zurio u bazen, i osetila sam da je odjednom
bio kilometrima daleko. Želela sam da čujem ostatak priče, ali vide-
la sam koliko mu je bilo teško da podeli sa mnom i ono što već jeste.

– Želiš li pauzu? – upitala sam ga nežno. – Makar mogu da uve-
rim Rouz da je ne varaš.

– Jel’ to misli?

– Čudno si se ponašao. Nije nerazuman zaključak.

– Sada kada sam počeo, rado bih ti sve rekao. Jel’ ti nije problem?
Iznenađujuće je koliko pomaže kada se problem izgovori naglas.

– Naravno da mi nije problem! – razuverila sam ga. – Reci mi
šta je rekao tvoj otac.

– On mi nije otac.

– Onda, reci mi šta je rekao tvoj usvojeni otac.

– Prvo je potvrdio ono što sam čuo, da je Ket moja biološka
majka. Prema njegovim rečima, odmalena je bila neposlušna. Moji
baba i deda su bili vrlo religiozni, deo jedne ultrakonzervativne cr-
kve, a ona se tome protivila do besvesti, odbijala je da ide u crkvu, ili
je nosila potpuno neprimerenu odeću kada bi uspeli da je nateraju
da ode. Što su se više moji baba i deda trudili da je smire, to se ona
više borila protiv njih. Pušila je, pila i družila se s momcima, što
su sve bili užasni grehovi. Stvari su se pogoršale kad je zatrudnela.

Možeš da pretpostaviš da su moji baba i deda bili užasnuti. Prekid trudnoće, naravno, nije dolazio u obzir, ali nije ni sramota zbog toga što je njihova ćerka rodila dete van braka, kao ni to što nije imala pojma ko je otac jer je u to vreme spavala s nekoliko momaka. Tada su skovali plan.

– Kakav plan?

– Ketina starija sestra, moja majka, bila je ugledna žena. Već je bila udata, pa niko ne bi ni trepnuo kad bi rodila dete. Moji baba i deda su sakrili Ket, pretvarajući se da je bolesna, i potrošili su silan novac na lažne trudničke stomake za moju majku – ženu koja se pretvarala da je moja majka. Kada sam se rodio, Keti je bila primorana da potpiše papire kojima me se odricala, a moji takozvani roditelji su me usvojili. Izbegli su skandal i nastavili dalje kao da se ništa nije desilo. Ket je bila skrhana i vratila se piću, ali to nije bilo ništa novo, pa je, na čudan način, to učinilo priču ubedljivijom. A ja nikada ništa o tome ne bih saznao da nisam čuo njihovu raspravu.

Deo slagalice je legao na svoje mesto. – Dakle, kada sam te pitala o fizičkoj sličnosti...

– Upravo tako. Postoji sličnost, ali to je zbog Ket.

– Kako si se osećao kada si to saznao?

– Nisam mogao to da podnesem. I dalje ne mogu. Otišao sam, ljut. Mama i Ket su i dalje bile u hodniku, očigledno čekajući da čuju šta imam da kažem, ali samo sam viknuo da su me svi lagali i da nikada više ne želim da vidim nikoga od njih. Svi su pokušali da me zovu od tad, ali nemam šta da im kažem. Izgubljen sam, Popi. Ne mogu da opišem kakav je osećaj saznati da bukvalno nisam onaj ko sam mislio da jesam. Moja majka je pijanica koja mi se čak i ne dopada, nemam pojma ko mi je otac, a ljudi koje sam smatrao roditeljima zapravo su mi tetka i teča. Razumeš li zašto sam trenutno malo obuzet drugim stvarima?

– Mogu li nešto da te pitam? – rekla sam kad sam bila sigurna da je završio. – To je ogroman šok, i nikada neću moći da razumem kakav je to osećaj, ali iz mog ugla gledanja, to zapravo ne menja ono što si ljudima koji su ti najvažniji, ljudima kojima si potreban. I dalje si Olivijin i Ivin otac; to se nije promenilo. Voliš li ih imalo manje zbog ovoga?

– Naravno da ne!

– Upravo tako. I dalje si Rouzin muž, ti sirotane, i potreban si i njoj. Voliš li je imalo manje?

– Ne. – Prvi put otkad je ovaj razgovor počeo osmeh mu je zatitrao na usnama.

– Šta je? – upitala sam.

– Ne znaš šta vidim u njoj, zar ne?

– Ne moram da znam. Dok god ste vas dvoje srećni, to je jedino što mi je važno.

– Tako ti je dobro išlo, ali sada pričaš bezveze.

Očigledno je rekao sve što je želeo da kaže o svojoj situaciji i želeo je da promeni temu, pa sam odlučila da mu udovoljim. – Nastavi – rekla sam. – Prosvetli me.

– Znam da se ti i Rouz ne slažete najbolje, pa će tebi ovo možda biti čudno, ali bio sam zapanjen kad sam je prvi put video. Nikada nisam upoznao nekoga ko je toliko... Pokušavam da se setim reči.

– Ko toliko voli da zapoveda? – ponudila sam, uz osmeh.

– Ko je toliko direktan, to je reč koju sam želeo. Nema drugu stranu, znaš? Nikada ne sumnjaš u vezi sa onim kako se oseća ili šta misli. Ako ima mišljenje o nečemu, a uglavnom ima, nema problem s tim da ga podeli. Takođe je bila prelepa – i dalje je. Zaljubio sam se do ušiju u nju pre nego što me je uopšte primetila. Ranije sam samo zurio u nju; mislim da sam osećao strahopoštovanje. Nisam imao hrabrosti da je pozovem na sastanak; nisam imao hrabrosti ni da pričam s njom.

– Pa kako ste završili zajedno?

– Jednog dana me je uhvatila kako zurim u nju, prišla mi i rekla: „Hoćeš li stalno da sediš tu i buljiš u mene, ili ćeš u nekom trenutku da me pozoveš da izađemo?“ – Nasmešio se dok se prisećao toga.

– To zvuči kao Rouz! – nasmejala sam se.

– Da. Pa, svakako, promucao sam poziv za lokalnu piceriju, i ostalo je istorija.

Ponovo se nasmešio, očigledno se prisećajući tih uspomena. Posle nekog vremena, postalo je jasno da je razgovor došao do kraja, pa sam polako ustala.

– Hvala ti što si me saslušala, Popi – rekao je Stiv.

– Zaista mi nije bio problem. Znam da deluje teško, ali mislim da ćeš uspeti da preguraš ovo i, nadam se, da im oprostiš. Mada, mogu li nešto da te zamolim?

– Šta?

– Razgovaraj s Rouz. Mora da zna šta se dešava.

– Šta se dešava? – Okrenuli smo glave prema zvuku Rouzinog glasa. Bili smo toliko fokusirani na razgovor da nijedno od nas nije primetilo da je došla iza ugla kuće i da je sada stajala iza nas, potpuno bledog lica.

Neko vreme niko nije progovorio, ali atmosfera je bila toliko naelektrisana da sam gotovo mogla da čujem zujanje i pucketanje.

– Šta moraš da mi kažeš, Stive? Šta si uradio?

– Ništa nije uradio – razuverila sam je. – Prolazi kroz neke stvari, ali biće dobro. Mislim da ćete oboje biti. Imate o mnogo toga da razgovarate – nastavila sam. – Ostaviću vas same, ali ako vam zatrebam, samo dođite po mene.

Ustala sam i krenula prema kući, a Rouz je sela na moje mesto na ležaljci. Kada sam ušla unutra, iznenadila sam se kada sam zatekla svoju majku u kuhinji, kako pravi čaj u pidžami. Mislim da je nikada ranije nisam videla u kuhinji a da nije potpuno odevena i doterana. Čekala je da voda proključa i tiho je pevušila sebi u bradu.

– Zdravo, mama – rekla sam. – Jel' sve u redu?

– Da – odgovorila je. – Zašto ne bi bilo?

– Ne znam. Mislim da te nikada nisam videla ovde u pidžami.

– Tvoj otac i ja smo odlučili da ostanemo duže u krevetu danas – rekla je uz osmeh, i primetila sam da joj se oči cakle. – On se tušira, pa sam želela oboma da nam napravim čaj dok ga čekam da izađe.

Ne morate da čitate misli da biste znali šta se ovde dešava. Iako mi je bilo drago što su iznova potpalili svoj ljubavni život, takođe je pomalo i gadno. Srećom, Lili i Ejmi su ušle u kuhinju pre nego što sam mogla bilo šta drugo da kažem. Lili je jednom pogledala mamu i širom otvorila usta.

– Mama! – viknula je. – Šta radiš, zaboga?

– Pravim čaj za sebe i vašeg oca – odgovorila je mama, pomalo iznerviranim glasom.

– Ali nisi obučena! – nastavila je Lili šokirana.

– Pa? Nisam gola, zar ne? Ne razumem zašto pravite toliko frku oko toga. Prvo Popi, a sada ti. Mnogi ljudi prave čaj u pidžami. Znate, to nije krivično delo. – Sipala je vodu u dve šolje i izvadila mleko iz frižidera.

– Mislim da vam je pidžama divna – oglasila se Ejmi. – Gde ste je kupili?

– Hvala, Ejmi – rekla je mama mangupski. – Kupila sam je u *Marks i Spenseru* prošle godine.

Lili i ja smo razmenile pogled. Očigledno nije shvatila šta se desilo i gledala je u mamu kao da je poludela i da je treba poslati u najbližu psihijatrijsku ustanovu. U međuvremenu, mama je sipala mleko u šolje čaja kao da se ništa neobično nije dešavalo. Lili je očigledno bila rastrzana između toga da li da nastavi ovaj razgovor ili ne, ali laknulo mi je kada je odlučila da ga zaboravi. Mama je pažljivo bacila kesice čaja u kantu za smeće i uputila se prema stepeništu.

– Šta joj je? – upitala me je Lili.

– Možda se samo opustila. Ili je odlučila da uspori danas jer će sutra biti naporan dan zbog venčanja. Mislim da nema razloga za brigu.

– Pretpostavljam – popustila je. – Svejedno, čudno je. Nadam se da joj neće preći u naviku.

– Zašto je tebe briga? – odgovorila joj je Ejmi. – Ti odlaziš da živiš s Denom, ludice! Tvoja mama bi mogla gola da se šeta po kući, ti to nećeš znati.

– U pravu si – zakikotala se Lili. – Ponekad zaboravim. Nadam se da ona i tata neće osnovati nudističku koloniju u kući sada kad ostanu bez nadzora. To bi bilo isuviše čudno.

– Dobro, napraviću nam obema šolju čaja kako bismo ga iznele i uživale pored bazena – rekla joj je Ejmi. – Ovo ti je poslednji dan u ovoj sjajnoj kući i moramo da ga iskoristimo.

– Mislim da treba da izbegavate dvorište – rekla sam joj, svesna telefona koji mi je zavibrirao u džepu. – Rouz i Stiv su tamo.

– Pa? Ima mesta za sve.

– Da, ali vode ozbiljan razgovor, i mislim da bi cenili malo privatnosti.

– Ne mogu da zauzmu celo dvorište! To uopšte nije fer. Ako žele privatnost, treba da idu u svoju sobu. Ja idem tamo, a ako im se to ne svidi, moraće da se pomere.

Budući da nije ni trebalo da bude ovde, nakratko me je zapanjio njen stav, pre nego što sam se setila da je to Ejmi. Ona misli da polaže pravo na sve.

– U redu, dobro. Idem da im kažem da dolazite, kako bi imali priliku da se sklone. – Poslednje što im treba je da ih Ejmi prisluškuje i gura nos u njihova posla, pa ako nije spremna da me posluša, najmanje što mogu da uradim jeste da upozorim Rouz i Stiva. Izašla sam nazad u dvorište i zaobišla ivicu kuće.

Ispostavilo se da nisam morala, budući da Rouz i Stiva nigde nije bilo. Dvorište je bilo potpuno prazno. Izvadila sam telefon i zatekla poruku od Rouz.

Stiv i ja moramo da razgovaramo, pa smo otišli u šetnju. Ne znam koliko ćemo se zadržati. Možeš li da probudiš devojčice i nahraniš ih itd., dok se ne vratimo? Rx

28.

– Kada se mama i tata vraćaju? – upitala me je Ivi, dureći se. Srećom, svi osim Lili i Ejmi su se ponudili da pomognu, pa ih nisam čuvala sama. Mislim da bi i Lili pomogla da Ejmi nije držala monopol nad njom od doručka. Olivija i Ivi su šarmantne devojčice, ali postajalo mi je sve teže da ih zabavim, a više nimalo nisu krile činjenicu da žele da im se roditelji vrate. Bilo je popodne i svi smo bili na plaži, trudeći se da iskoristimo poslednji dan ovde.

– Ne znam. Imaju o puno toga da razgovaraju, pa bi se mogli zadržati još malo.

– O čemu? – Sada je definitivno kukala.

– O odraslim stvarima.

– Mrzim kada ljudi to kažu – razbesnela se odjednom Olivija.

– Šta?

– *Odraslim* – imitirala je moj glas. – To je tako patriotski.

Nisam mogla da se ne nasmejem, što ju je očigledno još više iznerviralo. Bila je ista majka, to je bilo sigurno.

– Šta je toliko smešno? – Sada je definitivno bila ljuta.

– Mislim da si želela da kažeš patronizujuće, ne patriotski – objasnila sam. – Patriotski je kada voliš svoju zemlju. Patronizujuće je kada neko s tobom priča s visine.

– Da, pa da. Kako god. – Ponovo se okrenula slaganju školjki u pesku.

– Treba li ti pauza? Mogu da preuzmem na neko vreme – ponudila se mama. I dalje je bila neobično dobro raspoložena, i bilo mi je istovremeno drago zbog nje, ali i blago mučnjikavo. Ona i tata su očigledno mislili da su suptilni, ali sudeći po načinu na koji ju je on gledao i uporno dodirivao, i po značajnim osmesima koje je ona njemu upućivala, mogli bi iznad glava da stave znak: „Jutros smo imali seks.“

– Možeš li? – odgovorila sam. – To bi bilo sjajno. Idem do prodavnice da nam svima kupim sladoled. – Namere mi nisu bile potpuno čiste, dobronamerne; pored toga što mi je bila potrebna pauza od Olivije i Ivi, takođe sam htela da na brzinu proverim Semovu kuću kako bih videla da li se vratio. Pretpostavljam da su mi devojčice delimično zamerale to što sam danas bila rasejana. Konstantno sam pogledom pretraživala plažu u nadi da ću ga videti. Svaki surfer je bio meta intenzivnog ispitivanja, ali zasad nije bilo ni traga od Sema.

Kada su čule reč sladoled, obe devojčice su se istog trenutka oraspoložile, i čak su se ponudile da pođu sa mnom kako bi mi pomogle da ga nosim. Nežno sam ih preusmerila kod mame i krenula plažom. Kupiću gomilu sladoleda sa ukusom pomorandže kako se niko ne bi žalio da je neko dobio veći ili bolji.

– Popi, možeš li da mi uzmeš jedan s mrvicama na vrhu, molim te? – Ejmi mi je dobacila.

– Planirala sam da kupim kutiju istih sladoleda – odgovorila sam. – U suprotnom bi devojčice mislile da nije fer što si ti dobila veći sladoled od njih.

– Ma, neće im smetati – rekla je ravnodušno. – Meni je to potrebnije nego njima. Ipak su one samo deca i moraju razumeti da su odrasli nekad važniji.

– Pogledaću. Možda nemaju taj sladoled. – Čak i ako ga imaju, nema šanse da ću joj ga kupiti, pomislila sam.

– Hvala. – Sada kad je poručila šta je želela, bilo je jasno da je više nisam interesovala; naslonila se na stolicu i okrenula lice prema suncu, zatvorivši oči. Na kratak trenutak sam se ponadala da će izgoreti, ali sabrala sam se i stoti put danas se podsetila da se ne spuštam na njen nivo.

I dalje nije bilo znakova života u Semovoj kući, što je istovremeno bilo i razočaravajuće i iznenađujuće, i mrzovoljno sam šetala u pravcu prodavnice kad sam ugledala Rouz i Stiva kako šetaju prema plaži. Pokušala sam da ugledam naznake njihovog raspoloženja, ali bili su predaleko od mene da bih im jasno videla lica. Požurila sam u prodavnicu i kupila kutiju običnih sladoleda za sve, naposletku dodavši četiri vrste onog koji je Ejmi tražila. Kada sam se vratila na naše mesto na plaži, Rouz i Stiv su razgovarali s devojčicama onim usiljeno veselim glasom koji ljudi koriste kada očajnički žele da ubede ostale da je sve u redu. Bilo mi je jasno da je mamin radar bio u punoj pripravnosti, ali za sada se nije mešala, što je bilo mudro.

– Izvolite. Vama sam kupila posebne sladolede – rekla sam, pruživši Stivu, Rouz i devojčicama one lepše. Ejmino lice se naboralo od gađenja kada sam joj pružila običan sladoled od pomorandže.

– Nisam ovo tražila – požalila se. – Tražila sam onakav kakav su oni dobili.

– Znam, ali bilo ih je samo četiri u prodavnici – lagala sam – i mislila sam da je njima to potrebnije nego tebi. – Morala sam da se okrenem kako mi ne bi videla osmeh na licu. Znam, to je bilo neverovatno sitničavo od mene, ali nekada morate da pobedite kada vam se ukaže prilika. Svi ostali su bili veoma zadovoljni svojim sladoledima, ali svaki put kada bih bacila pogled na Ejmi, ona je izgledala ljuto. Nisam se kajala; mogla je sama da se ponudi da kupi sladolede, i onda je mogla da kupi šta god želi.

Iskoristila sam to što sam oslobođena čuvanja dece kako bih se vratila svojoj novoj knjizi. Toliko toga se desilo ove nedelje da sam iznenađena što sam uopšte imala vremena za čitanje, ali dosad sam pročitala dve knjige i gotovo sam prešla polovinu ove. Baš kada sam se prisetila priče i uronila u knjigu, osetila sam kako je Rouz sela pored mene.

– Jesi li dobro? – upitala sam je tiho.

– Mogu li da popričam s tobom nakratko, podalje od ostalih?

– Naravno. – Spustila sam knjigu i sledila je do druge strane plaže, dovoljno daleko od tuđih ušiju.

– Kao prvo, pretpostavljam da treba da ti se zahvalim. Iako je ovo bio jedan od najgorih meseci mog života, sada makar znam šta se dešava, a to je zbog tebe. Izvini što sam ti uvalila i decu, ali sigurna sam da razumeš da nam je trebalo malo vremena da nasamo porazgovaramo.

– Nije problem, one su stvarno slatke. Reci mi kako si.

– Hoćeš li se ponašati kao terapeut?

– Želiš li to?

– Ne baš. Nisam sigurna šta tu ima da se kaže. Moj muž je upravo saznao da je usvojen. Veoma je ljut i prolazi kroz veliku krizu identiteta. To je to.

Nastala je duga tišina i strpljivo sam je čekala. Ne bi me dovukla ovamo samo da bi mi rekla nešto što sam već znala.

– Razumem – nastavila je nakon što je prošlo nekoliko sekundi. – Ili, makar pokušavam da razumem. Deo mene misli da on preteruje, i dajem sve od sebe da se ne ljutim na njega zbog toga što mi je priredio ovoliki nemir zbog nečega toliko jednostavnog.

– Njemu to nije jednostavno. Mislim da je to ono što je važno.

– Znam. Ali on je i dalje Stiv, zar ne? Nije važno ko su mu roditelji.

– Priznajem da ovo nije oblast u kojoj sam ja stručnjak, ali razumem zašto mu je teško. Celog života je verovao da su njegovi roditelji, pa...

– Njegovi roditelji – rekla je Rouz.

– Upravo tako. Kako bi se ti osećala kada bi saznala da mama i tata biološki uopšte nisu s tobom u srodstvu?

– Posle ove nedelje, deo mene misli da bih bila srećna! – nasmejala se.

– Znaš da ne misliš to.

– Ne, u pravu si. Ako iko od nas ima razloga da želi da nije u srodstvu s mamom, to si verovatno ti.

– Nije toliko loša. Nakon što si ti vikala na nju i Zoi porazgovarala s njom, deluje kao da je doživela prosvetljenje. Još je rano, ali ima dobrih znakova. Mada, skrećemo s teme. Šta ćeš da radiš u vezi sa Stivom?

– Ništa. Uverila sam ga da ga i dalje volim, bez obzira na to ko su mu roditelji, ali čeka ga još puno toga. Nežno sam predložila da bi mogao da im se javi kada ga zovu, ali bilo je očigledno da još nije spreman za to. Sve što mogu jeste da budem uz njega kada mu budem potrebna. Ne mogu da ti opišem koliko mi je lakše jer me ne vara.

– I meni. Mislim da ćeš mu biti potrebnija nego ikad.

– Znam da hoću – uzdahnula je. – I biće haos dok se ne smiri dovoljno kako bi razgovarao sa svojom porodicom. Hajde, treba da se vratimo. Vidim kako Ejmi zuri u nas, ta mala kučka koja voli svuda da zabada nos.

Dok smo se vraćale prema ostalima, priznala sam Rouz svoje sitničavo ponašanje sa sladoledima, i grohotom se nasmejala. Znam da to nije lepo, ali smejanje na Ejmin račun je verovatno upravo ono što joj je sada potrebno, pa mi je bilo drago što sam uspela to da joj pružim.

– Šta ima večeras za večeru? – zahtevala je Ejmi da zna dok smo se vraćali kući na kasno po podne.

– Mislim da ćemo jesti ostatke posle probne večere, ali ti ćeš jesti u hotelu, zar ne? – upitala sam. *Molim te, poštedi me još jedne večeri sa Ejmi*, pomislila sam u sebi.

– Ne. Ovo je poslednja noć kada je Lili neudata žena i potrebna joj je najbolja prijateljica – odgovorila je, čvrsto zagrlivši Lili preko ramenâ.

– Ali zar nisi platila sobu? Čudno je platiti hotelsku sobu i onda je ne koristiti.

– U redu je. Lijam je tamo, pa je neko koristi.

– Zar mu ne nedostaješ?

– Naravno da mu nedostajem – nasmešila se usiljeno. – Ali takođe razume da moram da budem uz Lili tokom ovog važnog perioda njenog života. Obećala sam mu da ću doručkovati s njim sutra pre nego što počnemo da se spremamo.

Siroti Lijam, pomislila sam. Kladim se da on ne „razume" ni upola rado kao što to Ejmi predstavlja. Da je mene neko odvukao na drugi kraj zemlje i ostavio me samu u hotelu u kome ne znam nikoga, a moj partner se zabavljao sa svojom najboljom prijateljicom i njenom porodicom, imala bih puno toga da kažem i ne bih imala nimalo razumevanja. Šta li, zaboga, vidi u njoj?

29.

Znam da bi trebalo da budem uzbuđena zbog venčanja svoje sestre, ali osećala sam se potpuno depresivno dok sam jela parče tosta za doručak. Moje jutarnje hodočašće do Semove kuće je bilo uzaludno, i prihvatila sam da se neće vratiti. Neću potpuno izgubiti nadu dok ne uđem sutra u kola kako bih krenula nazad kući, ali prostor za mogućnosti je brzo nestajao. Glasno sam uzdahnula dok sam stavljala praznu šolju od kafe, tanjir i nož u mašinu za sudove.

– Ne tu – naredila je mama kada je ušla u kuhinju. – Moramo sve da operemo i sklonimo pre nego što odemo, sećaš se?

– Izvini. Mehanički sam to uradila – rekla sam, a potom izvadila okrivljene predmete iz mašine i odnela ih do sudopere kako bih ih oprala.

– Jesi li dobro? Ne deluješ mi sva svoja jutros.

– Samo mi nedostaje Sem, to je sve.

– Sigurna sam da bi bio ovde kad bi mogao – rekla je tonom koji je trebalo da bude utešan, ali samo je zvučao snishodljivo. Doduše, nisam se uvredila; imala je dobre namere, iako je povremeno imala loš pristup. Dok sam prala i sušila sudove, razmišljala sam o neverovatnoj promeni u našem odnosu ove nedelje. Od otvoreno neprijateljskog ponašanja omekšala je do te mere da mi je ne samo dozvoljavala da ispitujem njene (idiotske, da budem iskrena) predrasude već mi se i obratila za pomoć, doduše izokola. Ne znam da li je ovo naš novi početak, ali nadam se da jeste. Lepo je ne morati se nositi s njenim stalnim neodobravanjem.

– Mogu li da pomognem u nečemu? – upitao je tata kad je ušao u kuhinju i seo za sto. Bilo je to retoričko pitanje; ne mogu da se setim kada je poslednji put bilo šta uradio kako bi pomogao u kuhinji. To je uvek bila teritorija moje majke i žestoko ju je branila.

– Jesi li stavio kofere u auto? – mama ga je pitala.

– Jesam. Čak sam i ostavio mesta za ostatke hrane.

– Mislim da ih neće biti. Ima malo hrane, ali neće je ostati, a tvoja deca alkoholičari su se pobrinula za to da ne preostane više vina.

Pošteno. Nakon što su mama i tata sinoć otišli da spavaju, svi smo ostali budni do kasno, ćaskajući i pijuckajući vino. Rouz ostalima nije rekla ništa u vezi sa Stivom, ali delovala je opuštenije nego što je izgledala nedeljama. Ejmi je bila iritantna, po običaju, ali uglavnom smo uspevali da je ignorišemo. Srećom, njenog automobila nije bilo na prilazu jutros kada sam ustala, pa se očigledno sažalila na jadnog Lijama i otišla da se nađe s njim na doručku.

– Dobro jutro svima – promrmljala je Lili kada nam se pridružila u kuhinji. – Ima li kafe?

Za nekoga ko će se udati za nekoliko sati, nije izgledala baš sjajno. Kosa joj je bila raščupana i nije imala nimalo šminke na licu. Nosila je običnu belu majicu preko crnih helanki, a obula je patike. Bilo bi teško zamisliti nekoga ko je manje ličio na mladu od nje.

– Sedi za sto i napraviću ti je. Jesi li uzbuđena na današnji dan? – pitala je mama.

– Ne bih rekla da sam uzbuđena. Prikladnije je reći da imam tremu i da pomalo osećam mučninu.

– Oh, Lili, nije valjda da si mamurna na dan venčanja? – Mama joj je uputila isti pogled koji je ranije čuvala za mene, i nisam mogla da se ne nasmešim zbog toga što ga je sada koristila na nekom drugom.

– Ne! Samo, to je velika stvar! Zar ti nisi imala tremu?

– To je bilo toliko davno da se ne sećam.

– Ne moraš to da radiš ako nisi sigurna, Lili – oglasio se tata. – Mogu da pozovem sveštenika i da mu otkažem.

– Ne pričaj gluposti, Bile! – napala ga je mama. – Naravno da se nije predomislila, zar ne? – Poslednji deo rečenice je uputila Lili, delujući blago uspaničeno.

– Ne, nisam se predomislila, ne brinite. Samo sam svesna da je to stvarno velika stvar, obećati nekome da ćeš ga voleti do kraja života.

– Pričaj mi o tome – umorno je rekla Rouz kada je ušla i srušila se na stolicu pored Lili. – I ja hoću kafu ako si je stavila da se kuva, mama.

– Bićeš dobro – uveravala ju je mama. – Den je dobar čovek. Brinuće se o tebi, sigurna sam u to.

– Zašto joj treba muškarac da se brine o njoj? – Rouz je govorila svojim „željna sam svađe" tonom. Ova vrsta rečenice uvek joj je bila okidač. – Sigurna sam da je i te kako sposobna da vodi računa o sebi, kao što smo svi mi.

– Rouz – rekla je mama nežno. – Danas se Lili udaje, u redu? Zaista ne želim danas da se raspravljam s tobom. Nisam želela da dajem političke izjave. Brinuće se jedno o drugom; jel' to bolje?

– Pretpostavljam da jeste.

– Dobro – rekla sam. – Ja sam spremna, pa ukoliko vam nisam potrebna zbog nečega, idem.

– Slobodno – rekla mi je mama.

– Zapravo, možeš li da me povežeš? – pitala je Lili. – Znam da su mama i tata želeli da me voze, ali verovatno bi trebalo da stignem što ranije mogu.

– Naravno – rekla sam. – Ali ne preuzimam odgovornost za tvoju haljinu. Ne želim čak ni da je dodirnem. Ti je stavi u auto i izvadi posle, važi?

– Važi – široko se nasmešila. – Imam li vremena da završim kafu? Mislim da mi treba što više kofeina.

Lili je uglavnom ćutala dok smo se vozile prema hotelu, što je bilo neobično za nju, ali to mi je odgovaralo. Pretpostavljam da je razmišljala o ogromnom koraku unapred koji se spremala da napravi u svojoj vezi s Denom, a ja sam razmišljala o preranom kraju svoje prekratke veze sa Semom. Moguće je da je bio na putu da mi se pridruži kao što je rekao da hoće, ali nešto mi je govorilo da je to malo verovatno. Znala sam da će se ovo desiti i naravno da se deo mene kajao zbog toga što sam započinjala nešto s njim; bilo bi mnogo lakše da sam se držala na distanci i zaštitila. Ali ima nešto u vezi sa njim zbog čega sam, iako sam neverovatno tužna, takođe i srećna što sam ga upoznala i provela s njim to malo vremena što smo imali. Možda bi trebalo ponovo da počnem da izlazim kad se vratim kući. Sem me je podsetio na to koliko je lepo imati nekoga u životu.

U hotelu su bili zaista predusretljivi i prihvatili su naš zahtev za rani ček-in, pa sam pomogla Lili da unese prtljag u apartman za mladence, koji je, naravno, bio ogroman. Dok je pažljivo stavljala venčanicu u ormar, iskoristila sam priliku da istražim apartman. Pored ogromnog kreveta, bili su tu dnevna soba, minibar, terasa s dve stolice i stolom i sto za šminkanje sa ovalnim ogledalom.

– Možda se ništa neće desiti večeras – šaljivo sam rekla i pokazala na krevet. – Den nikada neće uspeti da te pronađe ovde.

– Nemoj – odgovorila je. – I dalje se brinem zbog toga.

– Bićeš dobro. Seti se šta sam ti rekla. Dve čaše vina kako bi se opustila, a imaš i lubrikant ako ti zatreba.

– Da, znam. Biće bolje posle prvog puta.

– Šta koristiš za kontracepciju?

– Počela sam da pijem pilule pre oko mesec dana.

– Odlično. Ljudi nekada imaju blagu alergijsku reakciju na kondome. Nije često, ali to ti je jedna briga manje. Ne osećaj pritisak da to uradite večeras, u redu? Iznenadilo bi te koliko parova nije konzumiralo brak prve bračne noći. To je važan dan i možda ćeš biti iscrpljena. Uvek postoje jutro posle i medeni mesec.

– Znam, i neću ga pritiskati. Samo mislim da ću bolje spavati ako završim s tim.

– Pa, vidi šta bude da bude. Po sluhu.

– Možda ćemo se prvo okupati zajedno, kako bismo napravili atmosferu. Pitam se da li je kada dovoljno velika – rekla je, a zatim otvorila vrata kupatila. Sledila sam je unutra i pokušala da potisnem smeh. Kada je definitivno bila dovoljno velika, ali sa dve strane su se nalazila ogledala.

– Blagi bože – rekla sam. – Ako će nešto da ti uništi želju, to je gledanje sebe gole u ovim ogledalima.

– Aha – složila se. – Pored toga, razmisli o tome koliko je ljudi verovatno imalo seks u toj kadi. Mislim da ću se ipak držati tuš kabine. Deluje kao da je i ona dovoljno velika za dvoje.

– Lili, ne želim da te istraumiram, ali verovatno su i u njoj ljudi imali seks.

– Uh, u pravu si. Ipak, u tuš kabini se makar sve ispere. Nekako deluje više higijenski nego kada.

– Ostaviću te da sama to zaključiš. Kad treba da se vratim?

– Frizer i šminkerka dolaze u pola jedanaest. Prvo će da srede deveruše, možeš li tad da dođeš?

Obećala sam joj da hoću i krenula u potragu za svojom sobom. Mama i tata su rezervisali i platili sobe svih nas, ali čim su potvrdili rezervacije pozvala sam hotel i tražila bolju sobu. Moje tadašnje razmišljanje bilo je da ću biti iscrpljena nakon cele nedelje s porodicom, i da treba da nagradim sebe za to što sam izdržala. Kada sam otvorila vrata sobe, bila sam zadovoljna onim što sam videla. Bila je manja od apartmana za mladence, naravno, ali ne previše. Krevet je bio neverovatno udoban kad sam legla na njega, a jorgan debeo i luksuzan, kao i jastuci. Na takvom krevetu smo Sem i ja mogli da radimo razne prijatne i nestašne stvari. Bilo mi je lakše kad sam videla da je kada okružena običnim pločicama umesto odvratnim ogledalima kao u apartmanu za mladence. Jadna Lili, pitam se da li će moći da uđe u tuš kabinu nakon našeg razgovora. Kada očigledno neće biti dozvoljena.

Kada sam se vratila u njenu sobu u pola jedanaest, Rouz, Ejmi i Sara već su bile tu sa šminkerkom i frizerom. Fotograf je takođe stigao i slikao je venčanicu, Liline cipele i razne druge stvari. Olivija i Ivi će ići s nama kolima do crkve, ali Zoi je mislila da bi verovatno bilo bolje da budu s njom do poslednjeg trenutka. U kofi s ledom bila je flaša šampanjca, sa čašama pored. Sa sigurnošću sam očekivala da će Ejmi zahtevati da ide prva kao glavna deveruša, ali iznenadila me je predloživši da ja idem prva. Upravo sam počela da se pitam da li se promenila, kad je rekla svoj razlog.

– Želim da me poslednju srede. Tako ću moći da vidim šta će vama uraditi i da izaberem delove koji mi se najviše sviđaju. Pored toga, šminka će mi biti sveža za ceremoniju.

Dobro, i dalje je užasna. Rouz mi je pružila čašu hladnog šampanjca kad je frizer počeo i pokušala sam da razbistrim misli i razmišljam pozitivno. Nije mi uspelo, ali razmišljala sam najpozitivnije što sam mogla. Frizer nije žurio, strpljivo radeći kako bi se uverio da mi kosa ne ide u lice, ali da mi i dalje pada preko ramenâ u savršenim svilenim talasima pre nego što sam promenila stolicu i predala se u ruke šminkerki, koja mi je pažljivo stavljala senku za oči, maskaru i razna rumenila. Kada sam konačno bila gotova, zapravo sam bila veoma zadovoljna rezultatom. Brinula sam se da će biti prenaglašeno, ali iako su mi stavili puno šminke, efekat je bio iznenađujuće suptilan. Sara je bila sledeća na redu, s Rouz iza nje. Kada smo bile gotove, Lili nas je izbacila pre nego što su počeli da rade na njoj.

– Želim da vas iznenadim – objasnila je.

– Ali neko mora da ti pomogne s venčanicom! – požalila se Ejmi.

– Mama će doći i pomoći mi. Vidimo se kasnije – rekla joj je Lili odlučno.

Ejmi je pokušala da prikrije ozlojeđenost, ali nije joj išlo baš najbolje.

– Dobro – rekla je mrzovoljno. – Zovi me kad završiš.

Prošlo je malo više od sat vremena kad su nas pozvali da se okupimo u Lilinoj sobi. Mama i tata su već bili tu, a Zoi je stigla sa Olivijom i Ivi, koja je izgledala anđeoski u svojoj maloj haljini. Sama Lili je bila potpuno preobražena. Umorni izgled od jutros je nestao i izgledala je kao zapanjujuća nevesta. Ako Denu ne ispadnu oči iz glave kada je vidi, biću iznenađena.

Kada je fotograf napravio gomilu slika svih nas, otišao je kako bi se pripremio u crkvi i nastala je pomalo neugodna tišina dok smo čekali da nam jave da su automobili stigli. Kada je zazvonio telefon, svi smo se blago štrecnuli, ali tata je prvi stigao do njega.

– Dobro – objavio je kada je prekinuo vezu. – Kola su stigla. Hajde, Lili, idemo da te udamo.

30.

Crkva je izgledala prelepo kada smo stigli. Kada smo sinoć došli na probu, izgledala je potpuno isto kao prošle nedelje, ali sada je iznad vrata bio venac cveća, na kraju svakog drugog reda klupa bilo je cveća i blizu oltara su bila dva velika venca. Mora da su cvećari radili celog jutra kako bi postigli ovako fantastičnu transformaciju. Orguljaš je svirao „The Arrival of The Queen of Sheba", dok sam ja sledila Lili i oca do oltara i na trenutak sam se zapitala da li Ejmi misli da je to svirao zbog nje. Dok su Liline oči bile fokusirane pravo napred, Ejmi se smeškala i mahala ljudima dok je prolazila. Den me nije izneverio, pustio je nekoliko suza kad je prvi put ugledao svoju nevestu. Stjuart, koji je stajao pored njega, izgledao je arogantno kao i uvek. Nadam se da njegov govor, koji će održati kao kum, neće biti katastrofalan. Deluje mi kao tip osobe koja ne zna granicu između duhovitog i uvredljivog.

Nisam bila skoncentrisana tokom većeg dela ceremonije. Lili i Den su pomalo uplašeno promrmljali zavete, nastupio je komičan trenutak kada se pomučila da mu stavi burmu na prst, a onda su Denova mama i Ejmi pročitale nekoliko odeljaka iz *Biblije*. Sveštenikova propoved je bila uobičajena priča o Bogu, i vrlo brzo su nas usmerili u drugu prostoriju na potpisivanje. Osećala sam se čudno udaljeno od svega toga, kao da sam neki neutralni posmatrač. Volim venčanja, ali još nisam upoznala nekoga zbog koga bih pomislila na taj korak. Pitam se da li bih to osetila prema Semu u nekom trenutku, da smo imali više vremena.

– Nasmeši se, Popi – prosiktala je mama kad nas je fotograf organizovao za sliku koju je želeo. – Ovo je venčanje, ne sahrana.

– Izvini. Kilometrima sam daleko – šapnula sam i usiljeno se nasmešila.

– Makar Rouz deluje kao da joj je drago što je ovde. Izgleda srećnije nego što sam je videla cele nedelje – nastavila je mama šapatom dok se fotograf bavio slikom, gurajući nekoliko ljudi levo i desno. Bacila sam pogled na Rouz i shvatila da je bila u pravu. Njen širok osmeh nije delovao nimalo usiljeno.

Nakon što su se potpisali, svi smo ispratili Lili i Dena iz crkve. Svi gosti su izvadili telefone i kamere i celo iskustvo je bilo nešto najbliže crvenom tepihu što ću ikada iskusiti. Fotograf nas je u nekoliko navrata zaustavio kako bi nas slikao, dok je orguljaš svirao Vidorovu „Tokatu".

Kada smo izašli napolje, nastala je komična bitka između Ejmi i Stjuarta dok su pokušavali da okupe razne porodične grupe za slikanje. Tehnički, Stjuart je bio zadužen za slike i imao je spisak slika koje su Lili i Den rekli da posebno žele. Međutim, Ejmi je bila odlučna u tome da je niko ne zaseni i davala je kontradiktorna uputstva, usporivši sve i generalno nervirajući Stjuarta.

Sada kad je ceremonija bila završena, Lili je izgledala mnogo opuštenije i srećnije, što mi je bilo drago da vidim. Široko se smešila fotografu, Denu i svima koji su joj uhvatili pogled. Den je izgledao kao da ne može da veruje koliko mu se posrećilo s njom, i stalno je gledao u Lili kao da je proveravao da li je još tu i da nije bila samo plod njegove mašte. Nakon onoga što je delovalo kao čitava večnost, sve slike su bile gotove i ušli smo u kola zbog kratke vožnje do hotela, gde će biti još slikanja pre prijema. Bio je prelep letnji dan i u sebi sam proklinjala Lili što je insistirala na tamnim hulahopkama, budući da sam tiho ključala u njima. Bacila sam pogled na Rouz.

– Jel' i tebi vruće koliko i meni u ovim prokletim hulahopkama? – pitala sam je.

– O da. Čim završimo sa slikanjem, skidam ih – odgovorila je.

– Ne možeš to da uradiš! – zgroženo je viknula Ejmi. – Potpuno ćeš upropastiti izgled koji je Lili htela.

– Slušaj, dušo – zarežala je Rouz. – Ti možeš da radiš šta god hoćeš, ali čim više niko ne bude upirao kameru u moje lice, skidam ih. Ako ne dobijem uskoro malo vazduha tu dole, moći ću da otvorim sopstvenu pekaru zbog gljivične infekcije koju ću dobiti.

Ejmi je izgledala užasnuto i pomalo zgađeno, ali nimalo nisam saosećala s njom. Čovek bi pomislio da je dosad naučila da ne treba da provocira Rouz, ali ona kao da je vapila za kaznom. Sara se držala za nos, očajnički pokušavajući da potisne smeh. Srećom, Olivija i Ivi nisu čule Rouzin odgovor, iako bih volela da čujem kako im objašnjava šta je gljivična infekcija.

Na moje razočaranje, stigli smo u hotel pre nego što je razgovor mogao da se nastavi. Fotograf je očigledno napravio sve slike koje je želeo s nama, budući da je nestao u bašti s Lili i Denom. Pošto smo obavile dužnosti deveruša, makar vezane za slikanje, Rouz i ja smo se uputile u toalet, gde smo skinule hulahopke, uzdahnuvši od olakšanja. Ejmi je delovala odlučno u tome da svoje ostavi na sebi, uprkos činjenici da se sigurno kuvala, i u trenutku nestašluka, Rouz i ja smo se kladile koliko će dugo izdržati.

– Kako se držiš? – upitala sam Rouz kada smo izašle, u potrazi za čašom šampanjca.

– Mislim dobro. Sada kad znam šta je problem, nosimo se s njim kao tim. Nismo bliže tome da odlučimo šta će da radi, ali mislim da se ponovo slažemo, ako to ima smisla?

– Stvarno mi je drago zbog tebe.

– Imam sreće. Stiv i ja smo uvek dobro komunicirali, zbog čega mi se oglasio alarm čim sam osetila da nešto krije od mene. Znam da neki ljudi misle da volim konflikte, ali...

– Neki ljudi? – nasmejala sam se.

– Odjebi, niko te nije pitao! – odgovorila je raspoloženo. – Stvar je u tome što, iako deluje blago, Stiv je zapravo veoma dobar u zauzimanju za sebe. Oduvek sam po prirodi bila sklona tome da idem u napad, ali on mi dozvoli da to uradim, a onda kaže: „Pitam se da li si razmišljala o ovome?“, ili „Razumem, ali...“. Tamo gde sam ja žestoka on je uglavnom miran i veoma odmeren. On je dobra protivteža meni. Dakle, nastavićemo da razgovaramo i razgovaramo, i nadam se da ćemo naći način da se izborimo sa ovim.

– Znaš šta? Mislim da hoćete.

– I ja to mislim. Čeka nas dug put, i znam da ne smem dozvoliti da ga požurujem, što će za mene biti veoma teško. Zapravo, smešno je; iako je to za njega ogromna stvar i odnos s porodicom mu je na klimavim nogama, kao par smo bliži nego ikada na mnogo načina. Svakako, dosta je bilo o meni. Kako si ti?

– Mislim da ću preživeti. Iako bi Sem mogao da me iznenadi i pojavi se večeras, mislim da su male šanse za to.

– Zašto?

– Ja na to gledam ovako: da su Džesine povrede bile blage, došao bi kući, video da je ona dobro i odmah se vratio. Činjenica da se nije vratio ukazuje na to da je teško povređena. Ko zna, možda je u komi ili nešto gore od toga. Bože, nadam se da nije u komi.

– Sigurna sam da nije – pokušala je Rouz da me uteši, iako nijedna od nas nije bila ubeđena u to.

– Stvar je u tome što će sigurno ostati s njom ako je ozbiljno povređena, i potpuno razumem to. Bila bih luda kad bih pokušala da se takmičim s njegovom ćerkom, naročito zato što se znamo samo nekoliko dana. Samo mi je žao sebe, jer sam počela da mislim da bih s njim mogla imati nešto više. Ali pokušaću da razmišljam pozitivno, za Lili. Ko zna, možda je Stjuart i dalje zainteresovan.

– Ne bi valjda!

– Naravno da ne bih. Šalim se! Osim činjenice da je on maltene dete i da me nimalo ne privlači, za koga me smatraš?

– Samo proveravam. Nema razloga da se vređaš.

– Kaže najuvredljivija osoba koju znam. Hajde, mislim da tamo vidim konobara.

Dok smo se okupili za svadbeni doručak, prošao je još jedan sat i Rouz i ja smo popile po čašu šampanjca. Ne znam da li je to bilo zbog šampanjca, ali osećala sam se pomalo pripito dok smo hodale prema našem stolu i rekla sam sebi da treba da usporim. Obema nam je bilo veoma zanimljivo to što je Ejmi, koja je u autu bila toliko protiv toga, u nekom trenutku skinula hulahopke. Budući da je sedela u čelu stola s Lili, to je bio hrabar potez, ali mislim da je Lili trenutno bila previše ushićena da bi primetila prekršaj dres koda, pa će joj to verovatno proći. Naš sto se uglavnom sastojao od članova porodice koji nisu bili dovoljno važni da bi sedeli u čelu, s jednim izuzetkom. Dok sam prilazila stolu, ugledala sam mladića koji je već sedeo, zureći praznim pogledom okolo.

– Zdravo – pozdravila sam se kada sam sela pored njega, i bacila sam pogled na escajg kako bih pokušala da shvatim ko je on. – Ja sam Popi, jedna od mladinih sestara.

– Lijam – snuždeno je odgovorio. – Dečko glavne deveruše.

– Drago mi je, Lijame – nasmešila sam se. Bila sam svesna toga da ne poznaje nikoga za stolom, pa sam se, kad smo svi seli, potrudila da ga upoznam sa svima i učinim da mu bude malo prijatnije. Nije mi trebalo dugo da shvatim da bi radije bio bilo gde drugde nego tu. Pitala sam ponešto o njemu, ali nakon što sam dobila jednosložan odgovor na svako pitanje, odustala sam. Čini se da mu to nije smetalo; delovalo je kao da je fokusiran na svoju čašu vina. Kada su konobari počeli da odnose predjelo, on je već bio popio dve čaše.

Hranu je najbolje opisati kao običnu. Lili i Den su se odlučili za pečenje, iako smo bili usred leta i nešto laganije bi bilo bolje. Ja bih je nazvala „generičnom", uz parčiće mesa koje je bilo teško identifikovati, ali koje je jelovnik reklamirao kao ćuretinu, prekuvano povrće, vodenkasti sos i gnjecav krompir-pire. Pomislila sam da su se prešli zbog toga što su planirali venčanje tokom zime, a ta pomisao mi je bila potvrđena kad su konobari izneli pitu s jabukama i pavlakom. Kada smo došli do govora, Lijam se raspadao i jedva sam čekala da se formalnosti završe kako bih mogla da se sklonim od njega i prepustim ga Ejmi.

Tatin govor je bio savršeno izbalansiran. Ispričao je nekoliko priča iz Lilinog detinjstva i toplo primio Dena u porodicu. Denov govor je takođe bio dobar, a aplauz koji je dobio kada je izgovorio reči „moja žena" entuzijastično je naglasilo i nekoliko zvižduka. Na kraju čak ni Stjuart nije bio loš, iako sam ja, a pretpostavljam i većina gostiju, uzdahnula od olakšanja kad je ponovo seo.

Nakon što su isekli tortu, hotelsko osoblje je raščistilo stolove i pomerilo stolice u stranu prostorije kako bi sve bilo spremno za večernji ples. Zaintrigiralo me je kad sam videla Ejmi kako čita bukvicu gotovo onesvešćenom Lijamu; bio je isuviše pijan da bi čuo bilo šta što mu je govorila.

– Hoćeš li da plešeš sa mnom? – Podigla sam pogled i ugledala Stjuarta.

– Ne bih rekla. Ali, hvala. – Poslednje što mi je večeras potrebno bilo je njegovo nabacivanje.

– Hajde. Znaš da želiš.

– Stvarno ne želim, Stjuarte. Zapravo, poprilično sam iscrpljena. Uskoro idem u krevet. – Kada sam to rekla, shvatila sam da sam zaista bila veoma umorna. Bila je ovo naporna nedelja i nisam imala puno vremena da je procesiram.

– Želiš li da te ispratim do sobe? Možeš da mi pokažeš još svojih crteža. – Značajno mi se nasmešio, jasno mi dajući do znanja šta je mislio da bi trebalo da se desi kada dođemo tamo.

– Ne, hvala. Velika sam devojka i sigurna sam da mogu sama da se snađem.

Osmotrila sam prostoriju kako bih proverila da li će neko primetiti ako se iskradem. Nije bilo ni traga od Sema, kao što sam i mislila da neće, i obavila sam svoje zvanične dužnosti. Sigurno sam zaslužila malo vremena za sebe? Neki gosti su iskoristili ovu pauzu kao priliku da izađu u baštu, dok su se ostali okupili oko bara. Uputila sam se prema recepciji, gde sam ih zamolila da pošalju flašu *sovinjon blank* vina u moju sobu. Čim sam ušla i zatvorila vrata za sobom, desilo se nešto neverovatno. Počela sam da jecam.

Nisam sto posto sigurna šta je prouzrokovalo to more suza. Očigledno je u pitanju propuštena prilika sa Semom, ali takođe i zabrinutost za Džesi (koja je, zaključila sam, definitivno bila u komi, ako je uopšte i dalje živa), bes zbog toga što sam svih ovih godina bila toliko neshvaćena od svoje majke, pored još gomile drugih stvari koje nisam tačno mogla da razaznam. Mladić koji mi je doneo moju flašu vina samo me je pogledao i pobegao čim mi ju je pružio.

Prošlo je mnogo vremena otkad sam bila ovoliko očajnički nesrećna.

31.

Srećom, kada sam se probudila sledećeg jutra ponovo sam bila uravnotežena. Pogledala sam na sat; u devet sati imamo veliki porodični doručak, a onda ispraćamo Lili i Dena na medeni mesec pre nego što svi odemo svojim putem. Imala sam još dva sata pre nego što sam morala da budem spremna, pa sam se protegla i zurila u plafon, prebirajući svoje misli. Krevet je bio udoban koliko sam se nadala da će biti, i na kraju nisam ni pila vino, pa mi je glava bila bistra i nimalo mamurna. Pitala sam se kako se Lijam osećao ovog jutra; ne bi me čudilo da ga je Ejmi izbacila iz sobe sinoć koliko je bila ljuta na njega. Poprilično mi ga je bilo žao, ali možda on vidi njenu drugu stranu. Ko zna?

Preusmerila sam pažnju na Rouz. Da, ona je neverovatno ratoborna i tvrdoglava, ali mislim da smo se dosta zbližile ove nedelje. Nemam ideju šta će se desiti sa Stivovim odnosom s njegovom porodicom, ali makar razgovaraju o tome i više između njih nema tajni. Nije mi trebalo dugo da mi misli neizbežno pređu na Sema. Frojdova bakica na tavanu i dalje mi je drobila, ali ton joj je sada bio nežniji. Iako je bolelo onoliko koliko sam znala da hoće kada smo počeli, realnost je da se nimalo nisam kajala. Stvarno se nadam da će se Džesi oporaviti; neverovatno je samouverena i zrela za svoje godine i od onih je ljudi za koje prosto znate da imaju sjajnu budućnost pred sobom. Sem i Luiza su očigledno dobro obavili posao, uprkos tome što su bili tako mladi kad se ona rodila.

Dobro sam razmislila o načinima na koje bih potencijalno mogla da pronađem Sema, ali činjenica da nisam znala ništa o njemu osim da je on Sem, stručnjak za nauku o podacima iz Svindona, definitivno znači da bih tražila iglu u plastu sena. Takođe ne znam da li ta igla želi da bude nađena, i da li uopšte živi u Svindonu: mogao bi živeti i u obližnjem selu koliko ja znam. Kako bi ponižavajuće bilo mesecima ga tražiti po društvenim mrežama, i imati dovoljno sreće da ga pronađem, a da on na kraju ne želi da ima veze sa mnom. Mislim da ću morati da naučim da ga se rado sećam kao „Sema stručnjaka za nauku o podacima iz Svindona s kojim sam imala sjajnu avanturu".

Kada sam sišla niza stepenice, osećala sam se mirnije. I dalje sam razgledala recepciju i trpezariju hotela, u slučaju da je ipak stigao, i osetila sam nalet tuge kad sam shvatila da nije, naravno da nije, ali taj nalet me nije preplavio; mogu da se nosim s tim. Iako sam stigla tačno na vreme, ipak sam stigla poslednja, budući da su svi ostali iz moje porodice već sedeli za stolom. Zapravo, shvatila sam, to nije bila istina. Ostale su bile još dve prazne stolice, verovatno Ejmina i Lijamova. To je bilo potvrđeno kada se moja majka okrenula prema Lili.

– Hoćemo li čekati Ejmi i Lijama, ili ćemo početi sada kad se Popi udostojila da nam se pridruži?

– Izvinjavam se, ali stigla sam na vreme – požalila sam se. – Nisam ja kriva što ste vi ostali poranili.

– Opusti se, Popi. Šalila sam se – izgrdila me je mama uz osmeh. Ove nedelje smo izuzetno napredovale, ali i dalje nas čeka puno posla pre nego što uspemo da budemo potpuno opuštene jedna s drugom.

– Mislim da možemo da počnemo – objavila je Lili. – Ne znam ni da li će Ejmi i Lijam doći. Bio je poprilično pijan sinoć, pa možda spava.

– Nestala si veoma rano – primetila je Zoi kada smo ustale i uputile se prema švedskom stolu. – Gde si otišla?

– Bila sam iscrpljena, pa sam otišla u krevet. Izvini – odgovorila sam.

– Ne izvinjavaj se, samo si propustila svu zabavu. Lijam je ozbiljno preterao, i na kraju je povratio u jednu od saksija s cvećem. Ejmi je izgledala kao da je želela da je zemlja proguta kad ga je odvukla iz sale kako bi ga stavila u krevet. Kada se vratila, provela je nezdravu količinu vremena plešući i flertujući sa Stjuartom, u čemu sam sigurna da možeš da pretpostaviš da je on uživao. Znaš, nisam sto posto sigurna da se nisu smuvali.

– Taj momak je neverovatan – odgovorila sam. – Postoji li žena kojoj se ne bi nabacivao? Dobro je što je tata bio tu, inače bi možda pokušao nešto s mamom!

Na švedskom stolu je bio veliki izbor žitarica, svežeg voća i peciva, kao i tradicionalnog kuvanog doručka. Budući da sam imala dug put pred sobom, odlučila sam se za kuvani doručak i završila sam pored Lili u redu.

– Kako si? – upitala sam je tiho.

– Dobro. Stvarno dobro – odgovorila je šapatom. – Nije mi ni trebao lubrikant. Držala sam se nekoliko čaša vina kao što si predložila, i kada je došlo vreme za to bila sam u fazonu: „da, mogu ja to".

– Stvarno mi je drago. Samo se seti, ne dozvoli mu da se ulenji, važi? Ne želim da te vidim u svojoj kancelariji za nekoliko godina.

– Oh, neću – nasmešila se. – Imamo ceo medeni mesec za vežbanje tehnike.

Poslužila sam se jajima, slaninom, kobasicama i s nekoliko pečenih krompira. U poslednjem trenutku sam dodala nekoliko pečurki i prženi paradajz u uzaludnom pokušaju da obrok učinim malo zdravijim. Kada sam se vratila do stola, konobar je prolazio sa šoljama čaja i kafe. Poručila sam kafu i zažalila čim sam uzela prvi gutljaj. Postoji taj opor ukus koji se javi samo kada kafa satima stoji na rešou. Istog trenutka sam ga prepoznala. Kada smo Rejčel i ja tek otvorile svoju praksu, imale smo jedan od onih aparata za kafu sa rešoom, i bila je potpuno ista. Prvih nekoliko šolja bude divno, ali ako ostavite kafu da ostane topla na rešou, vrlo brzo ne može više da se pije. Ubrzo smo je zamenile jednim od onih aparata u koji se ubacuju filteri. Srećom, osim zgusnutih jaja koja su se takođe predugo grejala i stajala, ostatak doručka je bio vrlo ukusan.

– Mislim da bi ti bilo drago da čuješ da sam popričala sa svojom prijateljicom, onom koja je imala problem o kome sam ti pričala – promrmljala mi je mama u uvo. Ustala je sa svoje stolice i trenutno je stajala iza mene. – Prenela sam joj tvoj predlog i jutros me je zvala kako bi mi rekla koliko ti je zahvalna. Izgleda da je lubrikant puno pomogao, muž joj je oduševljen, a ona će zakazati pregled kod lekara sledeće nedelje. Samo sam pomislila da bi volela da znaš.

– Drago mi je što sam mogla da pomognem – odgovorila sam. Stvarno nisam želela da znam, ali mami je ovo bilo važno i pružila mi je čudan znak primirja.

– Zaista ceni pomoć i rekla je da sam prava srećnica jer imam ćerku koja zna te stvari. Rekla sam joj koliko sam ponosna na tebe.

Davala sam sve od sebe da ne padnem sa stolice od iznenađenja. Jel' to moja majka upravo rekla da je ponosna na mene?

– To mi mnogo znači, hvala, mama – okrenula sam se i rekla. Približila se i čvrsto me stegla na trenutak pre nego što se vratila do svog mesta.

Upravo smo završavali s doručkom kada se Ejmi pojavila sa Stjuartom. Došli su do stola i seli na dve slobodne stolice. Svi su se trudili da ne zure u njih, ali bilo je jasno da je isto pitanje bilo u glavama svih nas.

– Kako je Lijam jutros? – upitala je Zoi posle nekog vremena.

– Nemam ni najblažeg pojma – odgovorila je Ejmi vragolasto. – Raskinuli smo sinoć.

– Veoma mi je žao zbog toga – rekla je Rouz, ne zvučeći nimalo kao da joj je žao. – Mora da je bilo neugodno spavati u istoj sobi s njim.

– Bilo bi da Stjuart nije bio pravi džentlmen i pomogao mi. Rezervisao mi je poslednju preostalu sobu.

– Bože, kako velikodušan gest, Stjuarte. Mora da je to napravilo rupu u tvojim studentskim finansijama – nastavila je Rouz. Sirota Ejmi, čovek bi pomislio da je do sada naučila lekciju, ali bilo je jasno da nije imala pojma da su Rouzina pažljivo formulisana pitanja samo temelj za još jednu klopku.

– Šta da kažem? – Stjuart je obgrlio rukom Ejmi kao da je njegovo vlasništvo, a ona mu je uzvratila koketnim osmehom. – Lijam ne zaslužuje ovakvo neprocenjivo blago.

Postajalo mi je muka, ali Rouzine oči su se sjajile i caklile. Apsolutno je bila u svom elementu.

– Samo me jedna stvar zanima – nastavila je. – Ako si potrošio ceo svoj budžet na poslednju sobu, gde si ti spavao? Sigurna sam da takav kavaljer poput tebe ne bi iskoristio damu u nevolji, zar ne?

Kada ih je klopka zarobila, i Stjuart i Ejmi su delovali kao da im je neugodno. Meškoljili su se pre nego što je Ejmi odlučila da odgovori na pitanje, a mi ostali smo bili sasvim sigurni da su se smuvali. Mora da je Stjuart bio prezadovoljan time što je uspeo da ispuni kliše s venčanja spavanjem s deverušom.

– Stjuart se ponudio da spava u Lijamovoj sobi, zar ne, Stjuarte? Stjuart je entuzijastično klimnuo glavom.

– I jesi li? – Rouz je nastavila.

Ejmi je imala dovoljno obraza da porumeni. – Ne. Proveo je noć sa mnom. Shvatili smo da imamo puno toga zajedničkog i nastavićemo da se viđamo.

Sigurna sam da imate, pomislila sam. *Zaslužujete jedno drugo.*

– Jel' iko proverio Lijama? – pitala je Zoi s dozom zabrinutosti u glasu. – Kada su ljudi toliko pijani, postoji rizik da će se ugušiti svojom povraćkom.

– Opusti se, živ je. Jutros sam lupala na vrata i odgovorio mi je stenjanjem. Doduše, mislim da nam se neće pridružiti na doručku – nasmešio se Stjuart.

Nakon što smo ispratili Lili i Dena, izašli smo iz soba i ubacili prtljag u automobile pred odlazak kući. Čitavu večnost smo bili zaglavljeni na parkingu, budući da su se svi grlili. Dobila sam veoma strastvene zagrljaje od Sare, Rouz i mame, i niko nije želeo da ode prvi. Posle nekog vremena tata je odlučio da mu je bilo dosta. – Oprezno vozite – rekao je. – Hajde, Hejzel, ne želim da se zaglavimo u nedeljnoj popodnevnoj gužvi.

Zapravo, saobraćaj je bio poprilično miran i brzo sam napredovala na putu kući. Srce je počelo jako da mi lupa u grudima kad sam ugledala skretanje za Svindon, ali oduprla sam se iskušenju da skrenem. Pored činjenice da bi to možda bilo uzaludno, morala sam da stignem do uzgajivačnice pre nego što je zatvore. – Nekim stvarima prosto nije suđeno – promrmljala sam svom odrazu u retrovizoru.

Mačka je uspela da izdrži put do kuće bez potrebe da se olakša u prtljažniku, za divno čudo, ali svejedno sam premestila prtljag na zadnje sedište, za svaki slučaj. Nakon što sam je izvadila iz transportera i nahranila je, jasno mi je dala do znanja da me ignoriše, u jednom trenutku se čak udaljila kada sam počela da je mazim. U ovakvim trenucima se ozbiljno zapitam zašto nisam uzela psa, ali znam da će je brzo proći. Dok sam se raspakivala i ubacivala sudove u mašinu, počela sam da se osećam iznenađujuće usamljeno. Nikada se ranije nisam osećala usamljeno u svojoj kući, i to me je uhvatilo nespremnu. Uplašio me je zvuk telefonskog zvona i srce je počelo ubrzano da mi kuca, ponadavši se na budalast trenutak da me možda Sem zove, iako sam znala da to nije mogao biti on.

– Halo? – nesigurno sam rekla u mikrofon.

– Popi, tvoja majka je. Zovem te samo da bih proverila da si bezbedno stigla kući.

– Jesam, hvala. Kakav vam je bio put?

– Dobar. Slušaj, moram nešto da ti kažem.

– Šta?

– U vezi s mojom prijateljicom je. Nisam bila potpuno iskrena; razmišljala sam o tome na putu kući i mislim da treba da ti verujem i da priznam.

– U redu je, mama. Shvatila sam. Javi mi kako je bilo kod lekara, važi?

– Hoću. Popi?

– Da?

– Hvala, dušo. Na svemu.

32.

– Pa, kako je? – Bio je petak i poslednji klijent za danas bila mi je KrisTina. Trudila sam se da ostanem profesionalna i fokusirana, ali nisam mogla da dočekam da ispričam Rejčel o svom odmoru u našem redovnom odlasku u pab petkom. Ispričala sam joj najbolje delove, ali dogovorile smo se da ćemo sačekati kraj radnog dana da zaronimo u detalje, budući da je neke stvari bolje raditi uz piće.

– Stvarno, stvarno dobro – rekla je Tina uz osmeh.

Bila sam pomalo iznenađena, ali bilo mi je drago. – Nastavi – rekla sam.

– U početku je bilo strašno neprijatno – rekla je, položivši ruku na muževljevu butinu. – Nikada mi nije bilo prijatno da razgovaram o seksu, pa mi je sve bilo užasno neugodno, pogotovo kad smo samo sedeli za kuhinjskim stolom, potpuno obučeni. Nekako je izgledalo neprikladno, nije bilo u redu. Jel' ima to smisla?

– Mislim da ima – rekla sam. – Za tebe seks spada u spavaću sobu kad si gola, a ne u kuhinju.

– Upravo tako – odgovorila je. – Znam da ste imali razlog što ste nam dali te zadatke, pa sam stisla zube i potrudila se, ali bilo mi je pomalo gadno. Kris je bio mnogo bolji u tome od mene, zar ne, dragi?

– U početku, ali reci joj šta se sledeće desilo – ohrabrivao ju je Kris.

– Pa, sledeći put smo to uradili goli. U početku mi je i to bilo užasno, jer nisam navikla da budem gola s Krisom osim ako, znate...

– Ne vodite ljubav? – podstakla sam je.

– Da. I uglavnom insistiram na tome da ugasimo svetla, pa sam se osećala veoma ranjivo i izloženo. Ali onda je Kris počeo da me miluje, veoma nežno, po stomaku. Rekao mi je da obožava moj stomak, što me je iznenadilo. Uvek sam pokušavala da ga sakrijem.

– Zašto? – Bila je žena sa oblinama, ali nimalo gojazna.

– Imam nekoliko strija. Izgledaju mi ružno i mrzim ih.

– Ja ih volim – prekinuo ju je Kris – jer su deo nje.

– Bilo kako bilo, milovao mi je stomak i pričao mi koliko ga voli i počela sam da se osećam manje nesigurno. Čak sam mu dozvolila da ga poljubi, što ranije nikada nisam uradila. I shvatila sam nešto.

– Šta si shvatila?

– Volim kada me dodiruje. Bio je stvarno nežan, ali prosto sam osećala iskrice gde god mu je bila ruka. Pa sam mu rekla da mi se to sviđa.

– Odlično. To je veliki napredak.

– To mi je bila prekretnica. Shvatila sam da nikada nisam sirotom Krisu rekla kako volim da me dodiruje. Kako je, zaboga, mogao da zna ako mu nisam rekla? Problem je u tome što ni ja nisam stvarno znala. Tek kada je počeo da mi dodiruje i miluje stomak shvatila sam da mi se to sviđa. Pa smo počeli da eksperimentišemo. Izabrali bismo neki deo mog tela, i on bi ga dodirivao i ljubio, a ja bih pokušavala da ga navodim tako što bih mu rekla šta je bilo dobro, a šta ne.

– A kako si se ti osećao u tome, Krise?

– Svidelo mi se. Tina mi se otvorila na potpuno nov način. Osećao sam se blisko njoj, intimno na način koji nikada ranije nisam osetio. Želeo sam da saznam sve načine na koje bih mogao da je zadovoljim.

– I jesi li uzvratio? Jesi li rekao Tini šta se tebi sviđa?

– Moje potrebe su poprilično jednostavne – nasmešio se. – Ali, da, istražili smo nekoliko stvari. Mada, najviše me je uzbuđivalo zadovoljavanje nje. Postali smo poprilični avanturisti, zar ne?

– Ne smejte se, ali kupili smo još jedan vibrator – rekla mi je Tina. – Mali je, ali Kris je pronašao sajt na kojem postoje snimci koji objašnjavaju različite vrste i kako se koriste. Zajedno smo ih pogledali, i način na koji su pričali o njima bio je tako opušten da je zvučalo kao potpuno normalno imati ih. I dalje nisam bila potpuno sigurna u vezi s tim, ali složili smo se da to nije veliki trošak i da ga nećemo koristiti ako nam se ne dopadne.

– To je veliki ustupak za tebe, Tina. Bila si vrlo protiv njih prilikom našeg poslednjeg susreta.

– Zato što je Kris pokušavao da me prisili na onu grozotu. Ovog puta smo zajedno izabrali, i Kris me nimalo nije pritiskao. Imala sam informacije iz snimaka i izabrali smo jedan za koji smo mislili da će mi se svideti.

– I kako vam ide?

– Doživela sam orgazam prvi put kada smo ga koristili – odgovorila je, porumenevši. – Mislim da ranije nisam doživela orgazam. Mislila sam da jesam, ali nije nimalo bilo ovako.

– Zvuči kao da ste odlično napredovali. Veoma mi je drago.

– Zasigurno mi bolje ide komuniciranje o onome što mi se sviđa i mislim da smo oboje puno toga naučili jedno o drugom, zar ne, dragi? Postoji samo jedna stvar.

– Šta?

– Možemo li, molim vas, da imamo seks?

– Naravno da možete! – nasmejala sam se. – Želite da mi kažete da ste uspeli da se suzdržite, čak i pored svih stvari koje ste radili?

Tina je pocrvenela kao paprika. – Pa, zadovoljili smo jedno drugo na razne načine, ali ozbiljno smo shvatili zabranu seksa.

– Ne bi mi smetalo da vam je sve to postalo previše i da ste se prepustili. Svrha te vežbe bila je da komunicirate o seksu i da naučite da budete otvoreni. Prema onome što ste mi rekli, bili ste i te kako uspešni u tome. Mnogo sam srećna zbog vas.

– Koliko mislite da nam je seansi još potrebno? – Kris je pitao.

– Koliko još seansi vi mislite da vam treba? – odgovorila sam.

– Ja mislim da smo uspeli, a ti? – upitao je Tinu, koja je srećno klimnula glavom.

– Odlično. Volela bih još jednom da vas vidim, samo kako bih proverila da li je sve u redu nakon što ste ponovo počeli sa seksualnim odnosima, ali ako sve bude u redu, mislim da ću rado to proglasiti našom poslednjom sesijom. Jel' to ima smisla?

Oboje su klimnuli glavom.

– Odlično. Zakazaćemo viđenje za mesec dana, samo kao proveru. Ako bude bilo problema i budete morali da me vidite pre toga, javite mi se, ali poprilično sam sigurna da ćete biti dobro.

Zapisali smo sastanak u rokovnik i ispratila sam ih. Automatski sam bacila pogled u pravcu Rejčeline kancelarije, kako bih proverila da li je i ona završila za danas, pa nisam odmah primetila muškarca koji je sedeo u čekaonici. Kada jesam, osetila sam vrtoglavicu.

Sem je bio ovde. U mojoj ordinaciji.

Dala sam sve od sebe da održim profesionalni ton dok su KrisTina odlazili, jer mi je srce lupalo, a leptirići u stomaku su mi izvodili neverovatne aero-manevre.

– Zdravo – prosto je rekao kada su KrisTina otišli.

Izgleda da sam privremeno izgubila sposobnost govora i prošlo je nekoliko sekundi pre nego što sam uspela da odgovorim.

– Kako je Džesi? – zaškripala sam, mahnito tražeći naznake odgovora na njegovom licu.

– Dobro je – odgovorio je uz osmeh. – Izgleda mnogo gore nego što jeste. Ima modrice oko očiju, tri slomljena rebra i gadno je uganula članak. Takođe trenutno nosi kragnu oko vrata kako bi joj pomogla u vezi s vrtoglavicom i svuda je napeta. Zapravo je imala mnogo sreće.

– Šta se desilo?

– Mladić u friziranom kupeu izgubio je kontrolu nad kolima dok je pokušavao da impresionira svoju devojku. Džesi nije ništa mogla da uradi; zakucao se pravo u nju.

– Gospode.

– Da. Nažalost, oni nisu prošli dobro kao Džesi. Morali su da iseku auto kako bi ih izvukli, a devojka je baš teško stradala. Užasno je ovo reći, ali drago mi je što smo potrošili novac na pristojan auto za Džesi. Naravno, od auta nema više ništa, ali obavio je svoj posao i zaštitio je. Otišli smo da uzmemo njene stvari iz njega i mislio sam da će mi pozliti kada sam ga video. Žao mi je što nisam došao na venčanje. Svi smo bili poprilično potreseni; i dalje smo.

– Ne brini za to. Samo mi je drago što je dobro. Ne mogu da verujem da si ovde! Kako si me pronašao?

– Nije bilo teško – rekao je uz osmeh. Bože, obožavala sam njegov osmeh. – Znaš li koliko ima seksualnih terapeuta u Kentu? Ne mnogo, ispostavilo se. Ukucao sam „seksualni terapeut Kent" u pretraživač, i sajt tvoje prakse bio je drugi na spisku. Na njemu su bili tvoje ime i slika, kao i adresa prakse. Već si mi rekla da radiš od devet do šest, pa sam pomislio da dođem pre nego što završiš u nadi da ću te videti.

Rejčel je u tom trenutku izašla iz svoje kancelarije. – Jesmo li spremne? – rekla je pre nego što je primetila Sema. Kada jeste, usta su joj formirala savršeno slovo O.

– Seme, ovo je Rejčel, moja prijateljica i koleginica. Rejčel, ovo je Sem, muškarac kojeg sam upoznala u Kornvolu.

– Vidim – široko se nasmešila. – Pretpostavljam da bi volela da pomerimo piće u pabu?

– Jel' nije problem?

– Naravno da nije! Ti i Sem sigurno imate o mnogo toga da razgovarate. Ostaviću vas same. Ne zaboravi da zaključaš. – Ubacila je ključeve u tašnu i izašla. Znam da će me izgrditi sledeće nedelje, ali sada sam joj bila izuzetno zahvalna.

– Želiš li da uđeš? – pitala sam ga, pokazavši na svoju kancelariju.

– Verovatno ti je bilo dosta te prostorije za ovu nedelju, zar ne? Zašto ne bismo otišli u taj pab koji je tvoja prijateljica pomenula?

Trebalo mi je malo duže nego obično da zaključam jer su mi se ruke tresle od treme. Naravno da sam bila presrećna jer je Sem bio tu, ali nije mi rekao zašto je došao i očajnički sam se trudila da ne pretpostavim nešto pogrešno.

Nisam dobila naznake ni tokom šetnje prema pabu. Sem mi je rekao nekoliko detalja o Džesinoj nezgodi i očekivanom oporavku; zvučalo je kao da će se sve vratiti u normalu do početka semestra, zbog čega im je svima laknulo, i razmisliće o kupovini novog auta za nju kada im osiguranje isplati odštetu. Otišao je do šanka da nam uzme piće i posmatrala sam ga u poluneverici. Bilo je tako čudno videti ga u kontekstu normalnog života.

– Pa, zašto si odlučio da me pronađeš? – pitala sam ga nakon što sam uzela gutljaj vina.

– Iz dva razloga – odgovorio je. – Prvi je jer sam želeo da te vidim. Iako sam bio obuzet Džesi, mnogo si mi nedostajala. Znam da nikada nismo pričali o nečemu ozbiljnom, ali nikada nismo ni otpisali to, zar ne? Mislim da imamo potencijala za nešto stvarno posebno, i želeo sam da vidim da li se i ti tako osećaš.

– A drugi razlog? – Iskreno, prvi je sve što mi je bilo potrebno da čujem, i široko sam mu se smešila, ali ako je imao još nešto da kaže, rado bih i to čula.

– Džesi mi je rekla da to uradim. – Imao je obraza da izgleda pomalo postiđeno.

– Ta devojka je opasna! – nasmejala sam se. – Namestila nam je u Kornvolu, a i dalje glumi provodadžiju čak i iz bolničkog kreveta.

– To je Džesi – nasmešio se Sem. – Pa, šta misliš? Imamo li nešto?

Želela sam da mu se bacim u naručje i ljubim ga bez prestanka dok mi usne ne postanu modre i naduvene, ali jedna stvar me je zaustavljala.

– Bože, da! – rekla sam. – I ti si meni mnogo nedostajao i ne mogu da ti opišem koliko sam srećna što te vidim. Ali, nažalost, moramo da budemo praktični i odrasli. Kako bi to funkcionisali kada sam ja ovde, a ti u Svindonu ili Zapadnom okrugu, ili gde god odlučiš da se preseliš kad Džesi ode na univerzitet?

– Dosta sam razmišljao o tome – odgovorio je. – Imam puno sreće na mnogo načina. Kao što sam ti rekao, mogu da živim bilo gde dok god postoji pristojna internet konekcija kako bih mogao da radim. Uvek sam mislio da ću se preseliti u Zapadni okrug, jer mi je to poznato i sviđa mi se. Ali nikad nisam bio u Kentu. Nekoliko puta sam prolazio kroz njega na putu prema Francuskoj, ali nikada ga nisam istražio. Sudeći po ovome što sam malo video, deluje lepo. Mislim da bih mogao biti srećan ovde, ako dođemo do te tačke.

– Dakle, želiš da kažeš da bi se preselio ovde? Zbog mene? To deluje kao veliki gest za nekoga koga znaš samo nekoliko dana!

– Popi – pogledao me je značajno. – Znam da se ne poznajemo dugo, ali s tobom osećam nešto što mislim da nikada nisam osećao. Neću još to zvati ljubavlju, ali zaljubio sam se u tebe, to je sigurno. Voleo bih da provedem još vremena s tobom i da vidim kuda će nas ovo odvesti, ako i ti to želiš?

– Jesi li vozio čak iz Svindona samo da bi me pozvao da izađemo? – pitala sam.

– Da.

– Ideš li nazad posle ovoga?

– Nadao sam se da ću prvo moći da te izvedem na večeru, ali, da, to je plan. Zapravo nije toliko daleko koliko sam mislio da će biti.

Nisam više mogla da izdržim. Nada i nesigurnost na njegovom licu, zajedno s činjenicom da će Frojdova gorila potpuno uništiti podrum ako nešto ne uradim uskoro, naterale su me da se nagnem i spustim mu na usne dug, spor poljubac.

– Osećam se potpuno isto kao ti – rekla sam. – I ja sam se zaljubila u tebe. Ne mogu da ti opišem koliko si mi nedostajao. Nakon što si otišao, proveravala sam ti kuću nekoliko puta dnevno u slučaju da si se vratio, toliko sam jadna bila. Reci mi, postoji li nešto specifično zbog čega večeras moraš da se vratiš u Svindon?

– Mislim da ne. Džesi je kod majke, što?

– Kako stojiš s mačkama?

– Mislim da dobro stojim. Nisam alergičan ili nešto tako. To je poprilično nasumično pitanje, Popi. Zašto pitaš?

– Smišljam plan.

– Hoćeš li ga podeliti sa mnom?

– Nije naročito komplikovan. Mislim da treba da odemo odavde i da treba da ostaneš i provedeš vikend sa mnom. Šta misliš?

– Mislim da je to genijalan plan – rekao je, a potom smo ostavili pića nedovršena i izašli na topao večernji vazduh. – Samo imam jedno pitanje.

– Koje?

– Imate internet u Kentu, zar ne?

– Imamo – rekla sam mu i uhvatila ga za ruku – ali veoma je nepouzdan, pogotovo vikendom.

– Izmišljaš to! – nasmejao se.

– Možda, ali ko zna, a?

Zahvalnice

Hvala vam mnogo što ste pročitali ovu knjigu. Dosta inspiracije za elemente seksualne terapije u ovoj priči potiče od godina redovnog čitanja nedeljne kolumne Suzi Godson iz *Tajmsa*, zato velika hvalo tebi, Suzi, i svim ostalim seksualnim terapeutima koji obavljaju odličan posao.

Kao i uvek, želim od srca da zahvalim svojoj urednici, Tari, i celom *Boldvud* timu. Vodili smo neke veoma interesantne razgovore tokom uređivanja ove priče, većina od njih nije za štampu, ali zaista cenim beskrajnu podršku i mudre savete u svakom koraku uređivanja i nadalje.

Mendi i Robin, još jednom ste obavile odličan posao kao moji alfa i beta čitaoci, i želim obema da se zahvalim na tome. Mojoj porodici, koja je toliko puna podrške i daje mi prostora da pišem, hvala i vama. I naravno, hvala našem psu, Bertiju, koji me primorava da ostavim vremena u toku dana za šetnju i smišljanje priče.

Beleška o autoru

Fibi Makleod je autorka nekoliko veoma popularnih romantič-nih komedija. Živi u Kentu sa svojim partnerom, odraslom decom i neposlušnim psom. U njenim knjigama se vidi koliko voli svoj rodni kraj, i njihova radnja uvek se dešava u Kentu, ili ima nekakve veze s Kentom. Trenutno radi kao IT konsultant i piše u slobodno veme. Uvek je težila da stiče nove veštine, uključujući kurseve kuva-nja, polaganje vožnje za teretna i velika putnička vozila i, nedavno, sticanje kvalifikacije za obuku na boing 737 simulatoru.